Jan Schreiber

Dirndlgate

AF236222

Jan Schreiber

DIRNDLGATE

FSC
www.fsc.org
MIX
Papier aus ver-
antwortungsvollen
Quellen
Paper from
responsible sources
FSC® C105338

Impressum

© 2021
Jan Schreiber
Schwabstraße 8
72581 Dettingen Erms
www.jan-schreiber-autor.de

Lektorat: Hendrik Heisterberg
www.roman-projekt.de
Korrektorat, Satz & Layout: Lektor-hoch-drei
www.lektor-hoch-drei.de
Bildquelle: adobestock/olgasparrow
Cover: Beate Rüttiger Kusterdingen
Herstellung und Verlag: BoD - Books on Demand, Norderstedt

ISBN Paperback: 978-3-753-42373-9

Bibliografische Information der Deutschen Nationalbibliothek: Die Deutsche Nationalbibliothek verzeichnet diese Publikation in der Deutschen Nationalbibliografie; detaillierte bibliografische Daten sind im Internet über http://dnb.d-nb.de abrufbar.

Kapitel 1

J essica schüttelte den Kopf. Hatte sie die Pläne nicht zurücklegen wollen? Ja, klar, und zwar möglichst schnell. Alexander konnte jeden Moment kommen, immerhin wartete sie seit fast zwei Stunden auf ihren Mann. In der Küche waren die Steaks und das Gemüse kalt geworden. Schließlich hatte Jessica angefangen, in der Wohnung herumzulaufen und vor dem Eichentisch im Wohnzimmer die Pläne gefunden.

Jetzt lehnte sie sich im Flur gegen eine Wand, und sofort kam es ihr vor, als griffen kalte Arme nach ihr. Im östlichen Teil der Wohnung fror sie, und es hatte nichts damit zu tun, dass Frauen immer frieren würden, wie Alexander behauptete. Es war nicht diese Art des Fröstelns, sondern eher ein durch und durch unbehagliches Gefühl, so als wolle ihr das Haus sagen: Du bist hier nicht willkommen. Das Haus, der große Kasten, sagte und dachte Jessica. Freunde und Bekannte sprachen meistens von der Scheffold-Villa.

Mit den Plänen allerdings hielt sie etwas in der Hand, das dieses unangenehme Gefühl überstrahlte. Sie schloss die Augen und versuchte, ruhig zu atmen. Erst nach einem Moment drückte sie sich von der Wand weg und begann, noch einmal zu lesen: Raumhöhe zwei Meter fünfzig, Rigipsdecken im Flur, Schlaf- und Wohnzimmer. Das bedeutete: Die Raumhöhe würde um achtzig Zentimeter gesenkt. Die Wärme stiege nicht mehr so weit nach oben.

Alexander hatte ihr von den Renovierungsplänen nichts erzählt. Was hatte das zu bedeuten? Ob er sie damit überra-

5

schen wollte? Jessica lächelte. Was für eine Geste. Sie atmete noch einmal tief und spürte ein sanftes Drücken hinter den Augen.

Seit fast einem Jahr stand etwas zwischen ihnen. Jessica nahm an, es lag an dem Gespräch mit ihrem Frauenarzt. Ihm war die sehr niedrige Konzentration des Beta-HCG-Hormons im Blutbild aufgefallen. Er hatte sie über die Lesebrille hinweg angesehen und nach einer starken Blutung gefragt. Bevor Jessica in Tränen ausgebrochen war, hatte sie es gerade noch geschafft zu nicken.

Kurz darauf Alexanders Vorwurf, sie arbeite zu viel und sei zu angespannt. Ihr nächtliches Zähneknirschen sei ein Indiz dafür, außerdem mache ihn dieses Geräusch wahnsinnig. Daraufhin war Jessica in das kleine Zimmer gezogen. Anfangs nur für ein paar Tage, doch mit der Zeit dehnten sich diese Phasen aus und jetzt war es schon normal, dass sie im kleinen Zimmer schlief, während Alexander im Schlafzimmer blieb.

Ja, und heute, zwei Tage vor der Talkshow mit von Ackern, wäre eine gute Gelegenheit gewesen, mit ihm noch einmal über die Beziehung zu reden oder es zumindest zu versuchen. Dass Jessica zur Talkshow eingeladen war, kam ihr sehr gelegen. Die Fernsehsendung würde ihr helfen, auf ihr zweites Buch aufmerksam zu machen. Das konnte nie schaden, zumal sie ihre Arbeit als Strafverteidigerin und damit ihre Präsenz in der Kanzlei zurückfahren wollte. Schreiben konnte sie von zu Hause aus. Aber vorher galt es noch, zwei bis drei schwierige Wochen durchzustehen, nicht nur die Talkshow, sondern auch den noch nicht ganz abgeschlossenen Prozess um den Exhibitionisten Jochen Heinrich. All das hätte sie Alexander gesagt, wäre er da gewesen. Es musste ihm etwas dazwischengekommen sein. Aber gut, er hätte wenigstens eine Nachricht schicken können.

6

Sie strich zärtlich mit der Hand über die Pläne, lief den Flur entlang und versuchte, die Wohnung mit versöhnlicheren Augen anzusehen, mehr Alexanders Sichtweise einzunehmen.

Mit der linken Hand drückte sie die Papiere jetzt an ihren Oberkörper, mit der rechten fuhr sie über die glatte, glänzende Oberfläche der Flügeltür zum Wohnzimmer. Jede Türseite hatte ein achteckiges Fenster. Jessica berührte mit dem Zeigefinger die Bleiverglasung. Alexander hatte die blauen und dunkelgrünen Glasscheiben in einem Karton auf dem Dachboden gefunden. Neben der Tür stand eine Kommode, deren aufwärtssteigende Holzmaserung einer Fontäne glich. Ein dunkler Streifen bildete das Zentrum, hellere Streifen gingen rechts und links davon ab. Dazu der feine gelbe Strich auf der Schublade. Jessica hatte geglaubt, er sei aufgemalt, bis Alex ihr erklärte, es handele sich dabei um eine Intarsie, eine Einlegearbeit. Die Familienfotos über der Kommode: Alexanders verstorbener Vater, die Mutter, die zwei Brüder mit insgesamt sechs Kindern. Noch einmal auf einem Bild die Brüder vor dem Verwaltungsgebäude der Firma Scheffold. Das Foto musste zu dem Zeitpunkt entstanden sein, als Alexander aus dem Familienunternehmen ausgestiegen war, um seine Unternehmensberatung aufzubauen.

Jedes der Bilder steckte in einem gedrechselten Holzrahmen. Jedes Detail der Wohnung hatte seine Wurzeln genauso wie Alexander selbst. Er stand oft so breitbeinig im Wohnzimmer wie Cristiano Ronaldo vor einem Elfmeter.

Jessica trat durch die Flügeltür, und vor ihr breitete sich das Wohnzimmer aus. Die großzügigen Fenster zeigten nach Süden und Osten, über die Südseite hatte man freien Blick auf das Albpanorama. Meistens war die Burg Hohenzollern gut zu erkennen.

Jessica ging weiter auf den Eichentisch zu und legte die Pläne zurück auf den Boden. Über etwas Bescheid zu wissen ist das eine, es sich anmerken zu lassen das andere.

Das war ihr Alex. Sie brauchte nur Geduld mit ihm, denn er löste die Dinge auf seine Art. Kam es darauf an, hatte er das Herz am richtigen Fleck. Streckte er nicht über die Pläne beide Hände nach ihr aus?

Ein letztes Mal schaute sie auf die Blätter, auf die geschwungene, harmonische Unterschrift des Architekten, dann drehte sie sich um und lief durch den Flur zum Arbeitszimmer. Ihr Oberkörper fühlte sich warm und weit an.

Jessicas Blick fiel zuerst auf den Schreibtisch. Die Akte von Jochen Heinrich lag dort, daneben stand Katys Bild. Sie nahm es in die Hände und verlor sich dabei in den braunen Augen ihrer Schwester. Katy lächelte unter einer gelb-, rot- und grau-gestreiften Strickmütze hervor, die wie ein umgedrehter Topf aussah.

Jessica spürte auch noch drei Jahre nach Katys Tod ihre Nähe, worüber sie sehr froh war.

Schwesterherz, was sagst du zu Alex und mir?, wandte sich Jessica in Gedanken an Katy. Wie wäre die Antwort ihrer diplomatischen Schwester? Wahrscheinlich würde Katy klar erkennen: Jessica war dabei, ihr bisheriges Leben auf den Kopf zu stellen. Der alte Schwurgerichtssaal am Amtsgericht war so etwas wie ihr zweites Wohnzimmer gewesen. Mit all den Erfolgen dort hatte sie es geschafft, eine Empfindung in Schach zu halten, die tief in ihrer Seele saß. Oft stieg ein Druck in ihr auf, legte sich unangenehm auf den Brustkorb, und das Herz begann zu hämmern, als wolle es aus der engen Brust entkommen. Gewöhnlich brachte das Herzrasen seine Begleiter mit, meistens hatte Jessica dabei einen hohen Felsvorsprung vor Augen, und ihr war, als drohte sie in die Tiefe zu fallen. Oft träumte sie davon, aber auch tagsüber war sie mittlerweile nicht mehr sicher. Wo würde das enden? Sie sah sich zitternd und nach Luft schnappend vor dem Gericht stehen, kaum noch fähig, ihren Mandanten zu verteidigen. Und dann?

Katy würde Jessica darauf aufmerksam machen, dass sie sich nicht dauerhaft mit Arbeit ablenken konnte, dass sie sich mit dem Schritt aus der Kanzlei, ein Stück weit auf Alex zu, richtig entschieden hatte.

Jessica würde sich natürlich ein bisschen wehren: Der Fall Heinrich sei keineswegs eine Flucht vor der Krise mit Alexander. Sie habe ihren Mandanten im Krankenhaus kennengelernt. Er war so übel zusammengeschlagen worden, dass die meisten Wunden genäht werden mussten. Seine Frau und die Töchter sahen sich mit Schikanen seitens der Bevölkerung und einer zweifelhaften Bürgerwehrgruppe konfrontiert. Insgesamt war die Familie in einer schlimmen Situation. War es also nicht ihre Pflicht gewesen, Heinrichs Verteidigung zu übernehmen?

Jessica lief mit Katys Bild in der Hand vor dem Schreibtisch auf und ab. Nur noch vierzehn Tage bis zum Plädoyer, dann war der Prozess abgeschlossen. Sie blieb vor dem Schreibtisch stehen. Ja, Katy würde zustimmen. Wenn Familie, dann jetzt.

Jessica nahm das Foto einen Moment lang dichter vor die Augen, dann stellte sie es behutsam auf seinen Platz zurück und seufzte. Katy war der Mensch gewesen, dem sie sich anvertrauen konnte, und die Schwester hatte immer die richtigen Worte gefunden.

Es gab nur einen Haken dabei: Bis jetzt hatte Jessica noch nicht mit ihrem Chef gesprochen. Richtig offen waren sie und Dr. Alfred Sebastian über die Kanzleinachfolge nie ins Gespräch gekommen. Unterschwellig hatte sie immer mal wieder durchblicken lassen, sie brauche mehr Zeit für ihre Beziehung. Dennoch bedeutete ein Nein gegenüber Sebastian, sein Lebenswerk auszuschlagen. Konnte sie das? Er war ihr Mentor gewesen, ohne ihn wäre sie nie so weit gekommen.

Die Fernsehsendung morgen könnte der Auftakt zu einem neuen Leben sein. Es musste doch gelingen, Familienplanung und Beruf unter einen Hut zu bringen, ohne dass sie ein schlechtes Gewissen bekam. Nach der Fernsehsendung würde sie den nächsten konsequenten Schritt gehen und Sebastian ihre Situation schildern. Ob ihr vielleicht dieses bevorstehende Gespräch so zu schaffen machte?

Energisch zog Jessica den Schreibtischstuhl zurück und setzte sich. Für die Fernsehsendung konnte sie nichts mehr vorbereiten, deshalb schlug sie Jochen Heinrichs Akte auf. Daneben legte sie ein Blatt Papier und griff nach einem Bleistift.

In regelmäßigen Abständen ließ sie den Stift über Daumen und Zeigefinger auf das Blatt Papier fallen. Ein helles, hölzernes Geräusch war zu hören, so als würde der Stift jeden Schritt ihrer Verteidigung abzählen. Letzten Herbst hatte sich Heinrich über einen Zeitraum von sechs Wochen gewöhnlich zwischen sieben und acht Uhr abends in den Stadtpark geschlichen. Im Herbstdunkel hielt er sich versteckt, trat plötzlich hervor und zeigte seinen Penis. Er erschreckte vier Frauen. Jugendliche stellten Heinrich am 11. Oktober und verbreiteten sein Foto und seinen Namen sofort im Internet. Unglücklich für Jessicas Mandanten, dass Christine Schanz am 24. September, also knapp drei Wochen zuvor, in der Nähe des Stadtparksees vergewaltigt worden war. Die Polizei hatte intensiv nach dem Täter gesucht, allerdings ohne Erfolg. Plötzlich war Heinrich in die Ermittlungen geraten, und als seine DNA am Körper der

Frau gefunden wurde, verschlimmerte sich seine Lage. Trotzdem war Staatsanwalt Steven Jung Anfang März dieses Jahrs gezwungen gewesen, den Tatvorwurf der Vergewaltigung gegenüber Jochen Heinrich zurückzuziehen: Vier Wochen nach den Tests wurde bekannt gegeben, Heinrichs DNA vom Körper der Frau sei nicht identisch mit der Sperma-DNA des Vergewaltigers. Warum hatte es sich der sonst so gewissenhafte Jung so einfach gemacht? Von Anfang an hatte es zwei Spuren von Fremd-DNA gegeben. Es hätte Jung klar sein müssen, dass er es damit vor Gericht nicht einfach haben würde. Gut, wer wie Heinrich seinen Penis im Stadtpark zeigt, dem ist auch eine Vergewaltigung zuzutrauen – war das Jungs Gedanke gewesen? Zusätzlich baute Jung noch auf die Zeugenaussage einer jungen Frau. Zu diesem Zeitpunkt hatte er noch nicht wissen können, dass sich diese Aussage in Luft auflösen würde. Nach und nach war es Jessica gelungen, ihre Verteidigungsstrategie auszubauen. Von Beginn an hatte sie die Tatvorwürfe Vergewaltigung und Exhibitionismus voneinander getrennt. Übrig blieben Heinrichs exhibitionistische Handlungen, und hier würde der Freiheitsentzug zu einer Bewährungsstrafe ausgesetzt werden. Das lag aber nicht nur an Jessica, sondern vielmehr an Heinrich selbst.

Der Bleistift fiel auf das Blatt Papier. *Klack, Klack.* Das alles war gar nicht Jungs Art. Es sei denn, Jessica hätte etwas übersehen. War ihr etwa aufgrund der Krise mit Alexander etwas entgangen?

***

Als Alex die Tür öffnete und seinen Kopf ins Zimmer streckte, zuckte Jessica zusammen, so sehr hatte sie sich in Heinrichs Fall vertieft.

„Schatzi", sagte Alexander und lächelte. „Ich esse nur einen Happs und gehe dann ins Bett. Ich bin total platt."

Jessica nickte und schaute auf ihre Armbanduhr. Es war kurz nach elf. Sie stand auf und ging auf ihn zu. Alexander hatte über die Jahre nichts von seiner Strahlkraft verloren. Unter dem weißen Hemd zeichnete sich seine breite, feste Brust deutlich ab. Die graugrünen Augen leuchteten. Auf seinem Gesicht lag etwas Entspanntes. Er hatte noch nicht mal ein schlechtes Gewissen, musste also das Essen total vergessen haben. Ja, er wirkte wie nach einem Saunabesuch.

Dass sie die Rindersteaks in der Demeter-Metzgerei geholt hatte und dafür durch den halben Stadtpark gelaufen war: Es lag ihr auf der Zunge. Zum ersten Mal hatte sie versucht, die Steaks medium zu braten, und es war ihr gelungen. Jetzt störte sie sich auf einmal an dem tadellosen Äußeren ihres Mannes, sie störte sich sogar an seinem „Schatzi". Früher hatte er einfach „Jess" gesagt. Worte, sinnlos, dachte Jessica. Alles würde an seiner glatten Fassade abperlen. Sie hatte so viel auf dem Herzen und sagte jetzt nur: „In der Küche steht was."

Alex nickte, schaute auf sein riesiges Smartphone. Wieder kein Erinnern oder Bedauern, gar nichts.

„Hast du was?", fragte er.

„Nein, nichts."

Er ließ das Handy in die Hose gleiten, nickte ihr kurz zu und ging. Jetzt drehte er sich noch einmal kurz um und hielt sich eine Hand an die Stirn.

„Ach, richtig! Die Von-Ackern-Show. Das ist doch morgen, oder?"

„Ja, morgen."

„Du machst dir doch nicht etwa Sorgen deswegen? Nimmst du Toni nicht mit?"

12

Er meinte Antonia, Jessicas Assistentin.

„Nein, die kommt erst am Sonntag aus Thailand zurück."

Michael, der externe Mitarbeiter der Kanzlei, würde Jessica begleiten, aber auch das behielt sie für sich.

„Egal", rief Alexander überschwänglich, streckte Jessica beide Daumen entgegen und lief dabei gleichzeitig rückwärts. „Du machst das schon."

Jessica nickte und fuhr sich mit beiden Händen über die Arme. Sie fühlte die kühlen Wände, dachte an das kaltgewordene Essen, und sie sah Alexander zu, wie er sich von ihr entfernte.

Kapitel 2

Keine Sorge, Frau Dr. Scheffold", sagte die junge Michelle und fuhr Jessica mit einem Wattepad über die Wangen. „Das ist der übliche Wahnsinn. Ich habe nur wenige Sendungen erlebt, zu denen alle Gäste pünktlich da waren."

„Und ich bin extra früh los, um ganz sicher zu gehen."

„Vielleicht ist das der Fehler gewesen. Aber kein Problem, ich bin gleich fertig, und dann gehe ich bis zur Studiotür mit. Sie können Ihren Platz gar nicht verfehlen."

„So?"

„Ja, die anderen Gäste sitzen bereits. Es ist nur noch Ihr Stuhl frei."

„Oje", antwortete Jessica. „So was habe ich gar nicht gern."

„Wieso nicht? Die wichtigsten Gäste zum Schluss. Passt doch alles."

Michelle legte eine Hand auf Jessicas Schulter. Zusammen schauten sie jetzt in den Spiegel.

„Perfekt." Michelle nickte zufrieden. Das stimmte. Sie hatte Jessicas Wangenpartie leicht betont, die Augenbrauen nachgezogen, die Lippen geschminkt und zuletzt das Gesicht gepudert. Jessica sah aus, als hätte es die Vollsperrung kurz vor der Aichtalbrücke und die damit verbundene Aufregung gar nicht gegeben. Die Tür zur Maske flog auf.

„Beeilung!", rief der Mann, der Jessica vor ein paar Minuten das Mikrofon angesteckt hatte.

„Wir kommen", antwortete Michelle.

14

Jessica spürte Schweiß am Rücken und in den Achselhöhlen. Hoffentlich hält das Make-up. Schweiß auf der Stirn bedeutete, dass Schminke in die Augen gelangen konnte, was sie überhaupt nicht vertrug. Die Augen tränten sofort, und das machte die Sache dann nur noch schlimmer. Deshalb verzichtete sie meistens auf Eyeliner.

Michelle deutete mit einer Hand den Gang entlang.

„Da vorne ist die Studiotür. Wir sind gleich da. Lassen Sie sich von den Männern nicht den Wind aus den Segeln nehmen. Viele Frauen schauen auf Sie, Frau Scheffold. Ich lese auch alles von Ihnen."

Jessica nickte: „Ich gebe mein Bestes."

Michelle sagte das wahrscheinlich nicht ohne Grund. Unglücklicherweise hatte die Gerichtsreporterin Franka Friedrich für heute abgesagt, und an ihrer Stelle kam nun ausgerechnet Dr. Jürgen Heck, Sebastians größter Rivale. Heck würde heute alles unternehmen, um Jessicas Position zu schwächen, so viel stand fest. Aber nicht nur das! Mit Frau Friedrich wäre das Kräfteverhältnis ausgeglichen gewesen. Jetzt saß Jessica einmal mehr inmitten einer Männerrunde. Michelle griff nach der Studiotür und lächelte noch einmal kurz, bevor sie die Tür öffnete. Sofort war ein noch recht junger Mann mit langen Haaren bei Jessica. Wahrscheinlich ein Assistent der Aufnahmeleitung. Sie spürte einen sanften, aber bestimmten Zug an ihrem Arm.

„Kommen Sie. Schnell."

Sie liefen auf das Podium zu.

„Tut mir leid, wir haben die Bühne schon hochgefahren. Frau Scheffold, Sie sind doch sportlich? Darf ich Sie um einen großen Schritt bitten?"

„Ja, klar, da komme ich hoch."

Jessica musste ihr Bein ein gutes Stück hochziehen, um auf das Podest zu kommen. Wenn jetzt die Hosennaht platzt, das wäre der Super-GAU. Der Mann stützte sie am rechten Unterarm. Um zu ihrem Platz zu gelangen, musste sie sehr dicht an Jürgen Heck vorbei.

„Das ist ja typisch", zischte er ihr zu, „Hauptsache Aufmerksamkeit."

Heck klemmte in seinem Stuhl wie ein Kronkorken in einer Flasche. Sein kleiner, dicker Körper füllte den Stuhl nahezu aus, irgendwie fehlte diesem Mann der Hals. Wie immer, sobald Jessica auf Heck traf, fragte sie sich: Worum geht es ihm eigentlich? Klar, Sebastian und Heck waren Kommilitonen gewesen. Sebastian, ein mittelloser Alt-Achtundsechziger, und Heck, ein Konservativer mit viel Geld im Rücken. Letztlich hatte sich Sebastian mit seinem Talent durchgesetzt, das fiel besonders deshalb auf, weil Hecks Büro nicht mal einen Kilometer von Sebastians Kanzlei entfernt lag.

Jessica setzte sich, und sofort schaute Heck sie angriffslustig an. Das kann ja heiter werden.

Der Assistent überprüfte den Sitz des Mikrofons. Er nickte Jessica zu, drehte sich weg und hob einen Daumen in Richtung Kamera. Harald von Ackern saß ebenfalls in seinem Stuhl und sortierte in aller Ruhe seine Moderationskarten. Von Ackern trug einen dunklen Anzug, ein weißes Hemd, aber keine Krawatte. Wie viele Männer um die vierzig hatte er sich, wahrscheinlich wegen Problemen mit Haarausfall, eine Glatze rasieren lassen. Das verlieh ihm zusammen mit dem runden Gesicht ein gemütliches Aussehen. Und genau darin lag die Gefahr. Jessica durfte sich von seinem kumpelhaften Plauderton nicht einlullen lassen. Der CDU-Politiker Wolfgang Börner hatte nicht umsonst die letzte Sendung einfach verlassen.

Jessica atmete tief, und ihr Blick fiel dabei auf den einzigen noch leeren Platz in der ersten Zuschauerreihe. Ein großer Mann mit Baseballcap steuerte im Moment darauf zu. Michael. Obwohl ihn Jessica seit Ewigkeiten kannte, konnte er Toni nicht ersetzen. Trotzdem tat es ihr gut, jemand Bekanntes in der Nähe zu wissen.

Gleich muss es losgehen. Jessica schloss die Augen. Ihr bislang größter Erfolg. Sie brauchte einen guten Auftritt, Heck hin oder her. Die Talkrunde so kurz vor der Veröffentlichung des Buches kam genau richtig, hing doch ihr neuer Lebensplan ein Stück weit davon ab. Sie wollte Alexander deutlich zeigen, wie viel er ihr bedeutete.

Sie öffnete die Augen und sah in dem Moment, wie von Ackern Heck freundlich zulächelte. Kennen die sich etwa? Vielleicht war es kein Zufall, dass er heute hier saß und nicht Frau Friedrich. Vielleicht wusste der Sender von der Rivalität beider Kanzleien, außerdem hatte Heck viel mit Staatsanwalt Jung zu tun. Die plötzliche Ruhe um den Heinrich-Prozess. Konnte Heck sie mit etwas konfrontieren, worauf sie nicht vorbereitet war?

Das Podest fuhr in diesem Moment noch ein Stück nach oben. Die Scheinwerfer über den Zuschauerreihen verdunkelten sich, vier andere Scheinwerfer richteten sich auf die Bühne aus.

Sie saß wie auf einem Präsentierteller und konnte genauso wenig weg wie aus einem Fahrstuhl. Und da war es wieder! Als hätte jemand einen Schalter umgelegt. Etwas sehr Mächtiges rauschte durch Jessicas Körper. Ihr Herz schlug heftig. Sie krallte die Hände in die weichen Lederlehnen des Sessels.

Eine Stimme zählte: acht, sieben, sechs ...

Dann von Ackerns Stimme: „Liebe Gäste hier im Studio, liebe Zuschauer zu Hause, ein herzliches Willkommen zur Von-Ackern-Show. Wir wollen darüber reden, ob das Internet, ob soziale Plattformen wie Facebook und Twitter dazu beitragen, bestehende Missstände in der Gesellschaft schneller ans Licht zu bringen als in der Zeit vor dem Internet. Wie wichtig ist dabei die digitale Präsenz des Einzelnen?

Begrüßen Sie mit mir meine Gäste: die Staranwältin Frau Dr. Jessica Scheffold, den Medienwissenschaftler Henning Trové, den Rechtsanwalt Dr. Jürgen Heck und den Start-up-Gründer Steffen Arnold.

Dr. Heck sagt: ‚Drei Viertel des Internets sind überflüssige Schaumschlägerei. Unausgegorene Informationen gelangen zu schnell an die Öffentlichkeit und beschwören unnötige Debatten herauf.' Die Kanzlei Heck ist im Bereich Wirtschaftsrecht eine Größe und beweist damit, dass Erfolg auch mit einer kleinen Homepage möglich ist.

Dem widerspricht Frau Dr. Scheffold, sie sagt: ‚In Zeiten des digitalen Wandels sollte man die neuen Medien sinnvoll nutzen, anstatt sie zu verteufeln.' Frau Scheffold schreibt online für tausende Follower und schafft es, dass auch Normalbürger schwierige juristische Zusammenhänge verstehen können."

Jessica versuchte, in die Kamera zu lächeln. Die Medien warfen ihr immer vor, nach außen kalt und unnahbar zu wirken. Ein Eindruck, den sie heute entkräften wollte. Wie sollte das gelingen? Sie spürte eine enorme Anspannung.

„Ich würde lieber die Hosen zu Hause vergessen als das Smartphone – ohne Internet geht gar nichts.' Dieser Satz stammt von Steffen Arnold. Mit Blick auf sein Leben trifft das auch zu: Begonnen hat er mit einem kleinen Start-up, jetzt betreibt er den größten deutschen Onlinemarktplatz für Bioprodukte, außerdem ist er Mitbegründer der ersten Onlinegewerkschaft. Diese Gewerkschaft vertritt die Interessen aller Menschen, die über das Internet ihr Geld verdienen.

Der Medienexperte Herr Trové hat das Buch *Die digitale Evolution* geschrieben. Er hilft uns heute, alle Argumente zu verstehen, und er wird uns – sollte die Zeit dafür reichen – auch aufzeigen, wohin die Entwicklung in Bezug auf das Internet gehen wird. Noch einmal ein ganz herzliches Willkommen an meine Gesprächspartner und Zuhörer."

Der Applaus, der während der Anmoderation zu hören gewesen war, klang ab. Von Ackern wandte sich an Trové.

„In Ihrem Buch beschreiben Sie unter anderem solche Phänomene wie Fake News und Hasskommentare. Und wenn ich jetzt sage, ...", der Moderator schaute ins Publikum, „... dass es kaum einen Tag gibt, an dem nicht ein Shitstorm durch das Netz geistert, werden die meisten hier im Studio zustimmen."

„Ja", antwortete Trové. „Wir erleben gerade eine gewaltige Verschmutzung der öffentlichen Außenwelt. Medienmacht ist aber etwas anderes als Medienmündigkeit. Wir brauchen einen reiferen Umgang mit dem Medium, eine Art neues Bewusstsein. Genauso wie auch das Umwelt..."

„Augenblick", unterbrach der Moderator Trové nach diesen wenigen Sätzen. „Wie kommen wir denn zu einem reiferen Umgang mit dem Medium? Das ist doch die Frage. Ich habe Ihr Buch sehr aufmerksam gelesen. Andere Wissenschaftler fordern mehr digitale Bildung an die Schulen zu bringen, sodass die Schüler Fake News und Bildfälschungen erkennen können. Ihr Ansatz, Herr Trové, ist aber noch breiter und auch für den einen oder anderen eher schwer zu verstehen. Können Sie uns das mit einfachen Worten erklären, so als säßen wir in einer Eckkneipe?"

„Bestimmt."

„Trinken Sie Weizen oder lieber Pils?"

„Weizen", lachte Trové.

Jessica schmunzelte. Mit einem Blick auf den Medienwissenschaftler fiel es ihr nicht schwer, an einen Wikinger zu denken. Sein breites Gesicht, der rotblonde Vollbart und dazu die Bassstimme. Er saß ruhig in seinem Sessel und ließ keine Unsicherheit erkennen.

„Ein Weizen bitte", von Ackern hob die Hand, schaute in das Publikum, als wolle er tatsächlich eine Bestellung aufgeben. Jetzt neigte er sich Trové zu. Er baut Nähe auf, stellte Jessica für sich fest.

„Ich stimme meinen Kollegen zu, was die digitale Bildung betrifft. Um aber zu verstehen, was gerade passiert, sind mir ein paar andere Aspekte auch noch wichtig. Beim Internet haben wir es mit Technik zu tun. Ein Mann beispielsweise, der jahrelang mit einem Schmiedehammer gearbeitet hat, hat andere Hände als ein Kunstmaler."

„Technik beeinflusst uns also?"

„O ja, sehr", Trové nickte. „Und zwar nicht nur die Körperteile, sondern vor allem unser Gehirn, die Art und Weise, wie wir denken und wahrnehmen."

„Der Mensch auf der einen Seite, die Technik auf der anderen. Warum soll das ein Konflikt sein? Keiner will auf das moderne Leben verzichten."

Der Moderator lehnte sich wieder zurück und schuf damit zwischen sich und Trové Abstand. Das Aufbauen und der plötzliche Entzug von Nähe dienten oft dazu, den Gesprächspartner zu verunsichern. Jessica kannte diesen Trick.

Trové allerdings lächelte und lehnte sich ebenfalls zurück. Ja, klar, es ist nicht seine erste Talkshow.

„Verständlich", antwortete er ruhig. „Wir müssen aber wissen, die fünf Sinne des Menschen beeinflussen sich gegenseitig in einem offenen wechselseitigen System, während technische Systeme geschlossen sind. Waren wir in Urzeiten in freier Natur unterwegs, und es kam ein Reiz von außen, haben wir sofort reagiert und das Gehirn hat sehr schnell in einen Zustand der Harmonie zurückgefunden."

„Jetzt dagegen ...?"

„Jetzt dagegen bleibt der Erregungszustand lange und fortwährend erhalten, ohne dass es wieder zu einer harmonischen Balance kommt. Die Fachleute sagen ‚Closure' dazu."

„Denken wir mal an bestimmte Ernährungsempfehlungen wie zum Beispiel Paleo. Es heißt doch immer, wir Menschen hätten uns seit tausenden von Jahren kaum verändert."

„Jein, antwortete Trové. „Der alte Stammesmensch, ich habe es schon grob angesprochen, lebte vor allem in einer Welt des gesprochenen Wortes und des Schalls."

„Gut, wir leben heute nicht mehr im Wald, das ist richtig."

„Heute leben wir vor allem in einer visuellen Welt. Die gesamte Wahrnehmung hat sich sehr auf das kühle, distanzierte Auge verlagert. Mich und meinen Gesprächspartner trennt oft etwas: das Handy, der Videobeweis oder ganz häufig der Computerbildschirm. Deshalb hat sich auch die Kommunikation so abgekühlt. Mit dem Siegeszug des Computers erlebt die visuelle Welt ebenfalls einen Triumphzug. Aber: Wird ein Sinnesorgan ständig überreizt, geraten die anderen in eine Art Lähmung, einen Zustand, den wir etwa von der Hypnose her kennen."

„Das bedeutet doch nichts anderes, als dass ich mich, nun ja, als dass ich mich ..." Der Moderator ruderte ein wenig unbeholfen mit den Armen.

„Sie sollten sich möglichst um eine breite Wahrnehmung kümmern. Verstehen Sie? Ich bin kein Gegner der Technik. Aber wir sollten verstehen, wie sie auf uns wirkt, damit wir die schwachen Stellen ausgleichen können. Denken wir an das Beispiel mit dem Hammermann. Auch er wird sich überlegen, was er machen kann, um gesund zu bleiben. Diese Überlegungen führen dann ganz automatisch zu einem reiferen Umgang mit Smartphone und Internet. Wir brauchen Rückzugsorte, Rückverbindung, Ruhephasen. Je schneller die Technik wird, desto wichtiger scheint es, darauf zu achten."

„Sie zeigen in Ihrem Buch eine Verbindung, die zurückgeht bis zum Alphabet und vor allem dem Buchdruck. Gibt es noch mehr Verbindungen zwischen Buch und Internet?"

„Ja, für Buch und Internet gilt: Ich muss das Gelernte ins Leben überführen. Es nutzt nichts, hundertzwanzig Tindermatches in der Liste zu haben. Ich muss ein Date ausmachen und die Frau schlussendlich treffen. Mit den Lippen mache ich dabei hoffentlich die Erfahrung eines sinnlichen Kusses, dabei kann ich sogar die Augen schließen – oder manchmal ist es sogar besser, die Augen zu schließen."

Im Publikum kam Gelächter auf. „Wer Lust hat", rief Trové auf einmal laut ins Studio, „der kann ja mal versuchen, seine Ohren zuzuklappen, ohne dabei die Hände zu benutzen."

Jessica schmunzelte. Sie sah, wie manche Gäste doch nach ihren Ohren griffen oder es bei ihrem Nachbarn versuchten.

„Wir stellen fest", sagte Trové, „es geht nicht. Ein Indiz dafür, wie wichtig die Ohren sind."

„Sie schreiben: ‚Mit Alphabet und Buchdruck entsteht der typografische Mensch, das schnelle, distanzierte Erfassen von Mustern über das Auge. Die Mönche im sechsten, siebten Jahrhundert haben anders gelesen als wir.'" Von Ackern schaute einen Augenblick von seiner Karte auf.

Trové nickte. „Die Mönche haben beim Lesen vor sich

hingemurmelt. Man kann daran zeigen, wie sich das Leseverhalten geändert hat und immer noch ändert."

„Ja", von Ackern nickte. „Wer will, kann das alles in Ihrem Buch nachlesen. Und Sie schreiben außerdem noch vom Homo Digitalis. Ist das eigentlich Ihr Ernst?"

„Ja, natürlich."

Jessica schaute in die Runde. Während Trové nach wie vor eine unglaubliche Ruhe ausstrahlte, zappelte Steffen Arnold, ein schlaksiger Brillenträger Mitte zwanzig, auf seinem Stuhl umher. Er rieb Daumen und Zeigefinger unablässig aneinander und konzentrierte sich wahrscheinlich darauf, aus dem Reiben kein Schnippen entstehen zu lassen.

Jessica atmete zwei-, dreimal tief durch. Sie hatte in den letzten Jahren außerhalb des Fernsehens an vielen Podiumsdiskussionen teilgenommen und war von den Moderatoren immer gleich angesprochen worden. Hier hatte sie auf einmal Gelegenheit zuzuhören. Warum?

„Konkret", hakte der Moderator nach, „welche Eigenschaften hat der Homo Digitalis?"

„Ich zähle mal ein paar auf, die wir am ehesten als negativ bezeichnen würden: verändertes Leseverhalten, mehr an der Oberfläche als in der Tiefe; infolge erleben wir eine drastische Fragmentierung von Inhalten; Schwierigkeiten damit, Entscheidungen zu treffen und dazu zu stehen. Zu viele Onlinestunden können den Lebensrhythmus durcheinanderbringen. Die Folgen wären Schlafstörungen, hohe Nervosität, Konzentrationsschwäche – und wieder die Folge davon, abnehmende Leistungsbereitschaft."

Von Ackern nickte Trové noch einmal zu, wechselte die Moderationskarte und wandte sich jetzt an Steffen Arnold. Irgendwie bekam es der junge Online-Händler hin, seine Hände kurz ruhig zu halten.

„Herr Arnold, wie viel von dem, was Herr Trové benannt hat, ist neu für Sie?"

„Ganz ehrlich? Alles."

Das nahm ihm Jessica sofort ab. Entsprach der junge Arnold nicht genau dem Typ, den Trové gerade beschrieben hatte? Arnold legte jetzt endlich die Hände auf den Knien ab und spreizte die langen Finger weit auseinander. Seine unbeholfene Gestik erinnerte Jessica ein bisschen an Bastian Pastewka.

„Sie sind Mitbegründer der ersten Netzgewerkschaft", wiederholte der Moderator. „Die Redaktion und ich fanden das sehr interessant, und wir freuen uns, dass Sie heute hier sind."

Ja, so konnte man es auch ausdrücken. Steffen Arnold musste aufpassen, sich von dem Moderator nicht vorführen zu lassen. Den Boden dafür hatte Trové im Grunde gelegt, indem er versuchte, den Homo Digitalis zu beschreiben. Blieb nur zu hoffen, dass der Medienwissenschaftler auch die Vorteile des Internets in seinem Buch benannte. Ansonsten wäre es doch eine sehr einseitige Betrachtung. Während Trové nach wie vor offen und freundlich in die Runde schaute, hielt Heck seinen Blick meistens gesenkt. Sobald er mal aufblickte, schaute er sofort in Jessicas Richtung, als wartete er nur darauf, ihr endlich etwas an den Kopf werfen zu können. Die Gelegenheit würde er bestimmt bekommen.

Plötzlich begriff Jessica: Hier war nichts dem Zufall überlassen worden. Nicht nur, dass mit Arnold und Trové ganz unterschiedliche Generationen aufeinandertrafen. Vor allem hatte der Moderator zuerst die beiden in das Gespräch eingeführt. Er hob sich also Jessica und Jürgen Heck für den Höhepunkt der Sendung auf. Es gab keine Von-Ackern-Show ohne Zuspitzung und Angriff. Deshalb war es von Beginn an nicht nur eine Chance gewesen, an der Talk-runde teilzunehmen, sondern auch ein Risiko. Nur ruhig, ermahnte sich Jessica. Nicht provozieren lassen, weder vom Moderator noch von Heck. Auf das Buch aufmerksam ma-chen und immer mal wieder in die Kamera lächeln. Trotz-dem stellte sie fest, wie sehr sie dieser ewige Kampf an-strengte, egal ob nun hier im Studio oder vor Gericht.

Der Moderator richtete sich in seinem Sessel auf und wandte sich abwechselnd an Trové und Arnold. Sie kamen auf globale Märkte zu sprechen, auf politische Ereignisse wie den Arabischen Frühling, der maßgeblich von Facebook beeinflusst worden war, und sie benannten die wunderba-ren Möglichkeiten der weltweiten Kommunikation. Unter-schwellig klang dabei durch, Trové sei für die neue Technik zu alt und zu langsam. Wie würde er mit diesem Vorwurf umgehen? Jessica versuchte, in Trovés Gesicht etwas zu erkennen.

Der Wissenschaftler schmunzelte, blieb locker in seinem Sessel sitzen und fuhr sich mit einer Hand über den Bart. „Ja, natürlich. All das bestreite ich nicht. Mir geht es darum, dass wir auch die schwachen Seiten des Mediums kennen, erst dann können wir ausgleichen und Balance herstellen."

„Cooler Ansatz", sagte Steffen Arnold. Von Ackern ver-suchte, weiter zu provozieren, was nicht richtig gelang. Trové benannte ein Problem, und sofort zog Steffen Arnold dafür eine technische Lösung aus dem Ärmel. Die beiden Männer ergänzten sich perfekt. Jessica hatte den jungen Arnold unterschätzt. Er brachte ein gewaltiges technisches Wissen mit. Sie begriff außerdem, wie leicht es wäre, die Medienlandschaft anders aussehen zu lassen. Die Entwick-ler müssten sich nur von der Design-Idee der Ablenkung verabschieden. Immer mal wieder hörte Jessica den einen oder anderen Zuschauer klatschen.

25

Der Moderator ordnete seine Karten und schaute Heck an. Wie auf ein Zeichen hob dieser auf einmal seinen Kopf. Weiß der etwa, dass er gleich seinen Auftritt bekommt? Jessica umfasste die Lehnen des Sessels fest.

„Wir haben jetzt ein Stück weit beleuchtet, wie sich die Gesellschaft zum Medium verhält und umgekehrt", sagte von Ackern. „Was aber ist mit der digitalen Präsenz des Einzelnen, und welche Rolle spielt dabei das Bild beziehungsweise die Inszenierung von Bildern?"

Von Ackern deutete auf den großen Studiomonitor. Jessica sah das Foto von ihr und dem Bundesverfassungsrichter.

Ausgerechnet dieses Bild! Sofort drängte es sie, zu erklären, wie es zu dem Foto gekommen war und was es damit auf sich hatte. Heck lächelte. Jessica drückte den Rücken durch. Gleich würde sich der Moderator ihr zuwenden. Aber von Ackern nickte nur kurz in ihre Richtung und sagte:

„Frau Dr. Scheffold, Sie bekommen sofort die Gelegenheit, sich zu dem Foto zu äußern, einen kleinen Moment. Herr Trové, wir sehen dieses Foto auf dem Monitor. Viele unserer Zuschauer kennen es sicher, es symbolisiert nicht unbedingt den Beginn von Frau Scheffolds Karriere, wohl aber den Beginn einer gewaltigen digitalen Präsenz. Ich beziehe mich dabei auf Frau Scheffolds Facebook-Profil. Herr Trové, steht dieses Bild für eine beispiellose Inszenierung? Hat es Frau Dr. Scheffold von Beginn an verstanden, das Internet für sich arbeiten zu lassen?"

Trové rollte die Augen.

„Ich denke, Frau Dr. Scheffold kann gut für sich selbst antworten."

Von Ackern hob die Hände: „Da bin ich mir sicher. Aber haben wir die Situation nicht so oft in der Realität? Fotos sind da. Was es damit auf sich hat, erfahren wir erst später."

Der Moderator drehte sich ein winziges Stück von Jessica weg, was sie sofort registrierte.

Trové hatte es ebenfalls bemerkt. „Sie wollen doch nicht etwa jeden Zuschauer fragen, was von dem Bild zu halten ist?", hakte er ungehalten nach.

„Nein", von Ackern hob noch einmal die Hände.

Er weiß ganz klar, was er tut. Wie von Ackern hier vorging, war schlichtweg unhöflich. Eine warme Welle erfasste Jessicas Körper. Sie spürte ihr Herz.

Heck grinste und schaute auf den Boden.

„Falls Sie es nicht wissen sollten", sagte von Ackern, „der arme eingeschüchterte Mann in dem Stuhl, dem Frau Scheffolds erhobener Zeigefinder gilt, ist Hans Dieter Falkenberg, seines Zeichens Bundesverfassungsrichter. Das Foto war lange in den Medien, und es markiert für viele Menschen im Land die entscheidende Wende in der Neinheißt-Nein-Debatte. Andererseits könnten wir auch fragen, ob Frau Scheffold aufgrund dieses Bildes so viel Aufmerksamkeit bekommen hat. Also doch eine perfekte Inszenierung?"

Von Ackern schaute Jessica nicht an und in diesem Moment wusste sie ganz klar: Sie saß bereits inmitten einer Provokation. Typisch von Ackern. Jetzt, dachte sie.

„In ihrer Kneipe würde ich jetzt auf den Tisch hauen ..."

„Frau Dr. Scheffold, lassen Sie mich zunächst noch ..."

„Nein, ich lasse eben nicht. Wenn Sie schon das immer gleiche Foto bemühen müssen, nutze ich genau jetzt die Möglichkeit, um etwas dazu zu sagen."

Der Moderator machte eine ausladende Handbewegung und lehnte sich zurück. Punkt für sie.

„Herr Wowereit und der rote Schuh", fuhr Jessica ohne Zeit zu verlieren fort, „Emma Watson und Harry Potter, Michael Jackson und der Moonwalk – ich möchte mich gar nicht auf eine Stufe mit Schauspielern oder anderen berühmten Menschen stellen, sondern nenne die Beispiele nur, um zu zeigen, wie schnell man in eine Schublade gesteckt wird. Irgendwie werde ich das Foto nicht los. Das Bild war ein Schnappschuss, weniger als ein Augenblick, und die Geste galt meiner Assistentin."

Von Ackern fuhr sich kurz mit einer Hand über die Glatze: „Aber es ist doch vor dem Bundesverfassungsgericht entstanden?"

„Ja, aber nicht während der Verhandlung. Es wurde im Anschluss aufgenommen, und es hat überhaupt nichts damit zu tun, dass ich Herrn Falkenberg etwa die Leviten gelesen hätte, wie Sie es so verzerrt dargestellt haben."

Von Ackern räusperte sich kurz und fuhr sich erneut mit der Hand über die Glatze.

„Mit dem Bild ist die Anzahl Ihrer Follower explodiert. Wir sprechen von immerhin achtzehntausend Menschen, ich habe extra noch einmal nachgeschlagen."

„Wenn Sie das sagen."

Kurz streifte Jessicas Blick Jürgen Heck. Er öffnete den Mund und presste wieder die Lippen aufeinander.

„Herr Heck", bremste ihn der Moderator, „einen Moment bitte. In der Tat ist es so, dass die Kanzlei Heck fast ohne digitale Präsenz auskommt. Sie, Frau Dr. Scheffold, gehen einen anderen Weg."

„Das hat sich im Prinzip so entwickelt. Ich hatte eine Mandantin, die in der Wohnung eines Mannes vergewaltigt worden war. Das Landesgericht hatte ihr Schadensersatz zugesprochen, das Oberlandesgericht hatte diesen wieder zusammengestrichen, mit der Begründung: Die Frau habe sich aus freien Stücken in eine nicht eindeutige Lage gebracht. Die juristische Auseinandersetzung hat uns schließlich den Weg bis zur letzten Instanz gehen lassen. Auf Facebook war so viel Schlimmes und Falsches geschrieben worden, und ich hielt es für klug, genau auf dem Medium zu antworten. Verstehen Sie?"

„Es gab die Meldung, die Frau sei aus dem Rotlichtmilieu gewesen", ergänzte von Ackern.

„Und vieles andere mehr ist geschrieben worden", antwortete Jessica. „Ich will hier nicht noch mal alles aufzählen. Ich habe aber dann doch erkannt, dass mir mein Facebook-Profil Möglichkeiten an die Hand gibt. Wir wissen ja alle: Staatsanwaltschaft und Polizei äußern sich sogar zu laufenden Prozessen. Wieso also soll die Verteidigung zum Schweigen verdonnert sein? Dass ich dabei nicht vor der neuen Technologie zurückschrecke, entspricht ja wohl eher dem Zeitgeist als Präsentationswut."

Der Moderator nickte und wandte sich Heck zu.

„Handelt es sich bei dem Foto um eine geschickte Inszenierung? Das ist unsere Ausgangsfrage gewesen.

Ich stelle sie deshalb noch einmal, weil jeder meiner Studiogäste eine andere digitale Präsenz mitbringt. Steffen Arnold ist gefühlt dauerpräsent im Internet. Von der Kanzlei Heck finden wir im Internet lediglich eine Landingpage und sonst nichts. Herr Heck, warum keine digitale Präsenz?"

„Nein, wir halten nichts davon. Vielleicht sind unsere Brötchen etwas kleiner, aber abgesehen davon müssen wir uns nicht, wie das Frau Dr. Scheffold so gerne tut, im Internet präsentieren wie eine polierte Weihnachtsbaumkugel. Überhaupt handelt es sich ja um komplexe juristische Zusammenhänge, und um diese darzustellen, ist Twitter nicht der geeignete Ort."

Heck drehte seinen Kopf ruckartig Jessica zu. Das Foto war immer noch auf dem Studiobildschirm zu sehen, was Jessica störte. Bloß nicht provozieren lassen.

„Ich bin nicht auf Twitter", antwortete sie bestimmt, aber ruhig.

„Das ist doch alles das Gleiche."

Jessicas Blick schweifte kurz in die Zuschauerreihe. Michael hatte seinen Kopf runtergenommen und sah auf seine Beine.

„Nein", antwortete Trové. „Die Plattformen unterscheiden sich deutlich. Außerdem ist es auch ein Unterschied, ob man sein Privatleben im Internet ausbreitet oder ob man über sein Fachgebiet schreibt."

„Okay, ich habe verstanden", sagte Steffen Arnold.

„Herr Arnold", nahm von Ackern Trovés Hinweis auf. „Digitale Präsenz – für Sie unerlässlich?"

„Ja, unbedingt. Wir müssen mit unserem Shop immer am Ball bleiben, sonst fahren wir Verluste ein. Allerdings kann man unser Business auch nicht unbedingt mit dem von Frau Dr. Scheffold vergleichen. Bio-Produkte online zu verkaufen ist ja ein ganz anderes Ding. Gleich ist vielleicht die mega Begeisterung und der Wille, etwas erreichen zu wollen. Ich schlafe nur am Monatsende."

Von Ackern rang sich ein Lächeln ab und sagte: „Okay. Aber was halten Sie von Frau Scheffolds digitaler Präsenz?"

„Was Frau Dr. Scheffold da macht, ist eine starke Leistung. Achtzehntausend Follower sind eine ordentliche Hausnummer. Ich habe auch mal Jura angefangen zu studieren, allerdings nach drei Semestern abgebrochen. Aber was Frau Scheffold schreibt, kann ich verstehen, und ich würde sogar ihr Buch kaufen."

„Das Buch", nahm von Ackern den Ball auf, „heißt *Das Recht in der digitalen Welt* und erscheint ... wann, Frau Scheffold?"

„Hoffentlich noch in diesem Jahr."

„Genau", antwortete Heck barsch. „Darauf habe ich gewartet. Selbstdarstellung und Werbung."

Er schaute demonstrativ weg. Kurz drauf starrte er Jessica wieder an. Sein Gesicht hatte rote Flecken bekommen.

„Reine Präsentationswut. Wie ein Model, das jeden Tag Spinat fotografiert, um der Welt zu zeigen, wie gesund sie sich ernährt. Handfeste Fakten sind doch viel wichtiger, als so einem Trend hinterherzurennen."

Jetzt in keinen offenen Schlagaustausch mit Heck geraten! Von Ackern mochte solche Situationen. Jessica wusste das. Allerdings hatte sie auch keine Lust, sich von Heck den Einstieg in ihr neues Leben vermasseln zu lassen.

Noch bevor von Ackern etwas sagen konnte, antwortete sie: „Ich weiß nicht genau, was Sie meinen – falls Sie sich auf mein Profil beziehen: Frei weg von der Leber kann ich sowieso nicht schreiben, schon gar nicht über aktuelle Fälle, weil ich ja als Anwältin an die Schweigepflicht gebunden bin. Entweder die Mandanten haben mich davon befreit, sind gestorben, oder die Fälle liegen lange genug zurück. Auch wenn ich auf dem Profil nur anonyme Fallbeispiele nennen kann, wird doch der Sachverhalt ziemlich genau deutlich. Und den größten Vorteil sehe ich tatsächlich darin, einen gewissen Gegenpol zur Staatsanwaltschaft schaffen zu können. Was soll schlecht daran sein?"

„Es ist überflüssig", bellte Heck. „In diesem Zusammenhang, sage ich es gerne noch einmal: Auch die von Ihnen angestoßene Nein-heißt-Nein-Debatte und die damit verbundene Änderung des Paragrafen 177 – völlig überflüssig. Sie müssen doch endlich mal einsehen, dass sich die Rolle der Frau von den Fünfzigern bis heute ganz entschieden gewandelt hat."

Einige Zuschauer applaudierten lautstark. Was war nur mit diesem Land los? Angesichts des schnellen Internets gab es offenbar viele Menschen, die sich nach bewährten Strukturen sehnten, und genau dafür stand Heck. Jessica sah mit einem Blick zur Studiouhr: Sie hatte nicht mehr ewig Zeit. Das Kräfteverhältnis zwischen ihr und Heck schien eher ausgeglichen. Sie konnte versuchen, seine Argumente für sich arbeiten zu lassen.

Jessica richtete sich auf. Der Moderator wollte etwas sagen.

„Stopp, Herr von Ackern! Es stört mich schon, dass ich immer wieder auf das gleiche Thema reduziert werde." Jessica deutete kurz auf den Studiobildschirm. „Es hätte eine Reihe anderer Bilder gegeben als das mit Richter Falkenberg."

Hecks Hand sauste wieder durch die Luft. Jessicas Gedanken rasten.

„Herr Heck", sagte sie schnell. „Vielleicht meinen wir sogar das Gleiche? Als Juristin geht es mir natürlich um handfeste Fakten. Auf der anderen Seite sehen wir uns immer öfter mit den Phänomenen Vorverurteilung und Hasskommentare konfrontiert."

„Nein", schoss Heck sofort zurück. „Wir meinen gar nicht das Gleiche. Nur, weil jemand etwas tut, muss ich nicht auf gleicher Ebene zurückschlagen und ebenfalls ein Facebook-Profil aufmachen."

Von Ackern wiegte den Kopf und schaute abwechselnd Jessica und Heck an. Wem spielt er jetzt den Ball zu? Jessica umfasste die Sessellehnen fest.

„Jedenfalls ist die Debatte ins Rollen gekommen", sagte von Ackern. „Sehr wahrscheinlich schon ein Zeichen dafür, dass sie notwendig war beziehungsweise immer noch notwendig ist." Er schaute Jessica interessiert und offen an.

Heck sah wieder weg. Gut so! Punkt!

„Natürlich ist die Debatte notwendig gewesen, das steht ja hoffentlich außer Frage. Zum Glück haben wir die Gesetzesänderung jetzt im November. Außerdem wäre es zu früh, das Engagement hier einzustellen. Ungleichheiten zwischen Mann und Frau gibt es immer noch."

„Ich frage mich bloß, wo", ereiferte sich Heck sofort. „Wir müssen doch als Männer jetzt schon aufpassen, nicht ins gesellschaftliche Abseits zu geraten, was durch Scheidung und Unterhaltszahlungen schnell passieren kann."

Wieder hörte Jessica einige Zuschauer klatschen, kurz schweifte ihr Blick zu Michael. Er schaute immer noch auf seine Knie.

Ihr fehlte der entscheidende Satz. Eine der Kameras kam wie ein großes Auge auf sie zu. Plötzlich hatte sie eine Idee, allerdings käme sie damit dem laufenden Heinrich-Prozess sehr nahe. Sie musste es wagen.

„Es bringt uns doch nichts, Facebook und Co zu verteufeln. Wir müssen uns eher fragen, warum die Gefahr öffentlicher Vorverurteilungen so gestiegen ist. Hetze, Hass und haltlose Debatten beruhen auf gewissen Wertevorstellungen. Vor dem Gesetz sind alle gleich. Ein Satz, den wir nicht aus den Augen verlieren dürfen."

Heck hob beschwörend die Hände. „Lassen Sie mich raten: Sie sind jetzt wieder bei der armen unterdrückten Frau."

Gut. Heck hatte den Köder geschluckt.

„Also gut, ich nenne Ihnen ein Beispiel: Nehmen wir einen Mann, der abends im Stadtpark die Hose runterlässt und sich nackt zeigt. Nehmen wir an, es käme zu einer Anzeige, da sich jemand durch diesen Mann bedroht fühlte. Nach Paragraf 183 StGB kann der Mann hier entsprechend bestraft werden. Was aber, beginge eine Frau genau die gleiche Handlung? Im Zusammenhang mit Exhibitionismus ist im Gesetzestext nur von einem Mann die Rede. Wenn wir konsequent weiterdenken, ist die Handlung im Fall des Mannes eine Straftat, aber wie würde das Gericht bei einer

Frau entscheiden? Auf Ordnungswidrigkeit? Wenn ja, würde das Gericht eine gleiche Handlung ungleich bewerten, ein Verstoß gegen Artikel drei des Grundgesetzbuches. Mir ist schon klar, dass es Vorstöße gab, diesen Paragrafen zu ändern, aber erfolglos."

„Zu Recht", fuhr Heck auf. „Welche anständige Frau tut so etwas? Das kann man sich doch gar nicht vorstellen!"

Heck schleuderte die Sätze heraus, und dann schien es, als wäre er selbst über die Heftigkeit erschrocken. Er fuhr sich mit dem Taschentuch über die schweißnasse Stirn und schaute zu Boden. Das Publikum war still. Zum ersten Mal an diesem Abend blieben sogar die Kameramänner ruhig stehen.

Michael hatte seinen Kopf nach oben genommen. Er lächelte jetzt.

Erst nach einem deutlichen Moment sagte Trové: „Ein gutes Beispiel." Wieder ein Punkt. Jessica schaute ins Publikum und versuchte zu lächeln.

„Genau das meine ich", sagte sie jetzt ruhig. „Wenn wir schon im Gesetzestext in Bezug auf eine Handlung Frauen und Männer ungleich bewerten, brauchen wir uns nicht zu wundern, dass es in der Gesellschaft zu noch größeren Ausgrenzungen kommt."

„Das ist doch Unsinn", attackierte Heck. „Sie wissen doch selbst, was es für ein Aufwand ist, ein Gesetz zu ändern. Da müssen wir uns doch zu Recht fragen, ob sich der Aufwand lohnt, nur weil es einmal in hundert Jahren vorkommt, dass eine Frau ohne Slip durch den Stadtpark läuft. Lächerlich das Ganze!"

„Äh", von Ackern fasste sich ans Kinn, „liegen uns Zahlen vor? Häufigkeit Exhibitionismus im Vergleich Frauen und Männer?"

„Geht es wirklich darum?", antwortete Jessica. „Auch

dieses Thema haben zahlreiche Leser auf meinem Profil kommentiert. Ich finde es wichtig zu zeigen, und das habe ich auch so geschrieben: Vor Gericht sind alle gleich. Das sollte sich natürlich auch im Gesetzestext widerspiegeln, was aber bis jetzt nicht der Fall ist. Paragraf 183 ist ein altes Gesetz aus dem Jahr 1870. Also es geht auf meinem Profil um solche Themen, und für mich als Juristin ist es sehr interessant zu erfahren, wie meine Leser darüber denken."

Jessica hörte jetzt deutlichen Beifall der Gäste.

„Weiter so, Frau Scheffold", hörte Jessica eine Frau rufen.

Heck schien zu spüren, dass sie die Oberhand gewonnen hatte. Er ereiferte sich: Alte Gesetze müssten nicht zwangsläufig schlecht sein, und wenn schon so eine Diskussion, dann sei ein Facebook-Profil kein geeigneter Ort, um diese auszutragen. Arnold und Trové hielten dagegen und folgten Jessicas Meinung. Noch einmal brandete die Diskussion lebhaft auf, dann schaltete sich von Ackern ein.

„Liebe Zuhörer und Gäste! Leider muss ich hier unterbrechen, unsere Sendezeit ist vorbei. Allerdings dürften wir alle gemerkt haben: Es besteht zu diesem Thema noch Redebedarf. Ich würde mich also freuen, könnten wir recht bald eine Fortsetzung der heutigen Talkrunde hinbekommen. Viele Grüße an den Sender." Der Moderator stand auf. „Ich danke der Regie und meinen Gästen: Steffen Arnold, Henning Trové, Dr. Jürgen Heck und Frau Dr. Scheffold."

Der Applaus schwoll noch einmal an, als von Ackern Jessicas Namen nannte. Michelle kam über das Podest und streckte ihr einen Strauß Rosen entgegen. Jessica stand ebenfalls auf, nahm die Blumen und winkte mit dem Strauß dem Publikum.

Gewonnen, dachte sie. Sieg nach Punkten. Dank Steffen Arnold war es auch nicht schwer gewesen, auf das Buch hinzuweisen. Der Verlag würde das wohlwollend registrieren. Alles gut.

***

Die anderen Talkgäste hatten genau wie Michael und Jessica im Berghotel in unmittelbarer Nähe zum Studio eingecheckt, und zu Jessicas Überraschung fanden sich alle nach und nach in der Bar ein. Sogar der Moderator Harald von Ackern kam im Moment hereingeschlendert, kurz drauf setzte er sich mit einem Whiskyglas zu Trové, der von Ackern auf die Schulter klopfte. Steffen Arnold schien besonders froh, den Auftritt hinter sich zu haben. Er bestellte sich schon ein drittes Pils und einen Booster-Energy-Drink. Jetzt rückte er an Jessica heran und präsentierte ihr die Homepage seines Shops. Michael berührte sie an der Schulter und deutete mit einer Hand zum Eingang. Jessica drehte sich um und sah Heck. Ihre Blicke begegneten sich. Heck zögerte kurz, machte kehrt und lief wieder davon. Genau jetzt wäre es möglich, Heck zu fragen, was das eigentlich sollte. Er hatte während der Sendung weder Trové noch Arnold beachtet, sondern war ausschließlich auf Jessica fixiert gewesen. Das ließ sich kaum noch mit der Rivalität zwischen ihrem Chef und Heck erklären. Zumal Jessica wusste, wie brillant Heck reden konnte, wenn es darauf ankam. Sie schwenkte ein Bein über den Barhocker, spürte aber Michaels Hand am Unterarm.

„Komm, lass es gut sein!"

Jessica zögerte, nickte dann und wandte sich wieder Arnold zu. Er hielt ihr sein Tablet unter die Nase. Gerne hätte Jessica mehr über seine Arbeit für die Onlinegewerkschaft erfahren. Insgesamt fand sie, dass Arnold während der Sendung ein bisschen zu kurz gekommen war. Lag das

36

vielleicht daran, dass sie so viel geredet hatte? Jessica schaute Arnold kurz an. Er griff mit einer Hand nach seiner Brille, und mit der anderen wischte er über das Display. Er schien stolz zu sein, ihr die Fotos zeigen zu können. Allerdings konnte Jessica kaum noch verstehen, was er zu den Bildern sagte. Er hatte zu viel getrunken.

„Komm, lass uns gehen", flüsterte ihr Michael von der anderen Seite ins Ohr.

„Hast du alle Pilssorten durch?"

„Ja, und das eine oder andere Craft Beer. Ich bin nicht so konsequent wie du." Er deutete auf Jessicas Aperol-Glas.

„Das Einzige, was mir schmeckt", gab Jessica zu.

„Komm schnell, Arnold ist wahrscheinlich auf die Toilette." Michael zeigte auf den leeren Platz. Jessica hatte gar nicht mitbekommen, dass Arnold gegangen war.

Sie verließen die Bar. Trové hob ihnen sein Whiskyglas entgegen und nickte freundlich. Im Hotelflur kam ihnen Steffen Arnold doch noch entgegengeschlurft.

„Frau Scheffold, ich bin auch gut mit Sprachen", rief er laut und überschwänglich.

„So", antwortete Jessica und lachte.

„Ja. El Natter – die Schlange, Aqua Miserable – das Mineralwasser und, und ..." Arnold hielt sich kurz die Hand vor den Mund und rülpste, „... der Busch – la Bouche."

„Das sind ja mindestens zwei Sprachen auf einmal."

Jessica spürte Michaels Hand im Rücken.

„Herr Arnold", sagte sie, „wir müssen leider gehen. Morgen ist zwar Sonntag, aber wir sollten sehr früh los."

„Oh, wie schade."

„Ja, das finde ich auch. Also, auf Wiedersehen."

Kurz darauf lief sie mit Michael die Treppen zum ersten Stock nach oben, und er hakte sich bei ihr ein. Jessica staunte, wie vertraut sich sein Arm anfühlte.

Michael sah im Grunde immer noch so aus wie während ihrer gemeinsamen Studienzeit. Meistens trug er eine recht gute Hose, zu der aber das Jackett nicht passte und schon gar nicht die Baseballkappe. Er sah immer noch danach aus, als könne er die ordnende Hand einer Frau gut vertragen, dabei war er seit Langem verheiratet und hatte drei Kinder. Bevor Jessica mit Alexander zusammengekommen war, hatte sie mit Michael eine kurze Affäre gehabt. Das lag aber lange zurück.

Vor der Zimmertür angekommen, drehte sich Jessica zu ihm um, und er sagte: „Komm, lass uns noch etwas trinken." Jessicas Blick fiel auf den Stoffbeutel, den er in einer Hand hielt. „Diskussionsrunden im Radio, Interview hier, Pressekonferenzen da ... aber ein Fernsehauftritt zur besten Sendezeit ...", Michael kratzte sich am Kinn, „... meinst du nicht, dass deine Arbeit und damit unsere Zusammenarbeit einen neuen Höhepunkt erreicht hat?"

Jessica nickte. Dieser Abend konnte tatsächlich der Beginn eines neuen Lebensabschnitts sein. Sie dachte kurz an Alexander und hoffte gleichzeitig auf eine gute Resonanz der Sendung, die sich hoffentlich auf die Vorbestellungen des Buchs auswirken würde. Ihr Blick lag noch immer auf dem Stoffbeutel, aus dem eine Flasche mit dem typisch blauen Drehverschluss und dem golden geschwungenen A herausschaute.

„Du weißt, was ich mag", sagte sie.

Im Zimmer nahm sie zwei Gläser aus dem Schrank und stellte sie auf ein Tischchen.

„Komm", rief Michael. „Der Sekt ist schon auf."

„Erst den Aperol und dann den Sekt."

„Beim nächsten Mal", antwortete er und hielt ihr das zu volle Glas hin.

Sie stießen an.

„Frau Dr. Scheffold", bellte Michael auf einmal und zog wie Heck auch den Kopf tief zwischen die Schultern. „Sie werden doch einsehen müssen ..."

Er nahm ein Taschentuch und fuhr sich damit über die Stirn. Jessica lachte und hielt sich die Hand vor den Mund.

„Den hast du richtig vorgeführt", meinte Michael und drehte Jessica so wie Heck den ganzen Körper zu, sobald er den Kopf bewegte.

„Nein, ich habe ihn nicht vorgeführt. Er hat geantwortet, wie die meisten antworten würden."

„Vorgeführt, aufs Eis geschoben."

„Entschuldigung, war keine Absicht. Du hast den Heck gut beobachtet. Ich meine, in so kurzer Zeit seine Stimme und Bewegungen so zu verinnerlichen ..."

„Ja", sagte Michael. „Hatten wir während des Studiums weit und breit den besten Theaterclub, oder nicht? Du erinnerst dich doch?"

„Natürlich! Aber dass du das noch so gut draufhast ..."

Michael zuckte die Schultern und nahm einen großen Schluck. Wilde Zeiten, dachte Jessica. Michael, seine Frau Christine, Alexander und Jessica waren der harte Kern des Clubs. Die Premierenfeiern legendär. Heute schien es Jessica so, als wäre der Club eine Art Gegenpol zum staubtrockenen Jura gewesen. Natürlich hatten Bier, Sekt und Aperol immer dazugehört.

Michael taumelte etwas unbeholfen durch das Zimmer und versuchte immer noch, sich so zu bewegen wie Heck. Jessica lachte, verschlucke sich und hustete.

„Was hat es denn damit auf sich?", fragte er.

Michael deutete auf ein Dirndl. Es hing an dem einzigen Schrank des Zimmers.

„Immerhin sind wir in München", überlegte sie. „Das Oktoberfest geht bald los."

Er nahm das Kleid vom Schrank und hielt es in Jessicas Richtung. „Also, ich könnte wetten, es hat genau deine Größe."

„Nein, nein, denk nicht mal dran."

„Im Club damals hast du innerhalb von zehn Minuten drei verschiedene Kleider angehabt. So schnell wie du konnte sich niemand von uns umziehen. Hast du das noch drauf?"

„Bestimmt", antwortete Jessica. „Aber ich zieh das Ding jetzt nicht an."

„Okay, okay", antwortete Michael. Er schmunzelte, und in seinem Blick lag etwas wie: *Schon gut, altes Mädchen, die besten Jahre ... du weißt, wie der Spruch geht?* Er drehte sich um und ging zur Toilette. Jessica hörte die Tür. Sie trat vor den Spiegel, drehte sich und betrachtete ihr seitliches Profil. Verdammt, hatte sie nicht gerade in der Show bewiesen, wie schlagfertig sie war? Sie wusste nicht so recht, wie sie Michaels Gesichtsausdruck deuten sollte. Oder fand er sie gar nicht mehr attraktiv? Konnte das sein? Hatte er damit nicht etwas mit Alexander gemeinsam? Sie brauchte Michaels Blick nicht, und sie war auch keine verklemmte Emanze, wie ihr alle weiszumachen versuchten. Was sie brauchte, war Alexander und sein Atem, der auf ihren Hals traf und sie umspülte wie eine Umarmung. Ja, wie lange schon nicht mehr? Viel zu lange.

Das Warum tauchte auf, und genau darauf gab es keine Antwort. Momentan fühlte sie sich nicht vollständig, weder als Frau noch als Liebhaberin. Sie strich sich mit den Händen über den flachen Bauch und gab sich einen Ruck. Kurz drauf stieg sie aus der Hose und schob sie mit dem Fuß zur Seite. In null Komma nichts hatte sie sich die Bluse über den Kopf gestreift und war genauso schnell in das Dirndl gestiegen. Es hatte einen tiefen Ausschnitt, und mit einem

Blick in den Spiegel sah Jessica: Ihr schwarzer BH schaute hervor. Nein, so ging es nicht. Sie öffnete kurzerhand den BH und warf ihn zur Hose.

Plötzlich summte ihr Handy. Wer konnte das sein? Toni vielleicht. Sie wollte bestimmt nachfragen, wie die Talkrunde gelaufen war. Jessica hielt mit der linken Hand das Oberteil des Dirndls, mit der rechten griff sie nach dem Handy und schob den Daumen über das Display.

Auf einmal Michaels Stimme: „Ha, ha, ha." Jessica fuhr herum und ließ das Handy fallen. Es knallte zu Boden und rutschte Michael genau vor die Füße.

„Du bist nicht ganz fertig", rief er und lachte noch lauter als zuvor.

Jessica lief auf ihn zu und bückte sich, um nach dem Handy zu greifen, ein Schwindelgefühl überkam sie. Ihr rutschte das Oberteil von der Brust. Das war der Alkohol. Sie zog am Saum und langte nach dem Handy, doch Michael war schneller. Schon hörte Jessica ein leises Klacken.

„Hörst du auf!", rief Jessica und versuchte, das Dirndl mit der linken Hand nach oben zu ziehen.

Michael ließ noch einen langen Moment, wie es Jessica schien, den Finger auf dem Auslöser, dann erst legte er das Handy aus der Hand und taumelte auf Jessica zu.

„Es geht erst richtig los", lallte er und zog sie grob an sich. Er versuchte, sie zu küssen. Jessica drehte den Kopf weg. Sie roch seine gewaltige Bierfahne. Schnell legte sie beide Hände auf seine Brust und stieß ihn von sich weg.

Das Dirndl rutschte nach unten. Sie verfing sich darin und fiel um. Jessica strampelte sich das Kleid von den Füßen, behielt aber dabei Michael im Blick. Allerdings verschwammen seine Konturen. Schwankend kam sie wieder auf die Beine und legte sich endlich einen Arm über die Brust.

„Michael! Es reicht! Ich gehe jetzt auf die Toilette, und du gehst auf dein Zimmer! Denk an Christine und nicht an mich."

Der Name Christine hatte bei Michael schon immer gezogen. Michael grinste und drehte seine Baseballkappe in den Händen. Jessica war jetzt hellwach. Sie lief langsam an ihm vorbei in Richtung Toilette und hob dabei ihre Bluse vom Boden auf. Er brauchte nur den Arm nach ihr ausstrecken, doch zum Glück rührte sich Michael nicht. Vielleicht, weil er selbst erschrocken war. Jessica nutzte den Moment und huschte in die Toilette. Sie schloss die Tür ab.

„So ein schöner Abend", lallte Michael im Zimmer.

Jessica horchte angestrengt. Endlich, nach einigen langen Minuten fiel die Zimmertür ins Schloss. Vorsichtig öffnete Jessica die Toilettentür und atmete tief aus.

***

Am nächsten Morgen fühlte Jessica zuerst ihre Zunge und den fürchterlichen Geschmack im Mund. Sie setzte sich auf. Die Wände des Zimmers verschwammen ihr vor den Augen. Sie legte sich eine Hand auf die Stirn. In ihrem Kopf ein pulsierender, dumpfer Schmerz. Erst nach einem Moment nahm das Zimmer schärfere Konturen an. Da lag die Hose, nicht weit davon der BH und dort das Dirndl.

Um Gottes willen! Jessica hielt sich die Hände vor das Gesicht. Noch einmal roch sie Michaels Atem und sah seinen gierigen Blick. Sie stieg langsam aus dem Bett, öffnete die Minibar und griff nach einer Flasche Wasser. Sie trank und sah dabei auf das Handydisplay. Was, neun Uhr schon?

Sie setzte das Glas ab, fühlte, wie schwer ihr Körper war und wie träge die Gedanken. Ein Zustand, den sie zutiefst hasste. Er stand ganz im Gegensatz zur wunderbaren Klarheit und den Gedanken, die das Yoga mit sich brachte. Vor allem hasste sie sich in diesem Moment selbst. Sie wusste es doch. Ein Glas Alkohol und dann Schluss. Wieso hatte sie sich gestern nicht einfach daran gehalten?

Während Jessica sich im Bad Wasser ins Gesicht spülte, dachte sie an Michael. Er war so oft abgelehnt worden. Die Hauptrolle hatte er im Club nie bekommen, jetzt gelang es ihm nicht, in Sebastians Kanzlei Fuß zu fassen, und das lag an Sebastian. Jessica wusste, wie sehr Michael darunter litt. Sie putzte sich die Zähne, griff nach der Feuchtigkeitscreme. Anschließend packte sie ihre Sachen zusammen, zog sich an und hängte das Dirndl wieder an den Schrank. Sie trat in den Flur und klopfte an Michaels Tür. Ein dunkelhaariges Zimmermädchen öffnete.

„Der Herr Belzer ist schon weg."

***

Zehn Minuten später saß Jessica allein beim Frühstück. Der Kaffee tat ihr gut. Am besten gar keinen Alkohol mehr, dachte sie, und es kam ihr noch einmal in den Sinn, dass sie fast nackt vor Michael gestanden hatte. Das Handy brummte. Das wird er sein. Er wird sich entschuldigen wollen.

Jessica fuhr mit dem Daumen über das Display und schaute in ihr eigenes Gesicht. Sie sah die Augenringe, das entspannte breite Grinsen, das man nur so gelöst hinbekommt, wenn Alkohol im Spiel ist. Sie sah ihre Brüste. Das Bild verschwand, und ein Text erschien.

Frau Dr. Scheffold, las sie. *Von Ihnen droht ein brisanter Datensatz in Umlauf zu geraten. Für einen überschaubaren Monatsbeitrag schützen wir Ihre Daten zuverlässig und bieten außerdem ein ganzes Paket zur Internetsicherheit an. Nehmen Sie unseren speziellen Service ganz ein-*

fach an, so wie andere Prominente auch, indem Sie uns mit Ja antworten.

Was zum Teufel …? Jessica griff mit beiden Händen nach dem Telefon. Das war nicht Michaels Nummer. Wie konnte das sein? War jemand anderes an das Foto gelangt? Aber wie? Sie hielt das Handy, bis ihr die Finger schmerzten.

„Alles in Ordnung, Frau Scheffold?"

Jessica nickte dem Kellner zu. Hatte Michael das Foto verschickt? Sie lehnte sich zurück, dachte angestrengt nach und versuchte, den gestrigen Abend im Hotelzimmer Schritt für Schritt zu durchdenken. Sie hatte sich auf der Toilette die Bluse übergezogen, während das Handy im Zimmer lag. Genug Zeit für Michael, das Foto zu stehlen und zu verschicken?

Wieder fuhr sie mit dem Daumen über das Handydisplay, fand eine neue Informationsmitteilung.

Neue Elemente in Google Fotos las sie. Google? Wieso Google? Sie tippte auf die Mitteilung. Einen Moment später entdeckte sie in ihrem Account nicht nur ein Dirndlfoto, sondern eine ganze Serie. Jessica legte das Handy aus der Hand und hielt sich die Hände vors Gesicht. Kurz drauf vibrierte das Smartphone auf dem Tisch.

Jessica, ich musste früh los und wollte dich nicht wecken. Lösch die Bilder. LG Michael

***

Zum Glück war Sonntag und die A8 in Richtung Stuttgart frei von LKWs. Jessica fuhr die meiste Zeit auf der linken Spur. Sie hatte bis jetzt zweimal angehalten, aber nur, um Michael anzurufen, der nicht ans Telefon gegangen war. Sie ahnte, was passiert war. Sollte sich diese Vermutung als wahr herausstellen, war es ein Ärgernis ohnegleichen. Verdammte Technik! Sie schlug mit der Hand auf das Lenkrad. Und auf der anderen Seite Michael. Jessica feierte gern. Das wusste er. Und hatte er sie nicht zum Trinken überredet? Wäre es dann nicht auch möglich, dass er die ganze Situation so provoziert hatte? Warum? Beruflich trat er auf der Stelle. Er kam einfach nicht an Sebastian vorbei. Auch den Heinrich-Prozess hatte Jessica schließlich übernommen.

Jessica fuhr über eine Brücke und sofort hielten die Hände das Lenkrad fester. Sie hatte sich bei Sebastian immer für Michael eingesetzt. Die beiden konnten nicht miteinander. War das ihre Schuld?

Sie schüttelte den Kopf, verfluchte den Aperol und klopfte noch einmal mit der Faust auf das Lenkrad. Jetzt musste sie Alexander die Fotos zeigen, wo sie es ohnehin schwer miteinander hatten. Und sie musste sich beeilen. Vielleicht waren die Fotos schon im Netz, noch bevor sie nach Hause kam.

Andererseits: Ging es hart auf hart, konnte sie auf Alex zählen. Er hatte auch einmal seiner Assistentin sehr zur Seite gestanden. Sie war wegen einer Angststörung lange krankgeschrieben gewesen.

Zwei Stunden später trat Jessica in die Scheffold-Villa. Sie ignorierte die kühle Umarmung des Hauses. Während sie schnell die Treppen nach oben lief, hielt sie sich an dem Gedanken fest, die Bilder könnten Alexander und sie wieder näher zusammenbringen. Im Flur streifte sie sich schnell die Schuhe von den Füßen. Alexander war im Wohnzimmer. Jessica hörte seine Stimme, er schien zu telefonieren. Sie öffnete die große Flügeltür.

„Du bist zu blöd, um aus einem Bus rauszuschauen", sagte Alexander ungehalten. Jetzt drehte er sich Jessica zu und nickte. „Du, ich mach jetzt Schluss." Er nahm das Handy vom Ohr. „Wenn man nicht alles selber macht", sagte er.

Gleich wird er sich die Fotos kurz anschauen und sagen: Wer sich mit uns anlegen will, muss sich warm anziehen. Das sitzen wir auf einer Arschbacke aus.

Jessica konnte in dem Moment, da sie auf ihren Mann zuging, die typischen Alexander-Sätze beinahe fühlen. Er würde die Arme nach ihr ausstrecken, und sie würde das Gesicht auf seine Brust legen.

Er griff nach Jessicas Handy und sah sich die Fotos an. Sie konnte keine Gefühlsregung in seinem Gesicht ablesen.

„Ja", sagte Jessica. „Und ich habe im Verlauf des Tages drei SMS bekommen."

„Was für SMS?"

„Also ich soll jeden Monat Geld zahlen. Die Fotos kämen nicht ins Internet, und außerdem wäre ich in Zukunft vor solchen Angriffen geschützt."

„Verstehe", antwortete Alexander nach kurzem Zögern. „Äh, aber trotzdem eine Erpressung. Oder nicht?"

Jessica nickte, registrierte aber sehr wohl, dass Alexanders Stimme eine Nuance heller geworden war. Jessica hatte erst relativ spät ihr großes Talent entdeckt, die Mikrozeichen der Kommunikation zu erkennen. Viele Male hatte ihr diese Begabung zum entscheiden Vorteil vor Gericht verholfen. Und jetzt? Er kannte die Fotos bereits? Konnte das sein? Alexander gab ihr das Handy zurück, schaute an ihr vorbei, drehte sich um und lief zum Fenster. Jessica lief ihm ein paar Schritte hinterher. Das Parkett knarrte. Er drehte sich um.

„Bleib, wo du bist! Du hast ja wohl die Fotos nicht alleine gemacht." Er legte sich beide Hände an die Brust und grinste. „Du und Belzer, ich hätte es mir denken können."

Jessica ging auf Alexander zu.

„Lass mich einfach allein", rief er zornig und kehrte ihr wieder den Rücken zu.

Langsam drehte sich Jessica um und lief in ihr Büro. Mit zittrigen Fingern wählte sie Tonis Nummer.

„Ja?"

„Toni, wo bist du?"

„In Frankfurt auf dem Flughafen."

„Gott sei Dank."

„Vielen Dank, dass du dir Sorgen um mich machst."

„Ja, das auch. Aber kommst du morgen in die Kanzlei?"

Jessica schilderte Toni kurz, was am Samstag und heute passiert war. „Ich muss Sebastian darüber informieren."

Toni zog so deutlich die Luft durch die Zähne, dass es Jessica selbst am Handy hören konnte.

Kapitel 3

Jessica sah Sebastian dabei zu, wie er im Büro auf und ab lief. Er hatte die Arme hinter dem Rücken verschränkt und streckte den Kopf nach vorne. An der Wand hinter ihm hingen Fotos und verschiedene Artikel, die an die wichtigsten Fälle erinnerten. Darunter auch das Bild von ihm und Jessica vor dem riesigen Flughafen in Florence, Arizona.

Zwei Tage nachdem sie die Hinrichtung der deutschen Hübner-Brüder hatten mitansehen müssen. Unfassbar tragisch: Nachdem die Brüder tot waren, gab der internationale Gerichtshof in Den Haag Sebastians Verteidigungsstrategie recht. Die USA hatten den Brüdern jeglichen konsularischen Beistand verwehrt. Die Hübners hätten das Recht gehabt, ihren Fall noch einmal aufrollen zu lassen, und zwar mit vom deutschen Staat gestellten Anwälten. So aber hatten sie keine Chance. In den Akten waren noch nicht einmal ihre Namen richtig geschrieben gewesen. Einer der Hübners hatte sich für den besonders qualvollen Tod in der Gaskammer entschieden, um gegen die Todesstrafe zu protestieren. Wann immer Jessica an die Hübners dachte, begann sie zu frieren, Sebastian litt seit diesem Erlebnis an Asthma, und Jessica wusste: Sie und er waren vor allem über diesen Fall miteinander verbunden. Er hatte es verstanden, Jessica nach dieser Sache wiederaufzubauen, vielleicht wäre ihr Weg ohne ihn ganz anders verlaufen.

Während des Prozesses um die Hübners hatte die Kanzlei im engen Kontakt zur Bundesregierung, vor allem zum

Außenministerium, gestanden. Auch jetzt noch, zwölf Jahre nach diesem Fall, vertraten sie oft Mandanten, die allerhöchste Positionen bekleideten. Sebastian und Jessica hatten es geschafft, den Status der Kanzlei noch weiter auszubauen. Sie konnten sich vor Mandatsanfragen nicht retten. Bis jetzt hatten sie alle Schwierigkeiten und Herausforderungen gemeistert und waren daran gewachsen.

Bis jetzt.

Sebastian nahm die Sache mit den Fotos nicht auf die leichte Schulter. In den letzten Minuten hatte er ein paar Mal „da hier" gesagt, eine Wortkombination, die er vor Gericht nie verwandte und die ihm nur entwischte, wenn er emotional aufgeladen war und sich in vertrauter Umgebung wusste. Sebastians Büro war so ein Ort. Hier hatten sie all die wichtigen Entscheidungen getroffen, hier roch es nach Arbeit. Er blieb vor Toni stehen, musterte sie kurz und setzte seinen Weg fort. Er will wissen, wie sie darüber denkt, dachte Jessica.

Sebastian löste Anspannung gern durch Bewegung, manchmal bekam er auch einen Wutanfall und warf den Telefonhörer durch den Raum. Im Gegensatz zu ihm verfiel die große, schwere Toni unter Druck in eine Art körperliche Starre, und genau das war jetzt der Fall. Sie hielt die Hände an der Hüfte, schaute zu Jessica hinüber und stand still.

„Bevor du wählst", sagte Sebastian, „mach langsam. Lass mich noch einmal die Dinge zusammenfassen. Nur damit ich alles richtig verstehe."

Sebastian ging zum Schreibtisch und griff nach dem Foto, das Jessica ausgedruckt hatte.

„Ich sehe eine attraktive Frau. Okay, die Frau hat offensichtlich getrunken. Sie hat keinen BH an und ich sehe ihre Brüste. Das Bild strahlt eine natürliche Selbstverständlichkeit aus, also es ist nicht provokativ, noch ist die Frau scheu

49

im Umgang mit Nacktheit, so als wäre der Fotograf gar nicht dabei. Sie zieht ein Dirndl an. Eine private Umkleideparty vielleicht, die etwas zu sehr entartet ist? Ich mein, jeder von uns kennt das und hat das schon einmal erlebt: Man trinkt viel zu viel, und am Ende hat man eine Klobrille um den Hals und sagt Dinge, die man besser nicht gesagt hätte. Das Erwachen kommt dann am nächsten Morgen, nicht wahr? Ist es nicht so? Es ist genau so ein Bild. Was ist daran schlimm?"

Toni trat zu Sebastian. Wieder einmal hatte er Toni ganz gekonnt aus ihrer Starre befreit, und das war etwas, das Jessica an ihm mochte. Dieses gründliche Abwägen von Für und Wider, ganz ohne Starallüren.

Toni griff nach dem Foto. Sie kaute auf der Unterlippe. Obwohl Jessica die beiden gut kannte, war es ihr unangenehm, dass sie das Foto so intensiv betrachteten. Jessica verschränkte die Arme und hielt dabei den Telefonhörer in der Hand.

„Jessica ist Deutschlands bekannteste Expertin für Sexualstrafrecht", sagte Toni. „Sie hat einen enormen Ruf, und jetzt haben wir dieses Foto. Was, wenn es an die Öffentlichkeit kommt? ‚Berghotel München: Expertin für Sexualstrafrecht in Sexorgien verwickelt.'" Toni zeichnete die Schlagzeile mit den Händen in die Luft.

„Wieso Hotel?", fragte Sebastian nach einem Augenblick, und Jessica fiel sein Zögern auf.

„Schau doch das Foto an. Siehst du nicht das Handtuch mit dem Schriftzug? Ist nicht ganz zu sehen, aber hier an der Wand, genau der gleiche Schriftzug. Das Foto wäre ein harmloses Bild, wäre Jessica irgendeine Frau. Das ist sie aber nicht. Denk mal an den konservativen Heck. Was passiert, wenn er das Foto sieht? Denk an Marco Rauch von der Bürgerwehrgruppe. Denk an die zerstochenen Reifen deines

BMWs und die Schmierereien an unserer Fassade. Weißt du nicht mehr, was da gestanden hat? Da stand Huren…"

„Schon gut", unterbrach Sebastian und nahm seinen Weg wieder auf.

„Der Heinrich-Prozess hat viel Staub aufgewirbelt", fuhr Toni fort. „Wir haben nicht nur Heck gegen uns, sondern auch Marco Rauch und seine Kumpane sowie immer noch Teile der Feministinnengruppe. Die alle zusammen warten nur auf einen Fehltritt, auf eine Schwachstelle. Bisher haben sie nichts gefunden, aber das Foto könnte genau diese Schwachstelle sein. Von jetzt an müssen wir jeden unserer Schritte genau überlegen. Der Heinrich-Prozess ist noch nicht abgeschlossen. Der letzte Termin …" Toni zeigte auf den Wandkalender, „… ist in vierzehn Tagen. Bei diesem Fall kommt so vieles zusammen … Jessicas Gespür, was es mit Heinrichs Zeigelust auf sich hat. Dass er aus diesem Grund für die Vergewaltigung nicht infrage kommen konnte, obwohl es durch die angebliche DNA-Spur ja sehr danach aussah. Also die ganze Auseinandersetzung mit Staatsanwalt Jung."

„Zurückzurudern ist nicht gerade Steven Jungs Stärke", sagte Sebastian.

„Eben! Das Foto könnte diesem guten Verlauf aber sehr schaden. An dem Bild hängt Jessicas Glaubwürdigkeit. Wir sollten auch nicht vergessen, mit wem wir es zu tun haben. Heck hat die Verteidigung des Exhibitionisten abgelehnt, und dann kommt ausgerechnet eine Frau, um sie zu übernehmen."

„Ja." Sebastian lächelte.

„Das muss Heck vorkommen, als wäre unten plötzlich oben und umgekehrt. Sein Vater hat hier am Gericht noch Homosexuelle wegen ihrer Handlungen verurteilt."

„Wieso weiß Toni etwas über Heck, was ich nicht weiß?", fragte Jessica.

„Ach, Jess, wenn du an einem Fall bist, bekommst du nur mit, was du willst. Ich hatte versucht, mit dir über Heck zu reden."

„Schon gut. Aber das erklärt natürlich einiges. Dennoch können wir Hecks Vater noch nicht mal einen Vorwurf machen, der Paragraf ist zu dieser Zeit geltendes Recht gewesen."

„Das schon, Jess", sagte Sebastian. „Aber du weißt: Es gibt immer Spielraum. Nicht wahr? Hecks Vater war ein Hardliner durch und durch, und Heck entstammt genau dieser Tradition. Trotzdem, das sind doch alles mehr oder weniger Gefühlsduseleien. Selbst wenn das Foto an die Öffentlichkeit kommt, das ändert doch die Beweislage vor Gericht nicht. Ich sehe den Zusammenhang nicht, Toni."

„Steven Jung muss sich vor Gericht nur einmal mit beiden Händen an die Brust fassen und schon hätte er Jessica vorgeführt, ohne auch nur ein Wort zu sagen. Säße Marco Rauch im Saal, hätte er seine wahre Freude an dieser Geste."

„Toni hat recht", sagte Jessica. „Sie können jederzeit meine Autorität untergraben, und sogar die der Kanzlei."

Sebastian winkte ab, verschränkte seine Arme hinter dem Rücken und drehte sich von Jessica weg.

„Konkret müssen wir uns fragen", sagte Toni, „wie reagieren Jochen Heinrich, unser Mandant, und seine Frau darauf? Sollte er erfahren, dass seine Anwältin nackt und betrunken in der Zeitung zu sehen ist?"

„Käme er darauf, Jessica das Mandat zu entziehen", antwortete Sebastian und drehte sich wieder um, „ist ihm nicht zu helfen. Das kann ich mir nicht vorstellen."

„Im ersten Moment vielleicht nicht, vor allem jetzt nicht, weil wir unter uns sind und das Bild betrachten. Sobald aber die Masse davon erfährt, hat die ein Druckmittel, auch gegen Heinrich."

52

Jessica ließ sich in den Stuhl vor den Schreibtisch fallen, legte den Telefonhörer ab und hielt die Hände vors Gesicht.

Sie dachte an Maria, Heinrichs Frau.

„Frau Scheffold, wir haben drei Töchter", hatte Maria gesagt. „Die älteste kam zu früh, die mittlere war in ihrer Entwicklung langsam und die kleine ein Schreikind. Mein Mann war immer für uns da. Bei ihm beruhigten sich die Mädels sofort, in seiner Nähe sah immer alles hoffnungsvoll aus. Dann erfahre ich von dieser Neigung, und es fühlte sich für mich an, als hätte er mich betrogen und verraten, und im Grunde hat er das auch. Dann habe ich aber gemerkt, dass ich die drei Jahrzehnte mit ihm nicht auslöschen kann. Er ist immer noch mein Mann, und gerade jetzt stehe ich zu ihm. Heißt es nicht so, Frau Scheffold, in guten wie in schlechten Zeiten? Bitte helfen Sie uns. Ohne Sie müssten wir wegziehen, einen anderen Namen annehmen, die Kinder würden von ihren Freunden weggerissen."

Jessica schüttelte den Kopf und rieb sich die Augen. Sich vorstellen zu müssen, Marias Vertrauen zu verlieren, war schlimm. Was würde sie zu diesem Foto sagen?

„Jessica!", sagte Sebastian etwas lauter. „Hilf mir noch einmal auf die Sprünge. Belzer hat mit deinem Handy die Fotos gemacht, richtig? Am Sonntagmorgen hast du dann die erste SMS erhalten, verbunden mit der Aufforderung, ein Schutzgeld zu zahlen, ansonsten käme ein brisanter Datensatz in Umlauf. Heute Morgen die vierte SMS, deine Anzeige gegen unbekannt bei der Polizei. Und was war jetzt noch mal mit diesem Anruf?"

„Halb zehn etwa hat mich mein Bankberater angerufen, der schon halb in Rente ist. Er wunderte sich über eine Überweisung auf ein Nummernkonto. Knapp zehntausend Euro."

„Ja."

53

„Ich habe das Geld nicht überwiesen, habe ich sofort gesagt."

„Ist doch klar", sagte Toni. „Irgendwer hat deine gesamten Daten abgegriffen, und sie wollen mit der Überweisung zeigen, wie viel Macht sie haben."

„Das sind also nicht zwei Sachverhalte, sondern wahrscheinlich nur einer", stellte Sebastian fest. „Aber was ich nicht verstehe: Das Foto oder die Fotos waren doch nur auf deinem Handy?"

„Ja, eben", antwortete Jessica. „Es war also jemand an die Fotos gelangt, und die Frage drängte sich auf, wie das sein konnte."

„Und?"

„Es ist sehr wahrscheinlich eine Unachtsamkeit, die ich mir selbst zuschreiben muss. Ich bekomme von Google immer mal wieder eine Service-SMS, die ich meistens nicht lese. In einer davon habe ich im Prinzip zugestimmt, dass sich mein Handy dreimal am Tag mit dem Google-Account synchronisiert. Ich hätte ein Häkchen entfernen müssen, was ich aber nicht getan habe. Auf diesem Weg sind die Fotos in die Cloud gewandert. Ganz automatisch also. Nachdem sie hochgeladen waren, muss sie dort jemand abgegriffen haben. Jemand hatte oder hat also Zugriff auf mein Google-Konto."

„Kann das sein?", fragte Sebastian, zögerte auf einmal und streckte sein Kinn vor. „Also ich meine so schnell?", fuhr er nach einem Moment fort. „Jemand müsste ja geradezu auf das Foto gewartet haben, verstehst du? Zwischen Samstagabend und Sonntagmorgen liegen gerade mal acht Stunden. Außerdem Belzers Hinweis, das Bild zu löschen. Diese SMS kommt mir vor wie ein billiges Alibi, das freilich nicht funktionieren kann, beachten wir die Zeit."

Was Sebastian sagte, machte durchaus Sinn. Aber wäre

Michael in seinem betrunkenen und aufgewühlten Zustand wirklich fähig gewesen, die Fotos auf sein Smartphone zu ziehen? Natürlich ritt der Chef wieder auf Michael herum. Trotzdem war Jessica aufgefallen, wie Sebastian bei der letzten Antwort gezögert hatte. Ja, hätte er nicht schon längst gesagt: So jetzt ist es gut, Mädels, zurück an die Arbeit? Jetzt drehte er sich Jessica zu und hob dabei die Hände. Toni sah es und klappte den Mund auf.

„Ich wäre jetzt dafür, Belzer anzurufen", sagte Sebastian. „Immerhin hat er das Foto gemacht, und er ist der Einzige, der erklären könnte, was am Samstagabend in diesem Hotelzimmer passiert ist. Toni, wie denkst du? Was sollen wir machen?"

„Ich denke vor allem an die nächsten vierzehn Tage. Und ich will jetzt auch wissen, was Michael dazu sagt."

„Mir geht das zu langsam", sagte Jessica. „Das Foto kann in der nächsten Minute im Netz auftauchen, und dann müsste ich mich verteidigen. Ich will mich aber gar nicht erst in diese

Rolle drängen lassen, sondern den Typen oder wem auch immer das Foto wieder aus der Hand nehmen. Ich sollte das Foto selbst veröffentlichen, eine Erklärung dazu schreiben und fertig."

Toni raufte sich die Haare. Jessica bemerkte die riesigen Schweißflecke der massigen Frau.

„Jess", sagte Sebastian. „Ich bitte dich, lass uns da hier die Zeit, die Dinge zu verstehen. Ich möchte jetzt wissen, wie sich Belzer dazu stellt, obgleich ..."

„Was?", fragte Jessica.

Sebastian winkte ab, ging zum Schreibtisch und hielt Jessica den Hörer hin.

***

Im Hintergrund hörte Jessica eine Tür zufallen. Sie horchte angestrengt, froh darüber, dass Michael an sein Handy gegangen war.

„Jessica, ich kann nicht viel reden. Die Kinder sind krank, und Christine ist mit den Nerven runter."

„Michael, nur du kannst sagen, wie das am Samstagabend gewesen ist. Überhaupt finde ich, dass du mir einen Gefallen schuldest. Entschuldigt hast du dich bisher bei mir nicht."

„Ja, tut mir leid. Aber wir hatten beide getrunken, nicht nur ich."

„Ja, ja, schon gut."

„Wenn Christine davon erfährt, dreht sie ganz durch. Unsere Ehe ist momentan ohnehin schwierig."

„Michael, Michael", hörte Jessica Christines Stimme.

„Jess, ich muss Schluss machen. Tut mir leid. Warum sagst du nicht einfach, die Fotos sind ein Fake?"

„Du kannst dich doch nicht so einfach aus deiner Verant..." Noch bevor Jessica den Satz beenden konnte, hörte sie ein langgezogenes Tuten. Sie ließ den Hörer sinken und schaute über den Schreibtisch zu Sebastian und Toni. Toni stand still im Raum, Sebastian lief um sie herum, wie um eine Verkehrsinsel.

„Und warum überrascht mich das nicht?", fragte Sebastian. „Wie lange arbeitet Belzer als Externer für uns, Jess?"

„Seit ich da bin."

„Genauso lange versucht er, hier in unserer Kanzlei Fuß zu fassen. Nicht wahr?"

„Was du bis jetzt erfolgreich verhindert hast", antwortete Jessica.

„Weiß Belzer eigentlich etwas, was ich nicht weiß", fragte Sebastian auf einmal. „Du wolltest dich ja mehr auf das Schreiben konzentrieren und auch auf die Familie."

„Ja, aber das zweite Buch ist gerade erst fertig geworden. Ich habe jetzt noch keinen Anlass gesehen, hier an diesem Arbeitsverhältnis etwas zu ändern."

„Hm, ich dachte kurz, Belzer weiß mehr als ich."

„Was willst du damit sagen?"

„Belzer hat sich zweimal bei mir angetragen, die Heinrich-Verteidigung zu übernehmen. Vielleicht dachte er, Exhibitionismus ist Buh und Bäh und kein Thema für eine Verteidigerin. Es kommt mir so vor, als sähe er seine Zeit nun gekommen. Und ich habe tatsächlich kurz überlegt, ihm diesen Fall zu überlassen."

„Aber davon hab ich ja nichts gewusst!"

Sebastian beachtete Jessicas Bemerkung nicht und sagte: „Was ist, wenn Belzer von dieser Synchronisierung des Handys mit dem Internet gewusst hat? Sein Hinweis, das Bild zu löschen, wirkt wie ein Alibi. Aber hier spielt die Zeit eine Rolle, denn als du das Foto auf dem Handy gelöscht hast, war es höchstwahrscheinlich schon im Netz. Toni, das sehe ich doch richtig? Auch wenn ich kein Technikexperte bin."

Toni nickte.

„Michael und Christine, Alexander und ich", sagte Jessica, „wir kennen uns aus der Studienzeit. Wir waren zusammen in der Theatergruppe. Ich kann mir beim besten Willen nicht vorstellen, dass Michael da etwas gedreht hat."

„Und was hat Belzer in der Theatergruppe gemacht?", fragte Sebastian. „Er war für die Requisite zuständig. Nicht wahr? Hast du mir selbst erzählt."

Gab es überhaupt etwas, das Sebastian vergaß?

„Ja, wie?", fuhr Toni auf. „Das kann doch nicht alles gewesen sein. Michaels Frau ist extrem eifersüchtig, besonders, wenn es um Jessica geht. Wir wissen das alle. Er will seine Ehe nicht gefährden, auch klar. Aber er muss doch

57

noch etwas gesagt haben, außer, dass er dir nicht helfen kann."

„Er meinte, wir sollen behaupten, das Bild sei ein Fake."

„Ja, warum eigentlich nicht?", fragte Toni. „Das ist immerhin ein Vorschlag. Die meisten Bilder im Netz sind manipuliert. Und wir können Zeit gewinnen."

Sebastian wiegte den Kopf. Jessica sagte: „So einfach es ist, das Bild zu bearbeiten, genauso einfach ist es nachzuweisen, dass es sich eben nicht um eine Fälschung handelt. Und wie stehen wir dann da?"

Das Gespräch steuerte auf eine Entscheidung zu. Sebastian hatte alle Punkte bedacht, bis auf einen. Er trat zu ihr. Jessica blickte in seine blauen Augen.

„Wie stellt sich eigentlich Alexander dazu?", fragte er ruhig.

Sie schaute sofort zu Boden und rieb sich mit den Händen über die Arme. „Alexander denkt jetzt, ich hätte etwas mit Michael. Du weißt ja, wie gut die beiden miteinander können."

Sebastian nickte und drehte sich weg. Jessica schaute auf seine Hände. Er hielt sie immer noch hinter dem Rücken. An der rechten schaute der Zeigefinger ein winziges Stück aus der Faust hervor. Jessica sah es deutlich: Ein Zeichen außerhalb der Präsentationsfläche.

„Jessica", hörte sie Sebastians Stimme. Er drehte sich schwungvoll um, ging auf sie zu und fasste sie mit beiden Händen an den Unterarmen. „Bevor du das Bild und die Erklärung ins Netz stellst: Du fährst jetzt nach Hause und sprichst noch einmal mit deinem Mann. Um die Zeit ist er noch in seinem Büro, oder nicht? Also los, beeil dich!"

Jessica nickte.

Toni kam auf sie zu, fuhr sich mit den Händen durch die Haare und rief: „Ich komme mit!"

„Nein, du bleibst hier!"

***

Jessica trat in das Treppenhaus der Scheffold-Villa und bemerkte sofort die kühle Luft. Sie ging nach oben und fragte sich, wie sie sich verhalten sollte. Wäre es besser, Tonis Vorschlag zu folgen und sich im schlimmsten Fall darauf zu berufen, das Foto sei ein Fake? Ihr Gefühl allerdings drängte sie zum Handeln, obgleich sie eben nicht wusste, welche Folgen das haben würde. War sie dabei, die Tür in die Tiefe zu öffnen, die in das Nichts und in die Bedeutungslosigkeit führte?

Sie schaute über das Treppengeländer nach unten und konnte den Schriftzug „Grüß Gott" im Terrazoboden gerade noch erkennen. Mit der linken Hand umfasste sie den wuchtigen, hölzernen Handlauf. Ihre Finger reichten gerade so bis in die ausgefräste Vertiefung, die für die Fingerspitzen vorgesehen war. Das stabile Geländer bewahrte sie vor dem Fall. Was wäre, bräche das alles weg? Der Traum drohte aus der Tiefe ihrer Seele emporzusteigen. Das Ganze wäre nur halb so bedrohlich, hätte sie einen konkreten Gegner vor sich. So aber musste sie sich gegen etwas Unbestimmtes zu Wehr setzen.

Bevor Jessica die Wohnungstür aufschloss, schaute sie noch einmal über das Geländer in die Tiefe.

***

Die Tür zu Alexanders Arbeitszimmer war nur angelehnt. Jessica hörte eine dunkle, angenehme und warme Frauenstimme.

„Ich habe in Bernbach vor allem gelernt, dass ich der Angst begegnen soll, anstatt sie zu vermeiden. Allein deshalb finde ich deine Pläne überzogen."

59

„Schau doch mal hier", antwortete Alexander. „So sieht es hier dann aus. Wir haben dann Zimmer mit einer guten Proportion, dadurch ein viel besseres Raumgefühl als jetzt. Das wird viel mehr Geborgenheit übertragen. Die kann man immer gebrauchen, unabhängig davon, ob du die Angststörung überwunden hast oder nicht."

Das Parkett knarrte, und mittlerweile hatte Jessica die Frauenstimme erkannt. Es war Moni, Alexanders Assistentin.

„Das ist schon irgendwo lieb von dir, aber steht in dem Handy auch drin, wie man Konflikte löst? Ist die Baumaßnahme deine Art, mit Jessica zu reden? Mensch Alex, Bernbach ist eineinhalb Jahre her. Wie lange soll das noch so gehen? Das ist nicht nur unfair mir, sondern auch ihr gegenüber. Sprich endlich mit ihr. Was willst du als Nächstes tun? Die Schlafzimmertür zumauern und über das Fenster einsteigen?"

Jessica drehte sich um. Sie sah die Flurwand, die ein Stück nach hinten wanderte, aber dann wieder ganz nah war. Sie streckte die rechte Hand danach aus und lief vorsichtig daran entlang, ertastete die Pendeluhr, hielt sich an der Kommode und erreichte endlich die Tür ihres Arbeitszimmers.

Kapitel 4

Jessica strich über die Tüte mit den Tempos. Die rote Lasche zum Verschließen der Verpackung stellte sich wieder auf und leuchtete ihr entgegen wie ein kleines Stoppschild. Stopp! Sie nickte und betrachtete das Taschentuch in ihrer Hand. Die Oberfläche hatte sich aufgerubbelt und in dünnen grauen Fäden zusammengeschoben. Sie fuhr sich ein letztes Mal mit dem aufgeweichten Tuch über die Augen, knüllte es zusammen und schob es zu den fünf, sechs anderen, die bereits auf dem Schreibtisch lagen.

Seit etwa einer halben Stunde war Moni fort. Jessica hatte ihre behutsamen Schritte und das leise Zufallen der Tür gehört. Während Jessica daran dachte, wie unauffällig Moni gegangen war und in welchem Gegensatz das zur bitteren Wahrheit stand, strich sie mit dem Zeigefinger nachdenklich über Katys Bild, stand schließlich auf und legte sich die Hände auf die Wangen. Angenehme Kühle ging von den Händen aus. Jetzt drückte sie den Rücken durch, nahm die Hände hinter den Kopf, ordnete den Pferdeschwanz und das Haargummi. Das Handy vibrierte auf dem Tisch. Jessica hielt inne und griff dann nach dem Telefon.

Frau Dr. Scheffold. Sie brauchen nur mit Ja zu antworten. Für 522 Euro im Monat schützen wir Ihre Daten zuverlässig. Nehmen Sie, so wie viele andere Prominente auch, unseren Service in Anspruch.

Einfach Ja und damit Zeit gewinnen und Struktur schaffen. Sich zwischen zwei Fronten aufreiben zu lassen, war

61

sicher keine gute Idee. Genau wie IT-Mann Ralph Grunwaldt in dem kurzen Telefonat am Sonntagabend gesagt
hatte: Es ging höchstwahrscheinlich um ihre E-Mail-
Adresse und das Passwort. Allein damit hatte dieser Jemand Zugang zu ihrem Google-Account, Facebook-Profil,
zur Bank und zu ihrem Amazon-Konto. Zu Recht verwies
Grunwaldt darauf, er habe bereits vor Monaten empfohlen,
verschiedene und komplexere Passwörter zu verwenden.
Auf ihre Frage, was sie denn jetzt tun solle, hatte er geantwortet, sie solle so schnell wie möglich das Passwort ändern, den Virenscan laufen lassen und alle Updates für das
Betriebssystem erneuern.

Jessica zog einen Zettel aus der Jeans. Die neuen Passwörter umfassten mindestens zwölf Zeichen. Sie würde sich
die sinnfreien Zahlen und Buchstabenfolgen nie merken
können. Kurz dachte sie an die von Grunwaldt empfohlenen
Passwortmanager, dann schob sie den Zettel wieder in die
Jeans, atmete durch und trat in den Flur.

Die Tür des Arbeitszimmers stand halb offen. Jessica
ging hindurch und sah Alex, der lässig im Schreibtischstuhl
saß, die Füße auf dem Tisch. In der rechten Hand hielt er
sein Handy. Das weiße Gehäuse zeichnete sich gegen seine
braune Haut ab, und außerdem fiel Jessica auf, wie groß es
war. Hatte er schon wieder ein Neues?

Sie trat leise näher. Er schaute sich Fotos an und wischte
mit kurzen Bewegungen über das Display. Trotzdem konnte
Jessica auf mehreren Fotos Monis ebenmäßiges Gesicht
und ihre langen blonden Haare erkennen. Sie ging um den
Schreibtisch herum. Er bemerkte sie nicht und schaute
lächelnd auf das Display. Sofort wanderte ein leiser
Schmerz durch Jessicas Körper. Sein offenes und gleichzeitig immer ein bisschen verwegenes Lächeln hatte einmal ihr
gegolten.

Jetzt erst schaute er auf und das Lächeln glitt ihm langsam aus dem Gesicht. Jessica sah dabei zu. Dieses langsame Entgleiten ähnelte einem schwächer werdenden Händedruck. Es ähnelte dem Wort „Verlassen", das neben der abscheulichen Tiefe immer wieder in ihren Träumen auftauchte.

Er nahm in aller Ruhe die Füße vom Schreibtisch, legte das Handy aus der Hand und stand auf. Während er ein paar Schritte in Richtung Raummitte ging, knöpfte er sein Hemd zu.

Hatte Moni noch vor ein paar Minuten ihre Hände auf seiner Brust gehabt?

Alexander blieb stehen und drehte sich langsam zu ihr um.

Du betrügst mich!, wollte Jessica schreien, wollte den Druck in sich und die Fragen nach dem Warum loswerden. Aber eine andere Stimme ermahnte sie, sich zusammenzureißen und ihn daran zu erinnern, wie alles begonnen hatte. Jessica ging auf Alexander zu. Er trat einen Schritt zurück. Noch weiter zurück konnte er nicht, ohne mit dem Rücken an der Wand zu stehen.

So ist es gut, dachte sie, machte noch ein paar Schritte und blieb direkt vor ihm stehen.

„Warum haben wir es nicht gemacht?", fragte Jessica.

„Was nicht gemacht?"

„Wir wollten nach dem Studium durch Deutschland tingeln und so viel Theater spielen wie möglich. Das hätten wir machen sollen und fertig. Wir waren richtig gut."

„Mit zwanzig, von mir aus mit fünfundzwanzig auch noch, kann man so träumen. Aber jetzt, mit knapp vierzig, sind wir doch schon ein Stück weit im Leben angekommen. Es heißt ja nicht umsonst brotlose Kunst, und Schauspieler kann man nicht ewig sein."

„Wo landen wir eigentlich, wenn wir alles eins zu eins aufrechnen wollen und uns nur noch bewegen, wenn Cent und Euro dabei herauskommen?"

„Gut und schön", Alex breitete die Arme aus, „aber nur mit Idealismus kannst du so ein Haus nicht bezahlen. Außerdem brauchst du mir das gar nicht erst vorzuwerfen. Wie viele Stunden arbeitest du in der Woche? Sind es fünfundfünfzig oder doch eher fünfundsechzig?"

„Ja, eben. Und was hat das mit uns angestellt? Haben wir uns nicht ganz weit vom Anfang entfernt? Ich meine das Lockere, das Herumalbern, die Freude am Reisen und an der Improvisation. Dir hat man nie einen Fehler auf der Bühne angesehen."

„Ja", Alex nickte und lächelte kurz. „Es ist auch nicht so, dass man die Schauspielerei nicht gebrauchen könnte. Stimme, Atmung und Haltung. Das hat bestimmt auch zu unserem Erfolg beigetragen."

„Erfolg, Erfolg ... deine Formel ist so: Erfolg ist gleich Geld. Geld ist gleich Erfolg."

„Ja, schon. Stimmt das etwa nicht?"

Jessica schwieg.

Die Träume, das tiefe Nachdenken während der letzten Wochen mussten etwas zu bedeuten haben. Vor allem konnte sie die Frage, ob sie sich nun auf dem Höhepunkt ihrer Karriere sicher fühlte, mit nein beantworten. Und das hatte nur bedingt damit zu tun, dass es seit Sonntag das Dirndlfoto gab.

Mit ihrem Haus hatte sie so auf einen warmen Ort gehofft, ähnlich der Studentenbude vor vielen Jahren. Von Anfang an aber hatte sie sich nicht wohlgefühlt in diesem kalten und immer ein bisschen klammen Klotz. Vor allem hatten die hohen Räume und der viele Platz überhaupt erst den Abstand zwischen ihr und Alexander ermöglicht. Wie schön wäre dagegen ein Häuschen in der sonnigen Südstadt gewesen.

In diesem Moment ging Alexander aufrecht an ihr vorbei und mit ihm die gemeinsamen Wünsche. Sie rieb sich über die Arme. Alex blieb stehen, griff nach dem Handy und schaute auf das Display. Seine breite, muskulöse Brust hob und senkte sich gleichmäßig. Er beachtete sie nicht, und in Jessica kam Wut auf.

„Moni war hier, und ich habe auch mitbekommen, worüber ihr euch unterhalten habt."

„Ja, und?"

„Eineinhalb Jahre nur Lüge!"

„Was willst du mir eigentlich vorwerfen? Du hast mir gestern dein tolles Foto gezeigt, und das spricht ja wirklich für sich."

„Nein, das tut es nicht", antwortete Jessica aufgebracht.

„Im Gegensatz zu dir war ich treu, bis jetzt."

„Klar, und ich ziehe mir die Hosen mit der Kneifzange an", antwortete Alex eher beiläufig und ohne von dem Handy aufzuschauen.

Plötzlich blieb sein Zeigefinger ruhig liegen, und seine Miene hellte sich etwas auf.

Jessica spürte deutlich das Blut in den Handgelenken pulsieren. Ihre Fingerspitzen fingen an zu kribbeln. Wieder wollte sie schreien. Stattdessen sprang sie mit ein paar großen Schritten auf Alex zu und riss ihm das Handy aus der Hand, lief ein Stück von ihm weg, blieb stehen und schaute auf das Display.

Vivien Schwägler, las Jessica am oberen Rand eines Whatsapp-Dialogs: *Das Trennungsjahr ist schon einmal nicht schlecht. Jetzt gilt es, noch mehr Indizien dafür zu finden, dass Sie und Ihre Frau sich auseinandergelebt haben, um glaubhaft belegen zu können, dass das frühere gemeinsame Leben und die damit verbundenen Ziele weggebrochen sind.*

Vivien Schwägler, durchfuhr es Jessica. Die Expertin für Scheidungsrecht überhaupt. Sie kannten sich flüchtig.

Jessica atmete heftig, strich sich eine Haarsträhne aus der Stirn und schaute Alex an. Der hatte die Hände in den Hosentaschen und stand ungerührt neben dem Schreibtisch. „Während ich darüber nachdenke, wie ich unsere Beziehung wiederbeleben kann, denkst du schon an Scheidung."

Alex zuckte die Schultern.

„Nein, schon klar. Offen reden geht nicht. Lieber hinten rum. Die wird schon von alleine darauf kommen. Dir geht es auch nicht darum, ob ich mit Michael geschlafen habe oder nicht. Dir geht es um das Dirndlfoto. Das kannst du deiner Anwältin zeigen, um zu untermauern, was deine Frau für ein Lotterleben führt."

„Also doch Michael?", fragte er und ging einen Schritt auf Jessica zu.

„Bleib stehen!", rief sie.

„Gut, dass du mir diesen Zusammenhang aufzeigst, daran habe ich noch gar nicht gedacht, aber da lässt sich bestimmt etwas machen. Ich muss dir recht geben."

„Tu doch nicht so unschuldig", schrie Jessica. „Keiner hat so einen leichten Zugang zu meinen Passwörtern wie du."

„Du leidest an Verfolgungswahn", antwortete er und grinste.

Jessica schleuderte das Handy in seine Richtung und traf ihn an der Schulter. Das Telefon knallte zu Boden und der Gehäusedeckel sprang ab. Alex bückte sich schnell und kniete jetzt vor dem Telefon.

„Bist du verrückt? Wenn das kaputt ist, kannst du mir

gleich mal siebenhundertfünfundzwanzig Euro überweisen."

Konnte es tatsächlich Zufall sein, dass das bescheuerte Foto so gut in seinen Plan passte? Vielleicht hatte er das Passwort weitergegeben und die Erpressung beauftragt? Jedenfalls wähnte er sich in Sicherheit, er wollte als betrogener Ehemann dastehen und das Dirndlfoto würde ihm dabei helfen. Jessica schaute auf ihre Hände. Sie ballte sie immer wieder zu Fäusten zusammen.

In der Zwischenzeit hatte Alex das Handy wieder zusammengebaut und ließ es in die Hosentasche gleiten.

„Dir wird das Grinsen noch vergehen", sagte Jessica. „Keiner wäre so leicht an das Passwort gekommen wie du. Das werde ich Kommissar Wandt sagen."

„Nur zu, ruf doch die Polizei."

Sie drehte sich um, stürmte ins Wohnzimmer, durch die Bibliotheksräume und blieb vor dem letzten Zimmer auf dieser Seite stehen. Ihr Blick streifte kurz das Türfutter, auf dem sie ein großes Bleistiftkreuz erkannte. Alex kam. Jessica drehte sich von der Tür weg und rannte zurück ins Wohnzimmer. Hinter sich hörte sie seine Stimme.

„Jessica, beruhige dich!"

An der Schrankwand riss sie Schubladen auf, eine davon knallte auf den Boden, und der Inhalt verteilte sich auf dem Parkett: Reisepässe, alte Kontoauszüge, Schreiben der Deutschen Rentenversicherung, drei DVDs mit dem Titel *Ultimative Workout* und ein Angebot der Gipserfirma Härrle.

Alexander kam und Jessica hörte ein bekanntes Geräusch: „Schhhh, schhhh", machte Alexander. Damit hatte er sie vor großen Klausuren immer beruhigt. Dieser Laut erinnerte sie jetzt daran, dass sie und er mal eine Einheit gewesen waren. Sie hielt sich die Ohren zu.

67

„Jessica, mach es uns doch nicht so schwer. Wir haben uns auseinandergelebt. Lass uns das einfach akzeptieren. Außerdem sind wir damit nicht allein. Schau hier ...“ Er tippte auf das Display. „Die Scheidungsquote im Jahr 2015 betrug 40,82 Prozent. Das bedeutet, auf eine Eheschließung kamen 0,41 Scheidungen. Wenn Ziele und Ist-Zustand – oder das, was man verwirklichen kann – zu weit auseinander liegen, sollte man eingreifen, um das Erreichen der einmal gesteckten Ziele wieder zu ermöglichen. Der Partner ist natürlich eine wichtige Stellgröße dabei.“

„Eine Stellgröße?“

„Ja.“

„Und jetzt hast du dir eine fruchtbare Stellgröße gesucht. Moni hat einen Sohn. Ihre Fruchtbarkeit hat sie damit erfolgreich bewiesen. Darum geht es doch! Vor der Vierzig noch einmal durchwechseln.“

„Jessica, lass es endlich gut sein!“

Wieder kam in Jessica der Wunsch auf, nach seinem Handy zu greifen und es einfach an die Wand zu werfen. Sie bezwang ihre Wut, schaute zu Boden und griff nach dem Angebot von Gipser Härrle.

„Ich hatte mich so gefreut. Ich dachte die Renoviererei hätte mit mir zu tun. Dachte, die Decken runter auf eine vernünftige Höhe und fertig.“

„Vielleicht war es ja so. Aber wie gesagt, das Leben kann sich ändern. Gib mir nicht an allem die Schuld. Du hast deine Karriere auf Biegen und Brechen verfolgt, ohne groß nach mir zu fragen. Vielleicht ist das Dirndlbild nur ein kleiner Hinweis darauf, was sonst noch gelaufen ist.“

„Das ist doch Schwachsinn, und du weißt das ganz genau.“

Alex zuckte die Schultern. „Ich sehe, was ich sehe.“

Jessica winkte ab. „Letzten Samstag waren wir glücklich

und zuversichtlich. Die Talkrunde war gut gelaufen. Und ja, wir haben einen draufgemacht, im Grunde so wie mit Katy früher. Irgendwie schäme ich mich dafür und gleichzeitig auch wieder nicht. Ich denke, es wäre gut, zwischendurch immer mal wieder so ausgeflippt und verrückt zu sein, sich zu verkleiden, vielleicht Theater zu spielen. Dieser Abend hat mir eine ganz andere Jessica gezeigt, nämlich die Jessica von früher. Und das wollte ich dir eigentlich vorhin sagen. Vielleicht haben wir ein zu ..." Jessica suchte nach dem passenden Wort „... ein zu wesenfremdes Leben geführt. Momentan reden viele von dem inneren Kind, das Heimat finden soll."

„Wesensfremd und Alkohol passen gut zusammen." Alex zog Daumen und Zeigefinger auf dem Display auseinander.

„Dieser Artikel empfiehlt für Frauen nicht mehr als zwölf Gramm Alkohol pro Tag. Schädliche Folgen von Alkoholkonsum sind ..."

„Ja, ja, schon gut. Wie oft trinke ich? Einmal im Jahr, oder lass es zweimal sein, und das war es dann. Ich hab jetzt nur das Problem, dass mich jemand mit diesem Bild erpresst und dieser Jemand lässt nicht locker. So oder so. Das Bild wird an die Öffentlichkeit gelangen. Ob nun heute oder morgen oder in zwei Tagen. Warum also nicht gleich?"

„Das wirst du dich nicht trauen. Dein Ruf, das Image der Kanzlei ... Sebastian kann kein Negativimage gebrauchen. Er wird ja auch nicht jünger und muss sicher bald über seine Nachfolge nachdenken."

„Rührend, wie du dich um Sebastian sorgst. Aber der Wert der Kanzlei ist für dich auch nichts anderes als eine Stellgröße. Was würdest du Käufern raten? Vorher den Preis drücken, das wäre doch genau dein Stil."

„Der böse Ehemann und seine Intrigen, du kannst so wunderbar von deinem eigenen Schlamassel ablenken.

Wenn du wirklich so eine Heilige bist, dann stell das Bild ein. Gute Idee!"

„Genau das werde ich jetzt tun."

„Wirst du nicht, jede Wette. Du wirst deinen Arsch retten wollen."

„Gehst du von dir aus? Strategie statt Ehrlichkeit?"

„Dann tu, was du nicht lassen kannst."

Jessica versuchte, ruhig zu atmen. Sie ging auf Alex zu und hielt ihm das Angebot hin.

„Hier", sagte sie. „Das brauchst du jetzt nicht mehr vor mir verstecken."

Er nahm das Angebot und nickte.

„Was ist eigentlich, wenn ich an der Beziehung festhalten will?", fragte sie. „Wenn ich zu allem, auch zu der Renovierung, Nein sage?"

„Die Gipser bringen bald das Material und außerdem betreffen die Arbeiten nur meine Seite der Wohnung. Mach es uns nicht unnötig schwer. Überlege dir gut, ob du zurzeit noch mehr Ärger gebrauchen kannst."

Jessica drehte sich um und ging energisch in Richtung ihres Zimmers davon.

„Jessica", rief Alexander. „Du kannst die Trennung nicht aufhalten!"

Sie hörte seine Schritte hinter sich. Bevor Alexander sie erreichen konnte, schlüpfte sie in ihr Arbeitszimmer und knallte ihm die Tür vor der Nase zu.

In ihrem Zimmer geschah etwas Merkwürdiges: Jessica hatte schon nach dem Schreibtischstuhl gegriffen und war drauf und dran gewesen, sich wieder zu den Taschentüchern zu setzen. Sie sah sich dort, und die Vorstellung war fest und wirklich in ihrem Kopf. Sie brauchte nur noch in die vorgedachte Rolle hineinschlüpfen.

Aber ähnelte diese kauernde Haltung in der Nähe der Taschentücher nicht fast der Yogaposition des kleinen Kindes? Dieser Gedanke ließ sie von dem Stuhl zurücktreten und so Abstand zu der vorgefühlten Position schaffen. Sie konnte auch die Frage erahnen, die dort am Schreibtisch auf sie wartete: Im Lauf ihrer Beziehung hatte sich Alexander immer wieder einmal von ihr zurückgezogen. Stand also dieses Zurückziehen immer in Verbindung zu einer Frau? Jessica wusste nur von Giovanna Carella. Was sie aber ganz sicher wusste, war, dass Alexanders Affäre mit Moni bald noch mehr schmerzen würde als die Sache damals mit Giovanna. Denn er hatte ihr im Herbst vor drei Jahren hoch und heilig versprochen, an der Ehe festhalten zu wollen und an sich zu arbeiten. Jessica hatte ihm geglaubt.

Sie ging in die Raummitte, richtete sich auf, führte die Hände über den Kopf und atmete bis tief in die Fingerspitzen. Anschließend beugte sie den Oberkörper in die Waagrechte und gelangte mühelos mit den flachen Händen auf den Boden. Ihr Atem und die Bewegungen stimmten sich aufeinander ab. Ein Bein nach hinten, das andere dazu. Von der schiefen Ebene in das Kind, dann das Austreten aus der engen Haltung, über den herabschauenden Hund in die Kriegerposition. Jessica blieb in dieser Haltung, und es war ihr, als schütze sie damit das Kind.

Mitten in dem großen Schmerz nach Katys Tod hatte Jessica mit Yoga begonnen. Anfangs zögerlich und eher sporadisch. Mit der Zeit hatten sich die Übungen ihren festen Platz erobert, und sie begriff immer besser, wie Yoga wirkte. Es schaffte körperliche Erinnerungen, die wiederum mit Emotionen verbunden waren. Es gelang ihr im Alltag zunehmend besser, sich auf diese Erinnerungen wie auf Inseln zurückzuziehen, wenn sie es brauchte. Der gleichmäßige Atem im Fluss der Bewegungen ließen die Fragen nach dem

Gestern und Morgen fast verstummen. An besonders guten Tagen erspürte sie eine andere Energieform. Etwas, das sich über ihr ausbreiten konnte wie ein Zelt. Und einige Male hatte sie das Gefühl gehabt, Katys Lächeln umspanne die Zeltkuppel. Und dann: Katy war nicht weg. Sie war immer noch präsent.

Wozu Spiritualität und Religion? Wir alle können Blitz und Donner erklären. Mit einem tiefen Atemzug spülte Jessica die Stimme ihrer Mutter aus ihrem Körper. Auch für Yoga und Meditation hatte Lydia nicht viel übrig.

Sie schaltete den Laptop ein, zog den Zettel mit den Passwörtern aus der Jeans und tippte die Buchstaben- und Zahlenkombination ein. Sie schloss für einen Moment die Augen. Die Frage war: Folgte sie nicht gerade mit dem Veröffentlichen des Fotos Alexanders Plan? Vielleicht hatte er die Situation ganz bewusst zugespitzt, in dem Sinne, sie sei zu feige, das Bild einzustellen. Er schien sich seiner Sache sicher zu sein, zumindest hatte seine Körperhaltung noch nicht einmal eine kleine Schwäche erkennen lassen.

Im Grunde wusste sie immer noch nicht, wie er sich an ihrer Stelle verhalten würde. Er war nicht auf ihrer Seite, und er hatte sie mit keinem einzigen Wort unterstützt.

Immer noch überwog das gleiche Gefühl wie mittags im Treppenhaus. Das Dirndlfoto hatte die Macht, den Fall aus der Tiefe des Traums und damit aus ihrer Seele emporzuholen und in wirkliches Empfinden zu verwandeln. Die Karriere stand, wie Jessica genau in diesen Minuten feststellte, für Sicherheit und Geborgenheit. Mit dem Foto gefährdete sie diese Sicherheit. Sie konnte nicht abschätzen, wie die Mehrheit der Leser auf das Foto reagieren würde. Allerdings, und das war die andere Seite, wollte sie ehrlich sein. Die Vorstellung, den Kopf einziehen zu müssen wegen eines Fotos, für das sie nur zum Teil verantwortlich war, widerstrebte ihr sehr, denn sie hatte sich nichts vorzuwerfen. Sie strich über das Handydisplay und sah: Nach dem Telefonat im Büro hatte sie Michael von unterwegs noch weitere fünfmal angerufen. Bis jetzt keine SMS, kein Rückruf, nichts.

In der Zwischenzeit hatte sich ihr Facebook-Profil aufgebaut. Jessica zog ihr Notizbuch aus der Schreibtischschublade, las den Text noch einmal, nickte und begann, schließlich zu schreiben. Während die Tasten leise klackerten, schaute sie dabei zu, wie ein Buchstabe nach dem anderen auf den Bildschirm wanderte.

„Liebe Leserinnen, liebe Leser, ich melde mich heute in einer privaten Angelegenheit. Seit Sonntag, dem 4. September versucht mich jemand zu erpressen. Grundlage der Erpressung ist ein privates Foto. Der Erpresser droht damit, das Foto zu veröffentlichen. Wie genau der Erpresser an meine privaten Fotos gekommen ist, müssen die Ermittlungen noch ergeben. Ich habe am Montag auf dem zuständigen Polizeirevier Anzeige gegen unbekannt erstattet. Außerdem habe ich mich dazu entschlossen, das Foto selber zu veröffentlichen, um demjenigen das Druckmittel gegen mich zu nehmen."

Marco Rauch und die Bürgerwehrgruppe, die werden ihre Freude an dem Bild haben, hatte Toni gesagt. Andererseits, wie viele Mitglieder hatte die Gruppe? Vielleicht achtzig, allerhöchstens einhundertzwanzig. Trotzdem, das Bild könnte der Stolperstein sein. Jessica klickte auf *Foto einfügen*. Das Bild baute sich auf. Mit einem Blick stellte sie fest, wie schlank sie war. Sie legte den Finger auf die Eingabetaste. Klar wird es ein paar Kommentare geben, vielleicht darüber, dass die Brüste zu klein sind oder was auch immer.

Facebook selbst wird auch ein Problem mit dem Bild haben, denn nackte Brüste: Uuuh. Die Feministinnen werden vielleicht sagen, dass sich eine Frau auf gar keinen Fall ihrer sekundären Geschlechtsmerkmale bedienen sollte, um auf sich aufmerksam zu machen. Auf der anderen Seite gab es aber die mutige Femen-Bewegung. Die ziehen einfach blank, wie es immer heißt. Sie zeigen ihre Brüste vor Polizisten mit Schutzschildern und Schlagstöcken. Eben, das ist Mut, dachte Jessica. Und: Wahr muss wahr bleiben.

Sie drückte die Eingabetaste und atmete tief aus. Nach einem Moment schloss sie das Profil und schaltete den Laptop aus. Im Kopf spürte sie jetzt einen stechenden Schmerz, deshalb stellte sie ihr Handy auf lautlos, ging in die Küche und goss sich einen Pfefferminztee auf.

Ein paar Minuten später umschlossen ihre Hände die warme Tasse. Sie dachte das Wort „Unendlichkeit". Die vier Silben dieses Wortes dehnten sich in ihrem Kopf aus wie die gleichmäßigen Schwingen einer nie endenden Sinuskurve.

Lag das Armband mit dem Unendlichkeitssymbol noch in der Schmuckschatulle? Katy hatte es Jessica drei Tage vor ihrem Tod geschenkt.

Kapitel 5

Jessica wollte die Augen nicht öffnen, denn sie spürte das sanfte, aber unabwendbare Hinübergleiten in die wache Welt. Es fühlte sich an, als wäre sie in eine große Hand gebettet, die sie wie ein fliegender Teppich dorthin zurückbrachte. Sie reckte sich. Noch war in ihr der Traum präsent: der schmale Weg, die enge Felsplattform und die gesichtslosen Menschen hinter ihr, die Jessica immer weiter zum Abgrund drängten. Dieses Mal allerdings hatte die Tiefe nicht ihr Maul aufgerissen. Jessica war nicht gefallen und hatte auch nicht das Loslassen der Hände gespürt. Obgleich sie schon selbst den bekannten Weg hochgehastet war, erinnerte sie sich trotzdem an eine Art zweite Perspektive. Sie hatte das Szenario mit Abstand, gewissermaßen von oben betrachten können. Und dann war da noch etwas gewesen. Sie spürte tief in sich hinein, doch je mehr sie sich auf diesen unbestimmten Eindruck konzentrierte, desto mehr entzog er sich ihren Empfindungen. Nur noch vage, im blassen Nebel des Traumes: ein roter Collegeblock, Bücher und darin rot markierte Zeilen. Sie an einem Schreibtisch, ein Mann. Der Mann lächelte. Wer war dieser Mann? Alex?

Jessica blinzelte und staunte, wie wirklich Alexander ihr erschien. Das weiße Hemd spannte über der muskulösen Brust. Er saß auf einem Stuhl. Die Lehne zeigte in ihre Richtung. Seine Hände hielten das riesige Handy. Er schaute auf das Display und schüttelte den Kopf. Jessica streckte sich.

„Das hast du sauber hinbekommen", durchschnitt Alex' Stimme die Stille und Jessica zuckte zusammen. „Während du dich hier rekelst, sammeln sich unten vor der Haustür die Journalisten des Landes. Reporter, irgendwelche Life-styleblogger, weiß der Geier. Deine Ruhe möchte ich haben."

Jessica setzte sich auf und schaute auf den Wecker. Sieben Uhr dreißig.

„Du hast noch nicht auf dein Handy gesehen, nehme ich an. Das solltest du machen, denn du hast Post, viel Post sogar. Wo soll ich anfangen?"

Sein Zeigefinger wanderte auf dem Display, blieb ruhig liegen.

„Ah, hier. ‚Wasser gepredigt und Wein getrunken. Die Alte gehört gebumst, bis sie sich nicht mehr an ihren Namen erinnern kann.' Und: ‚Nur weil sie eine Frau ist und sich ficken lässt, heißt das nicht, dass wir sie nicht finden werden und dann grün und blau.' Dagegen schon fast angenehm die Stimme von Marco Rauch: ‚Wir werden verhindern, dass sich die zwielichtigen Gestalten des Stadtparks in der ganzen Stadt verbreiten. Der Auszug aus Frau Scheffolds Leben zeigt, wie sie sich einen gelungenen Abend vorstellt. Wollen wir das?' Und hier die Antwort darauf: ‚Nein, das wollen wir auf keinen Fall. Wir wollen saubere Linien und klare Ansagen. Wir wollen die harte Bestrafung von kranken Wichsern und Kinderschändern. Die Toleranz ist Feigheit und die kann uns auf die Füße fallen.' Hier: ‚Leute, ich mach kurz: Sie ist ein Schlamp. Im Namen ihrer Mutter, sie hat sich Schläge verdient.' Und: ‚So eine ist Richterin? Wohin geht Deutschland?'"

Nach jedem Kommentar wanderte Alexanders Arm in die Luft wie bei einer Büttenrede. Immer wieder schaute er Jessica an und lächelte leicht, wie es ihr schien.

„Hier dein Freund Dr. Heck: ‚Ihre Art der Selbstdarstellung, Frau Dr. Scheffold, ist keine geeignete Maßnahme, um der Öffentlichkeit juristische Zusammenhänge aufzubereiten. Ich hatte darauf schon vor zwei Tagen hingewiesen.‘ Und dann wieder ganz anders: ‚Hauptsache Titten. Mit Titten blank kommst du ins Fernsehen, genauso, wie heißt die andere Blonde? O Mann, ich komm grad nicht drauf auf die. Jedenfalls Schlampe.‘“

Jessica presste sich die Hände auf die Ohren. Alexander drehte seine nach oben, als wolle er sagen: Ich bin unschuldig. Sie sprang mit einem Satz aus dem Bett.

„Hör auf!“

Er erhob sich langsam. „Du hättest mit dem Heck essen gehen sollen und anschließend ins Hotelzimmer. Belzer ist ein Schwächling ohne Einfluss. Ja klar, in solchen Momenten überwiegen nicht die rationalen Gedanken, sondern einfach der Trieb.“

„Halt endlich den Mund!“

„Soll ich jetzt schuld sein? Das da draußen ...“, Alex zeigte mit dem Finger in Richtung Fenster, „... hast du ganz alleine zu verantworten. Du kannst dir schon mal überlegen, was du denen sagen willst. Zum Glück habe ich heute keine Termine und kann alles von zu Hause aus erledigen.“

Jessica griff nach dem Haargummi auf dem Nachtschrank und führte dann die Haare zum Pferdeschwanz zusammen.

„Genau, mach dich erst mal hübsch.“

Lass dich nicht provozieren, ermahnte sie sich und trat vorsichtig an das Fenster. Alexander hatte nicht übertrieben. Sie sah zwei VW-Busse, höchstwahrscheinlich Übertragungswagen, und dann eine Gruppe von Männern. Sie hielten Kameras in den Händen. Einer hatte ein Stativ aufgebaut und darauf ein Teleskop montiert. Sie schob die

77

Gardine nur einen Zentimeter mit dem Zeigefinger zur Seite und sofort schauten zwei, drei Männer zu ihr nach oben. Der Mann hinter dem Teleskop zeigte genau auf das Fenster, hinter dem sie stand. Sie trat davon wie von einem Abgrund zurück und hielt sich die Hände vor das Gesicht. Einen Moment später wischte sie über das Handydisplay.

Auf dem Facebook-Profil erkannte sie die rote Zahl 834 in dem blauen Feld. Sie konnte das Handy kaum halten und bemühte sich krampfhaft, die App zu schließen. Was nun? Runtergehen und mit ihnen reden, die Stellungnahme von gestern noch einmal vorlesen? Nein, als Erstes Jochen Heinrich, sonst erfährt er alles aus dem Internet oder spätestens morgen aus der Zeitung. Jessica wählte Heinrichs Nummer. Während sie dem Tuten lauschte, ging sie auf und ab. Kurz darauf meldete sich Maria Heinrich.

„Frau Heinrich, wie lange sind Sie noch zu Hause?"

„Den ganzen Vormittag. Und erst einmal guten Morgen, Frau Scheffold. Sie sind es doch?"

„Ja, guten Morgen. Ich muss dringend, wirklich sehr dringend mit Ihnen reden."

„Am Telefon?"

„Nein, besser nicht."

„Sie können sofort kommen, Frau Scheffold."

„Okay, dann versuche ich, bis acht Uhr dreißig da zu sein."

Kaum hatte Jessica aufgelegt, vibrierte das Handy in ihrer Hand. Auf dem Display stand Tonis Name.

„Jess?", fragte Toni.

„Hallo Toni. Du musst hierherkommen, so schnell es nur geht. Du fährst zum Hintereingang. Auf keinen Fall vorne, und Toni?"

„Ja?"

„Hast du eine Brechstange? Wir brauchen einen Hebel."

„Doch, habe ich."

„Gut, dann bis gleich. Beeil dich."

Jessica raste ins Bad, wusch sich, schlüpfte in eine einfache Jeans und leichte Stoffschuhe.

„Ich muss zu meinem Mandanten", rief sie kurz darauf in die Wohnung. „Wenn ich wieder da bin, kann ich mit den Journalisten reden."

Alex kam aus seinem Arbeitszimmer und fragte: „Wie willst du das anstellen? Du musst ja runter und dann durch die durch."

„Am Grundstück – der Hinterausgang."

„Dort ist schon seit Jahren zu."

„Ich muss es versuchen. Weißt du, wo der Schlüssel ist?" Er nickte: „Ich hole ihn."

Kurz darauf kam Alex zurück und hielt einen großen, langen Schlüssel in der Hand.

„Verrostete Schlösser, da hilft am besten WD-40 laut Google. Das ist so eine kleine Sprayflasche mit so einem langen, dünnen Plasteröhrchen. Ich glaub, wir haben so eine im Regal stehen. Nimm die mit."

Jessica griff nach dem Schlüssel, lief in den Abstellraum, fand die Dose und eilte dann zur Wohnungstür.

„Schatzi", hörte sie hinter sich Alex' Stimme. „Ich komme gleich dazu und helfe dir. Ich schau mal eben nach, ob ich noch mehr Ratschläge finde."

In diesem Moment hätte es kaum etwas gegeben, was stark genug gewesen wäre, Jessica aufzuhalten. Aber als sie dieses heuchlerische „Schatzi" hörte, versagten ihr die Füße.

Sie drehte sich zu Alex um und sagte ruhig:

„Sag nie wieder Schatzi zu mir!"

Er hob die Hände.

***

79

Jessica verließ das Haus über den Hintereingang. Eine Sandsteintreppe schlängelte sich über das ganze Grundstück und verband das oben stehende Haus mit dem tiefer gelegenen Gründstücksende. Manche Stufen hatten sich im Laufe der Zeit geneigt, außerdem hielt sich Moos selbst im Sommer noch auf dem rötlichen Sandstein. Jessicas rechter Fuß rutschte weg. Sie konnte sich gerade noch an der glitschigen Mauer halten, die den Weg an der rechten Seite begleitete. Dabei fiel ihr Blick auf das Gartenhäuschen. Es stand links des Weges, und sie sah auf der Tür des Häuschens das Scheffoldwappen. Es strahlte ihr förmlich entgegen. Offenbar hatte Alex genug Zeit gehabt, um eine Schablone herzustellen und das Wappen dort aufzumalen. Man kann alles übertreiben, dachte sie und ging vorsichtig weiter. Einen Moment später stand sie vor der großen, schweren Eisentür. Die Tür hatte jemand irgendwann grau gestrichen, allerdings war in der Zwischenzeit an vielen Stellen die Farbe abgeplatzt. Unterhalb des Schlosses trat ein rostfarbenes Rinnsal heraus. Einen Versuch ist es wert, dachte sie, und führte das Röhrchen der Spraydose in die Öffnung. Sie drückte vier fünfmal auf den Knopf, steckte den Schlüssel in die Öffnung und versuchte, diesen zu bewegen.

„Jess?", auf einmal eine Stimme.

„Ah, du bist schon da? Hast du die Stange?"

„Ja, die habe ich."

„Siehst du auch, dass sich die Tür in Richtung Schloss absenkt?"

„Ja."

„Die liegt mit dem ganzen Gewicht auf dem Schloss, deshalb kann ich den Schlüssel nicht drehen."

„Das heißt, ich gehe mit der Stange ganz nach vorne, drücke nach oben und schaue, dass die Tür in die Waagrechte kommt."

„Genau, hoch damit und fertig."

Kurz darauf metallisches Geklapper und Tonis schwerer Atem. Jessica sah die Stangenspitze ein Stück unter der Tür hervorschauen. Die Tür hob sich, glitt aber im nächsten Moment wieder nach unten.

„Ja, wie?", fluchte Toni. „Weißt du was? Ich stelle mich mit den Füßen einfach auf die Stange."

Die Tür wanderte wieder nach oben. Die Steinquader, an denen das Gewicht der Tür hing, bewegten sich plötzlich.

„Oh, wir müssen aufpassen", sagte Jessica. „Am Ende liegt die ganze Mauer auf der Straße, und die Tür ist immer noch zu." Sie drehte den Schlüssel hin und her, während Toni auf der anderen Seite auf der Stange stand.

„Lass mal die Tür ein bisschen hoch und runter."

„Okay."

Jessica drehte den Schlüssel mit aller Kraft nach rechts, spürte kurz einen Widerstand und dann aber nichts, fast hätte sie den Halt verloren.

„Das Schloss ist auf!"

Jessica stemmte sich gegen die Tür.

„Was machst du?", fragte Toni. „Schau dir mal den Rahmen an, die Tür muss nach innen aufgehen. Mach mal Platz!"

Jessica hörte ein Geräusch, als wäre ein Mehlsack auf einen Dielenboden gefallen. Dann noch einmal: Wumms.

Die Tür glitt einen Spalt weit auf. Jessica zog und Toni rief: „Hau ruck!"

Metall kratzte über den Stein.

„Ich glaub, das reicht", rief Jessica und zwängte sich durch den Spalt. Toni hob die Stange auf. Jessica gab ihr die Spraydose.

„Pack alles in den Kofferraum." Toni nickte und deutete gleichzeitig auf ihre verschmierten Hände:

„Wie kommen wir denn dort an? Wie die allerletzten Bauarbeiter?"

„Willst du dir noch Lippenstift auftragen?", fragte Jessica.

Toni klappte den Kofferraum zu und Jessica sagte:

„Ich fahre."

Toni gab ihr kommentarlos den Schlüssel. Mit ein paar schnellen Bewegungen stellte Jessica Sitz und Spiegel ein. Toni ließ sich in den Beifahrersitz fallen und der kleine Renault neigte sich bedrohlich zur Seite. Der Motor heulte auf. Jessica ließ die Kupplung zu schnell kommen.

„Huch", machte Toni. „Bergab wird mir immer schlecht."

„Hör doch mal auf zu jammern, schau nach hinten aus dem Auto, vielleicht hilft das."

Tatsächlich drehte Toni den Kopf über die Schulter und meinte: „Da ist gerade einer aus dem Kastanienbaum gefallen. Der Typ hockt jetzt auf der Straße, vor ihm liegt eine Kamera mit einem Mordsobjektiv. Jetzt rennt er zu dem schwarzen Golf da."

„Was, das gibt es doch nicht."

„Doch, der folgt uns."

Jessicas Fingerspitzen fingen an zu kribbeln. Zu gerne hätte sie das Gaspedal einfach durchgetreten, aber sie konnte nicht, denn an der rechten Seite der schmalen Straße, standen Autos dicht an dicht. Außerdem kam ihr in diesem Moment ein DHL-Bus entgegen.

„Er kommt näher!", rief Toni mit hoher Stimme.

Sie hatten fast das Ende der Hangstraße erreicht und Jessica sah die vielen Autos auf der Bundesstraße. Sie fuhr langsam.

„Da ist doch grün!", rief Toni, und ihre Stimme überschlug sich. Die Ampel sprang auf Gelb und im letzten Moment zog Jessica auf die Bundesstraße.

„Huch."

„Den sind wir los", sagte Jessica.

Toni fuhr sich mit einem riesigen Taschentuch über die Stirn, schaute Jessica an und schüttelte den Kopf.

„Wir hätten warten sollen mit dem Bild. Fast eintausend, wirklich zum Teil kranke Kommentare."

„Ja, aber die Erpresser haben sich nicht mehr gemeldet, und das ist ja auch schon mal was. Ich fühle mich auch etwas freier als vorher. Die Karten liegen jetzt auf dem Tisch."

„Ich hab das heute Morgen mitbekommen. Das Handy hat unablässig gebrummt, und Grunwaldt hat dann auch angerufen. Er ist stinksauer. Wir müssen nachher noch ein paar Dinge ändern. Wir schalten die Kommentarfunktion ab, und Jessica ...?"

„Ja?"

„... du musst mir versprechen, den Messengerdienst ebenfalls zu kappen. Er reicht, wenn du abends auf das Profil gehst, oder wir besprechen das gemeinsam. Grundwaldt spricht von einem ausgewachsenem Shitstorm, der sich wahrscheinlich noch ausweiten wird. Du musst dich die nächsten Tage irgendwie schützen."

„Ja, verstehe. Ich hatte gestern mein Handy schon auf lautlos. Wahrscheinlich hat mich Grunwaldt deshalb nicht erreicht. Alex war heute Morgen so freundlich, mir ein paar Kommentare vorzulesen."

„Ja, wie kommt er denn dazu? Ich meine, hat er morgens um sieben nichts Besseres zu tun, als auf dein Profil zu gehen?"

„Wir haben gestritten gestern. Ich habe ihm gesagt, dass ich das Foto einstellen will, er hat mir nicht geglaubt."

„Also, ich weiß nicht. Für mich sieht es gerade so aus, als hätte er nur darauf gewartet, was sich auf deinem Profil tut."

„Vor allem wartet er jetzt auf Moni."

„Wie? Was meinst du?"

„Die beiden haben eine Affäre. Er will sogar die Wohnung für sie umbauen. Die Gipser stehen quasi schon vor der Tür."

„Dein Mann ist ein Schuft. Wie kann er jetzt in dieser Situation eine Baustelle aufmachen wollen? Bis zum Plädoyer brauchst du Ruhe und sonst nichts."

„Ist doch klar: Er will mich aus der Wohnung haben. Das Foto hilft ihm dabei."

„Meinst du, er ...?"

„Toni, ich weiß es nicht. Wirklich nicht."

Jessica verließ die Bundesstraße und folgte dem Schild Tannenberg. Toni schaute immer noch auf das Handy:

„Ah, hier schreibt wieder der Klaus Bleibtreu von der Plattform *stay-true*. ‚Jeder, der dieses Foto mit Sexorgien in Verbindung bringt, lästert nicht über Jessica Scheffold, sondern über sich selbst. Es sind doch die Gedanken des Kommentarschreibers, die das Bild in diese Richtung verlängern. Welche Fantasien werden hier also ausgelebt? Tatsache ist doch: Wir wissen es nicht, und es sollte uns auch egal sein. Wie Frau Scheffold richtig bemerkt hat, handelt es sich um ein privates Foto.‘ Der Kommentar hat zehn, nein elf Likes."

„Immerhin", sagte Jessica. „Bleibtreu, der Name sagt mir was."

„Wirklich?"

„Der hat doch für den *Spiegel* geschrieben und ist dann in die Nähe von Verschwörungstheoretikern gerückt worden, worauf er dort rausgeflogen ist."

„Woher weißt du das?"

Gute Frage, dachte Jessica: weil der Name Klaus Bleibtreu mit einem anderen Namen verbunden war. Jessicas

Gedanken gingen wieder zurück zu dem roten Collegeblock. Schreibe den ersten Satz so, dass der Leser unbedingt auch den zweiten lesen will, stand auf dem Deckel des Blocks. Sie sah ihre Handschrift und sich selbst: eine verbissen arbeitende Studentin.

Jessica war jetzt von dem alten Bild ganz ausgefüllt. Ihr fehlte nur noch der Name. Es ging nicht um Alexander, das wusste sie. Sie sah vielmehr das Gesicht eines Jugendlichen. Erinnerte sich an seine tiefbraunen Augen. Das Gesicht, ja. Aber wo passte es hinein, und warum erinnerte sie sich jetzt daran? Jessica biss sich auf die Lippen. Ein nervöses Kribbeln erfasste ihren Oberkörper. Und sein Name? Verdammt, sie war kurz davor.

„Hausnummer 32", sagte Toni. „Wir sind da."

Sie deutete auf ein weißes, mittelgroßes Einfamilienhaus.

***

„Wenn ich das gewusst hätte", sagte Frau Heinrich. „Dann hätte ich Jochen frische Brezeln holen lassen. Er ist auf dem Weg zur Arbeit, kommt aber noch einmal zurück. Gut, ich kann ihn noch mal anrufen, dass er an einem Bäcker ..."

„Nein, schon gut. Wir haben ohnehin nicht so viel Zeit", sagte Jessica.

Frau Heinrich stand etwas unschlüssig in ihrem Wohnzimmer. Vorher hatte sie Toni und Jessica einen Platz angeboten. Toni hatte auf ihre dreckige Jeans gezeigt. Die Frauen standen sich immer noch gegenüber. Toni ging auf die Schrankwand zu und besah sich die Familienfotos. Frau Heinrich trat hinzu:

„Ja, das ist Jochen, wie wir ihn kennen. Am liebsten umringt von seinen Töchtern. Eine glückliche Familie, dachten wir, und alle anderen dachten das auch. Leonie und Aline, einmal vierzehn und einmal neunzehn. Nachdem das über meinen Mann herausgekommen war, sind sie einfach aufgestanden, sobald er die Küche betreten hat. Das gemeinsame Essen abends ist uns sehr wichtig, müssen Sie wissen. Zum Glück ist die Kleine, die Jule, noch nicht so weit, dass sie die Anschuldigungen begreifen kann. Und dann hat Kommissar Wandt endlich den Vergewaltiger überführt. An diesem Abend hat Jochen mit den beiden Großen auf diesem Sofa da gesessen, und sie haben geweint wie Kinder. Die Sache mit seiner Neigung bleibt immer noch, und die ist schwer genug zu verstehen. Hat sich etwas geändert? Hat Staatsanwalt Jung doch etwas gefunden, um Jochen hinter Gitter zu bringen?"

„Am Verfahren hat sich nichts geändert. Wir streben nach wie vor Freiheitsentzug ein Jahr ausgesetzt zur Bewährung an."

„Gott sei Dank! Dann sind Sie wegen des Fotos hier? Habe ich recht?"

„Ja, und offensichtlich sind wir zu spät. Sie wissen bereits davon?"

„Ich wusste einige Zeit gar nicht, wozu ein Handy gut sein soll. Lisa meine Freundin, hat mich dann doch dazu gebracht, ein Smartphone zu kaufen. Ich bekomme die Neuigkeiten auf Ihrer Seite, Frau Scheffold, gleich mit. Lisa hat das irgendwie so eingestellt. Ja und seitdem ...", Frau Heinrich senkte die Stimme, "... komme ich kaum noch von dem Ding los. Mein Mann sieht das gar nicht gern. Vor allem Whatsapp. Da gibt es ja so viel. Man soll ja nicht tratschen, aber ich interessiere mich für vieles. Da ist die Frauengruppe, die Walkinggruppe und die Gruppe vom Kirchenchor, die mittlere Generation und der Stammtisch vom Sonntag ..."

Jessica hatte vor Augen, wie das Dirndlbild in so einer Runde von einer Hand zur nächsten ging.

„Im Grunde hat eine ganz harmlose Situation zu diesem Bild geführt", sagte sie. „Ich möchte das jetzt gar nicht weiter ausführen, die Ermittlungen laufen."

„Vor mir müssen Sie sich nicht rechtfertigen. Kommen Sie, Frau Scheffold, und Sie auch, Antonia, schauen Sie mal aus dem Fenster. Was sehen Sie?"

Einen Moment blieb es ruhig, und Jessica hörte nur das behäbige Ticken der Pendeluhr im Wohnzimmer.

„Sie sehen hell gestrichene Fassaden", fuhr Frau Heinrich fort. „Davor Carports, in denen mindestens zwei Autos stehen. Sie sehen blankgeputzte Fensterscheiben, dahinter auf den Fensterbänken meist Orchideen. Hier, wenn Sie die Straße ein Stück nach oben schauen, da hat einer ein Wagenrad an die Hauswand gehängt, auf die Speichen hat er lauter kleine Blumentöpfchen gestellt. Hübsch, nicht? Noch ein Haus weiter oben, kann man auf einem Balkonbrett ,Herr, ich vertraue auf Dich' lesen. Nach außen hin alles in bester Ordnung.

Ich interessiere mich wirklich kaum für die Nachbarn, aber die Familie mit dem Wagenrad an der Hauswand hat es mit ihren Kindern nicht leicht. Er war Professor und sie Lehrerin. Den Kindern hat es nie an etwas gefehlt, denkt man. Beide Söhne haben große Probleme mit dem Alkohol, manchmal haben sie noch nicht einmal einen festen Wohnsitz. Die Tochter ist geschieden, hat Schulden und wohnt jetzt mit siebenunddreißigeinhalb wieder hier bei den Eltern.

Dann der Hermann mit seiner Frau. Beide gehen mehrere Male pro Woche in die Kirche. Hermann kam alle paar Tage hier zu uns, um ein Bier zu trinken. Wahrscheinlich darf er das zu Hause nicht, habe ich zu Jochen immer gesagt. Zum Schluss war es so: Ich habe Hermann das Bier eingeschenkt, während er hinter mir stand, um sich davon zu überzeugen, dass ich ihm kein Gift in das Glas tue. Er redete von Menschen mit dem schwarzen Blick und von dem Tag X und schließlich kurz darauf: Hermanns Einweisung in die Klinik. Drei Monate war er da drin. Nicht reden, oder doch?"

Frau Heinrich rieb sich am Kinn. „Doch wir sollten all das beim Namen nennen. Das ist doch das normale Leben, und nicht alles verläuft nach Plan. In dieser Straße hier versuchen alle, die Fassade sauber zu halten, und endlich fällt einer aus dem Rahmen, und auf den können sie dann zeigen. Mich haben die meisten hier sehr enttäuscht, vor allem auch der Hermann. Sobald er mich jetzt sieht, wechselt er die Straßenseite oder verschwindet gleich ganz im Haus. Sie müssen wissen, die ersten Tage, als er in der Klinik war, habe ich für seine Frau Eintopf oder Hühnersuppe gekocht und nach dem Haushalt gesehen. Was man halt so tut. Aber das ist jetzt alles nicht mehr wahr. Dabei steht es geschrieben: *In guten wie in schlechten Zeiten* heißt es, und ich halte mich an solchen Sätzen fest, und das gibt mir Kraft, das alles mit Jochen zusammen durchzustehen. Natürlich wusste ich auch tief in mir drin, Jochen wäre nie in der Lage, eine Frau so zu quälen, wie Christin Schanz gequält worden ist.

Ich habe gestern Abend schon mit Jochen über das Foto geredet, und er sieht es eher als Kampagne gegen den Prozess und damit gegen ihn."

„Warum denn das?", fragte Jessica.

„Liegt das nicht auf der Hand?"

„Inwiefern?"

„Na ja, indirekt sind Staatsanwalt Jung, Heck und mein Mann schon einmal aufeinander getroffen. Jochen hat vor zwei Jahren das Sozialarbeiterprojekt am Bahnhof sehr unterstützt. Die Stadt hat es dann gestrichen. Herr Jung war daran nicht unbeteiligt. Außerdem der Freundeskreis Asyl, den auch Sie sehr großzügig unterstützt haben, Frau Scheffold. Heck, Jung und Marco Rauch sind dort nicht Mitglied. Verstehen sie? Das Städtchen hat sich doch schon längst geteilt."

„Vor Gericht zählen Beweise, Frau Heinrich."

„Ich will nichts sagen, Frau Scheffold, aber das würde bedeuten: Es gibt keine Fehlurteile, und niemand sitzt unschuldig hinter Gittern. Nein, nein ...", Frau Heinrich schüttelte energisch den Kopf, "... wo Menschen sind, sie wissen schon."

Toni lächelte. Wahrscheinlich hatte sie Frau Heinrichs Bauernschläue durchschaut. Jessica nickte. „Momentan können wir leider nicht viel mehr machen als zu warten, ob die Ermittlungen der Polizei etwas bringen, also ich meine im Zusammenhang mit diesem Foto", sagte sie.

„Das wünsche ich Ihnen sehr. Die Feiglinge verstecken sich im Internet. Sie verunsichern die Leute, schüren Angst, und dann kommt einer wie Marco Rauch und präsentiert eine heile Welt, in der Menschen wie mein Mann gleich gar nicht vorkommen. Aber wir brauchen etwas anderes als Marco Rauch. Wir brauchen eine neue Offenheit, sodass wir über unsere Ängste reden können. Jochen ist jetzt ein ganz anderer Mensch, geradezu erleichtert. Er muss das Doppelleben nicht mehr führen. Die Selbsthilfegruppe. Er blüht mit dieser Idee richtig auf. Er ist mit dieser Neigung nicht allein."

„Das bedeutet, Ihrem Mann geht es besser – und Sie Frau Heinrich, ganz am Anfang war das Thema Scheidung mal aufgekommen?"

„Nein, wie ich schon gesagt hab. Ich halte zu ihm. Außerdem mache ich mir auch Vorwürfe. Er hat sich mir nicht anvertraut. Das ist es, was mich plagt. Ich denke jede Nacht daran."

Frau Heinrich drehte sich vom Fenster weg und lief in die Mitte des Wohnzimmers. Jessica sah ihr hinterher. Frau Heinrich hob im Laufen den rechten Arm und fuhr sich offenbar mit der Hand über das Gesicht. Jetzt drehte sie sich wieder um: „Dank Ihrer Verteidigung, Frau Scheffold, kann Jochen die Selbsthilfegruppe aufbauen. Er spricht sogar mit den Frauen, die er vorher so erschreckt hat. Wo hat es denn so was schon mal gegeben? Vielleicht wäre es gar nicht zu seinem Zeigen gekommen, wäre ich offener gewesen. Wir müssen genauso weitermachen, wir dürfen Leuten wie Marco Rauch nicht das Feld überlassen."

Maria Heinrich kam auf Jessica zu. Jessica spürte Marias Hände an ihren Unterarmen.

„Frau Scheffold, versprechen Sie mir, dass es so weitergeht."

„Natürlich, ich gebe mein Bestes, aber wir müssen damit rechnen, dass das peinliche Dirndlbild auch in die großen Zeitungen gelangt. Das ist das eine, und das andere ist: Bewährungsstrafe bedeutet keineswegs unschuldig. Ihr Mann hat Normen und Moralvorstellungen verletzt, wir haben die vier Frauen, die direkt von seinen Handlungen betroffen waren. Der Prozess hat sich positiv entwickelt. Trotzdem bleibt Ihr Mann, was den Tatbestand Exhibitionismus anbelangt, schuldig. Was ich sagen will: Wir dürfen auf keinen Fall anfangen zu verharmlosen. Das wäre eine enorme Angriffsfläche für Jung."

Maria nickte und trat einen Schritt zurück.

In diesem Moment ging die Wohnzimmertür auf, und Jochen Heinrich kam herein. Er trug Jeans und hatte eine Umhängetasche locker über seine Schulter gehängt.

„Wenn du auch nur einen Gedanken an eine andere Anwältin verschwendest, reiche ich sofort die Scheidung ein", rief ihm seine Frau zu, noch bevor er „Guten Tag" sagen konnte.

**

Auf dem Weg zum Auto zog Toni das große Taschentuch aus der Hose und fuhr sich damit zuerst über die Stirn und dann eher beiläufig über die Augen.

„Weinst du etwa?", fragte Jessica.

„Ist doch wahr. Hast du das gehört? Ach, Jess ..."

„Ja?"

„Wir fallen, und jemand fängt uns auf. Wünschen wir uns das nicht alle?"

„Ja, das tun wir. Trotzdem neige ich immer dazu, die Frau Heinrich zu unterschätzen. Sie wirkt ein bisschen geschwätzig und einfältig. Dann stelle ich fest: Sie erreicht genau das, was sie will. Jetzt auch wieder. Im Grunde hat sie uns, und ihrem Mann gleich mit, die Marschrichtung vorgegeben. "

Toni nickte.

„Ja, er ist noch nicht einmal richtig zu Wort gekommen, und das scheint bei den beiden normal zu sein. Ansonsten ein total unauffälliger Mann. Hätte er sich auf den Fotos nicht in die Mitte gestellt, würde man ihn glatt übersehen. Der Seitenscheitel, die braunen, dünnen Haare, die Brille, die Nase, nicht zu groß, nicht zu klein, das blasse Gesicht, wirklich nichts, woran man hängen bleiben könnte oder was einem im Gedächtnis bliebe. Und er hat nicht nur die Maria, also eigentlich sind es ja vier Frauen."

„Er ist ein Gebertyp. Das zeigt sich auch bei seiner Arbeit im Hospiz. Dort ist er stellvertretender Leiter."

„Aber wie verträgt sich das mit seinen Aktionen im Stadtpark?"

„Er lebt seine Aggressionen aus. Etwas, das er sich sonst nie erlaubt. Er ist jemand mit einem kaum ausgeprägten Ich. Wir alle haben unsere Bewältigungsstrategien."

„Ja, wie? Dann ist er gerade nicht, wofür ihn alle gehalten haben?"

„So ist es. Sein Zeigen hat in diesem Sinne nichts mit Gewalt zu tun, da hat Maria ganz recht. Es passt nicht zu seiner Persönlichkeit."

„Deshalb bist du dir mit der Verteidigung ziemlich sicher gewesen?"

„Es gab in seiner Biografie keinen Hinweis auf ein Gewaltpotenzial. Der Gutachter hat meine Verteidigungsstrategie bestätigt. Wie gesagt, es passte nicht."

„Trotzdem! So einem Mann wollte ich auch nicht im Stadtpark begegnen, einfach ekelhaft."

„Das stimmt. Allerdings verdient auch ein Jochen Heinrich den Schutz des Gesetzes. All die Schreihälse da draußen hätten ihn am liebsten für etwas verantwortlich gemacht, was er gar nicht begangen hat."

Einen Moment blieb Toni ruhig, dann sagte sie schlicht: „Respekt."

Aber zu welchem Preis, fragte sich Jessica. Sie hatte in diesem Moment die Fotos von Christin Schanz vor Augen, die im Rahmen der Ermittlungen gemacht worden waren. Vor allem hatte es Jessica nicht vermeiden können, Christin Schanz vor Gericht mit diesen Fotos zu konfrontieren. Die riesigen Hämatome am Hals, an den Unterarmen und an der Innenseite der Schenkel. Die Bisswunden im Bereich der Brust. Jessica war darauf eingegangen, und während sie das tat, hatte die Zeugin auf einmal angefangen zu weinen, und es stellte sich heraus, dass sie alles, was sie in Zusammenhang mit Jochen Heinrich und der Vergewaltigung gesehen haben wollte, frei erfunden hatte. Es war schon richtig: Der Prozess nahm ab diesem Punkt eine entscheidende Wende. Wieder einmal hatte es Jessica mit Feingefühl und der notwendigen Konsequenz geschafft, den Sachverhalt aufzuklären. Dennoch fiel es ihr zunehmend schwer, zu Fällen wie diesem den notwendigen Abstand zu wahren. Die Bilder verfolgten sie: Furchtbar! Der Typ musste die arme Frau mit seinen riesigen Händen gepackt haben wie ein Stück Eisen. Oberhalb der linken Brustwarze hatten seine unnatürlich weit auseinanderstehenden Schneidezähne tiefe Wunden hinterlassen. Glück im Unglück. Die Bisswunde war so deutlich wie ein Stempel mit Name und Adresse. Der Abdruck passte nicht zu Heinrichs Gebiss, Körper-DNA hin oder her. Die Bilder ließen Jessica schlecht schlafen, und immer endeten solche Nächte mit dem Fall in die Tiefe. Jessica atmete tief durch und wandte sich Toni zu.

„Trockne dir noch einmal die Augen", sagte sie. „Du musst fahren."

Im Auto warf Jessica einen Seitenblick auf Toni. Hinter das Lenkrad geklemmt sah sie aus, als säße sie in einem kleinen Auto auf dem Volksfest. Ab und zu schniefte sie, und Jessica hielt ihr ein Tempo hin, das sie nahm und mit dem sie kräftig die Nase schnäuzte.

Kurz darauf sagte Jessica:

„Wenn du hier weiterfährst, kommen wir im Enzbachviertel raus. Du musst auf die rechte Spur rüber."

Augenblicklich zog Toni nach rechts. Jessica hörte gleich mehrere Autos hupen. Toni zuckte die Schultern.

Im Enzbachviertel landet man früh genug, dachte Jessica und spürte auf einmal Kälte an ihren Armen hochkriechen, als hätte ihr das schattige und feuchte Viertel kühle Luft gesandt. Nur allein das Wort „Fallen" (Toni hatte es

93

irgendwie ehrfürchtig ausgesprochen) genügte, dass sich Jessica an den Griff der Autotür klammerte. In ihrem Rücken spürte sie die Gestalten auf der Plattform. Sie rückten Zentimeter um Zentimeter näher, und damit war Jessicas Sturz unausweichlich. So wie immer.

Hätte Alexander doch etwas von Maria, wäre alles nur halb so schlimm. So aber stand sie fast alleine gegen einen unsichtbaren Feind. Ein Schreibblock und eine konzentrierte Studentin. Wieder kam der Eindruck von vorhin in ihr auf. Wieder sah sie die eng beschriebenen Blätter, und auf einmal hatte sie das Wort „Soziogramm" vor Augen. Ja, und das Soziogramm hatte sie während ihres Studiums geschrieben. Es ging ... also um ...

Jessica atmete tief durch, zog das Handy aus der Hose und gab in Google den Namen „Daniel Haag" ein.

Der alte Wikipedia-Eintrag erschien. Der Autor nannte Jessicas Arbeit als eine der wichtigsten Quellen. Davon abgesehen, aber kaum ein Hinweis. Wie komisch, das wirkte, als hätte er sich die Mühe gemacht, seine Spuren zu verwischen. Sie nahm das Handy dichter vor die Augen. Ah hier, vor gut einem Jahr: die Änderung seines Nachnamens. Kurz zuvor war er in den Schlagzeilen aufgetaucht im Zusammenhang mit dem Selbstmord einer bekannten Fitnessbloggerin.

„Du sollst doch nicht auf das Profil gehen", sagte Toni und klang dabei wie eine besorgte Mutter.

„Siebzehn Jahre, ist das eigentlich eine lange Zeit?"

„Kommt darauf an", antwortete Toni. „Was meinst du?"

Nach einer Weile, in der nichts anderes zu hören gewesen war als das gleichmäßige Brummen des Motors, sagte Toni: „Du musst nicht mit mir reden. Ist keine Pflicht, überhaupt nicht."

Toni fuhr die Hangstraße hinauf und erst jetzt sagte Jessica: „Du fährst am besten wieder zum Hintereingang. Wir müssen ohnehin noch die Tür schließen."

„Jess?"

„Ja?"

„Die Heinrichs haben wir jetzt auf unserer Seite, da kann uns eigentlich nichts passieren. Jetzt müssen wir nur noch Alexander davon überzeugen, die Renovierung zu verschieben, und dann ist alles gut. Wenn du willst, rede ich mit ihm, von Mann zu Mann."

Jessica lächelte.

***

Der Kastanienbaum vor dem Scheffold-Grundstück kam in Sicht. Davor ein Laster mit Gerüstteilen, zwei Männer waren gerade dabei, irgendwelche Platten abzuladen.

„Das gibt es doch nicht", sagte Toni.

„Das muss die Firma Härrle sein", antwortete Jessica.

„Trifft sich gut, trifft sich gut", rief Toni schrill. „Dann kannst du die gleich wieder nach Hause schicken, denn du hast ja auch etwas zu sagen."

Jessica nickte.

Toni parkte den Renault. Jessica stieg aus dem Wagen und ging auf die Männer zu. Hinter sich hörte sie Toni schwer atmen.

„Meine Herren", rief Jessica. „Sie sind am verkehrten Eingang."

„Ah, Frau Scheffold", antwortete ein großer, breitschultriger Mann. „Ich bin Härrle."

„Angenehm", antwortete Jessica und schüttelte die schwielige Hand des Mannes.

„Ihr Mann hat uns aufgetragen, das Material über diesen Aufgang hochzutragen."

95

„Das kommt gar nicht infrage. Sie müssten ja mit dem Zeug durch den Keller, und der ist eng. Wie wollen Sie das mit den Platten machen? Laden Sie die paar Sachen wieder auf, und dann fahren Sie direkt oben vor den Eingang. Ich komme und verschaffe Ihnen Zugang."

„Alles klar, Frau Scheffold. Wie Sie wollen."

„Ist mein Mann nicht da?"

„Nein, er hat uns noch einmal die Anweisungen übers Handy durchgegeben und gesagt, er käme später dazu. Die Putzfrau sollte uns aufmachen."

„Verstehe. Wir sehen uns gleich oben."

Jessica drehte sich nach Toni um. Die große Frau stand still auf der Straße. In diesem Moment kam ein BMW von oben die Hangstraße runtergefahren und hupte. Toni bewegte sich keinen Millimeter.

Jessica rief: „Komm von der Straße runter. Dich fahren sie noch um."

Toni kam langsam auf Jessica zu: „Ja, wie", sagte sie. „Ich verstehe nicht. Wir wollten doch die Handwerker ..."

„Ich hab eine Idee", unterbrach Jessica.

***

Jessica ordnete Haargummi und Pferdeschwanz, atmete durch und öffnete die Haustür.

„Da ist sie", hörte Jessica sofort eine Stimme.

Dann das Klacken der Kameras, vereinzelt ein Blitzlicht. Jesica hob, wie um zu beruhigen, beide Hände und sagte:

„Ich muss mich doch sehr wundern, gibt es in der Welt da draußen nichts Wichtigeres als dieses harmlose Foto?"

„Bedeutet dieses Foto Ihr Karriereende?"

„Gestern habe ich eine Erklärung geschrieben, und der ist bis heute nichts hinzuzufügen."

96

„Haben Sie Verkleidungs- und Sexpartys gefeiert? Nicht wenige sprechen von einem Sumpf aus Alkohol und gekauftem Sex."

Jessica schaute in die Richtung, aus der die Frage gekommen war. Sie sah einen jungen Mann. Seine Wangen leuchteten ihr rot entgegen. Sie winkte ihn zu sich heran. Er kam und Jessica fragte: „Wie oft schlafen Sie eigentlich mit Ihrer Frau?"

„Ähm, was ich?", fragte der verdutzte Reporter.

Gelächter kam auf. Jemand rief: „Der hat doch gar keine!"

Jessica schmunzelte: „Sehen Sie. Also noch einmal mein Hinweis: Es handelt sich um ein privates, harmloses Foto, und jetzt möchte ich Sie bitten, vor dem Eingang Platz zu machen, denn wir erwarten jeden Moment Handwerker."

***

Jessica führte Gipserchef Härrle durch die Bibliotheksräume und durch das Wohnzimmer. Härrle schaute immer wieder auf seinen Auftrag, nickte und sagte jetzt: „Gut, ich hab alles schriftlich, so weit ist alles klar. Jetzt brauche ich nur noch das Türfutter, das hat Ihr Mann mit Bleistift gekennzeichnet."

„Da kann ich Ihnen helfen. Kommen Sie!"

Härrle folgte und Jessica zeigte kurz auf den Türrahmen mit dem Bleistiftkreuz.

„Ich muss schon sagen, Frau Scheffold. Dafür, dass Ihr Mann das alles ohne Architekten plant, geht er sehr geschickt vor. Hier zum Beispiel nimmt er das Türfutter raus und hält sich damit Optionen offen."

„Optionen?"

„Ja, sollte es nötig werden, braucht er nur in den Baumarkt fahren und ein paar Ytong-Steine holen und in die Öffnung kleben. Er hat in null Komma nichts ein kleines Zimmer. Wozu braucht man denn so ein Zimmerchen?" Der Gipserchef lächelte und zwinkerte Jessica zu. „Glauben Sie mir, Frau Scheffold. So etwas Kleines kittet manchen Riss, auch wenn es vorher ein bisschen stressig war. Das kommt in jeder Ehe mal vor."

Kapitel 6

Am nächsten Morgen wachte Jessica kurz vor sechs auf. Sie bemerkte einen dumpfen Schmerz im Kopf. Die Arme und Beine fühlten sich so schwer an, als wäre sie in sengender Sonne zu weit gelaufen. Immer wieder war die Treppe aufgetaucht und gleich mehrere Male das Loslassen der Hände und die kühle Luft der Tiefe. Dazwischen, allerdings nur in Einblendungen, Katys Lächeln, langsam strömender Atem und eine Art Wärme, die an den Atem gekoppelt war.

Dass sie diesen Traum nicht aus dem Kopf bekam. Jessica schüttelte den Kopf und rieb sich die Augen. Was hatte das zu bedeuten? Sie ließ die Hände auf dem Gesicht. Ihr Atem beschleunigte sich. Für Momente, in denen die Luft zu knapp schien, hatte sie eine Plastiktüte im Handschuhfach ihres

Audis. Das Auto, zu weit weg.

Das war doch Unsinn! Sie konnte in die Küche gehen und einen Gefrierbeutel nehmen. Aber warum hatte sie vorletzte Nacht so gut geschlafen? Vielleicht weil sie mit dem Einstellen des Fotos ihrer Intuition gefolgt war, in dem Vertrauen darauf, das Richtige zu tun? Ja, sie hatte losgelassen und ihr Schicksal in eine größere Hand gelegt. Dieses Loslassen bedeutete, den Fragen nicht so viel Raum zu geben. Was war, wenn sie keine Kinder bekommen konnte? Was war, wenn die Ehe scheiterte? Welchen Sinn hatte ihr Leben, und welchen Abdruck würde sie hinterlassen? Langsam nahm sie die Hände vom Gesicht.

Aber ist es nicht schwierig, dem Leben einfach seinen Lauf zuzugestehen? Ist es nicht besser dem Schicksal eine Richtung abzuringen? Aber geht das? All das, was in diesem Sinne mit Anstrengung verbunden war, konnte verloren gehen, und darüber hinaus: Was bleibt?

Dann blieben ihr Atem, ihr Körper und die Augenblicke, in denen sie mit Hilfe der Übungen einfach aus dem Nichts ein Vertrauen spürte. Augenblicke im Moment und eben keine Fragen und Antworten auf die Karriere oder auf die Kinderlosigkeit. In dieser Ebene des Bewusstseins ging es nicht darum. Sie hatte sich antreiben lassen von der Stimme ihres Vaters: Juristerei ist nichts für Frauen. Von Lydia: Mit einem guten Uni-Abschluss kannst du ein unabhängiges Leben führen. Jessica hatte Franz Xaver das Gegenteil bewiesen und auch Lydias Forderung hatte sie mehr als erfüllt. Trotzdem war das Gefühl des Fallens, der Traum, so präsent wie nie zuvor.

Sie atmete tief. Abrücken von den Erwartungen der Eltern wäre eine Antwort. Sie war siebenunddreißig! Dachte sie nicht überhaupt zu viel über die Beziehung zu ihren Eltern nach? Ohnehin, sollte das Dirndlbild ihrer Karriere nachhaltig schaden, hätte Franz Xaver die Möglichkeit, seinen Satz zu erneuern, damit musste sie rechnen. Sein achtzigster Geburtstag war nicht mehr so weit weg.

Aber trotz aller Schwierigkeiten oder gerade deswegen, entdeckte Jessica eine neue Seite an sich, und in diese Empfindung war die große Hand gebettet. Da war Katys Lächeln, da war Vertrauen. Jessica fühlte sich jetzt etwas besser, setzte sich auf und ging nach einem Moment in die Küche. Dort legte sie wie immer den Zeigefinger auf den Knopf der Kaffeemaschine, hörte bereits das ungestüme Mahlen der Bohnen und das aufgeregte Blubbern des Kaffees. Auf einmal trat sie von der Kaffeemaschine zurück, nahm eine Tasse aus dem Schrank und brühte sich einen Grüntee auf. Einen Moment später sah sie dabei zu, wie hellgrüne Fäden langsam aus dem Teebeutel wanderten und nach und nach das klare Wasser verfärbten. Sie nahm den Beutel aus der Tasse, gab Honig hinein und rührte langsam um. In diesem Moment hörte sie nichts anderes als das Klimpern des Löffels.

Wäre das Drama mit Alex zu verhindern gewesen, hätte sich eine Eizelle festgehalten? Es gab keine Antwort darauf, sie wusste das. Trotzdem hinterließ die Frage mit jedem Auftauchen einen größeren Schatten auf ihrer Seele. Diese Frage war mächtig genug, um Jessica in ein Tal der Traurigkeit hinabzuziehen. Die Eizellen hatten sich eben nicht festgehalten, der Nährboden war nicht gut genug, zu feindselig, kein Platz zum Verweilen.

Ihr sank der Kopf auf die Arme. Sie fühlte den Schmerz, versuchte aber trotzdem, tief zu atmen.

Du bist niemals zu alt, zu schwach oder zu krank, um neu zu beginnen.

Wie gut ihr dieser Satz tat! Sie schaute auf. Es musste ihr heute gelingen, sich auf das Wesentliche zu konzentrieren. Maria Heinrich und ihr Mann hatten alle Anfeindungen und Ausgrenzungen überstanden, und Jessica würde das auch hinbekommen. Sie fuhr sich mit den Händen über Stirn und Augen.

Okay, Moni war höchstwahrscheinlich schwanger. Alexanders Eile stand nicht im Zusammenhang mit der Steuer und dem Finanzamt. Sicher war auch: Alexander brauchte noch drei Züge. Er würde die Situation nutzen, um mit den Journalisten zu reden. Wahrscheinlich würde er die Scheidung oder zumindest eine Trennung bekannt geben, und im letzten Schritt würde er sich hier in der Wohnung mit Moni treffen.

Jessica hätte am liebsten in die Welt hinausgeschrien: *Mein Mann hat eine Affäre, und seine Assistentin ist schwanger.*

Sie durfte sich aber von der Wut nicht leiten lassen und nahm sich vor, Alexander nicht damit zu konfrontieren, dass sie von Monis Schwangerschaft wusste.

Seit gestern gab es eine Idee, und daran hing zumindest eine kleine Hoffnung. Wollte sie diese Idee verfolgen, brauchte sie ein Stück weit Alexanders Vertrauen.

Wobei sie gestern eher aus dem Bauch heraus entschieden hatte, sich nicht gegen die Renovierung zu stellen. Jetzt erkannte sie, wie überaus clever das gewesen war. Die Verbindung Baustelle und Malerbetrieb. Der Ex-Hacker Daniel Haag arbeitete seit seiner Resozialisierung im Malerbetrieb Vöhringer. Jessica wusste natürlich noch nicht, wie sie Daniels Betrieb ins Spiel bringen sollte. Und überhaupt: Wie konnte sie so sicher sein? Würde ihr Daniel Haag helfen? Siebzehn Jahre ist das her, dachte Jessica. Er war sechzehn gewesen und sie einundzwanzig.

Nach seinem Prozess hatte sich Daniel aus der Hackerszene zurückgezogen und erfüllte mit dem Beginn einer Lehre zum Maler und Lackierer eine der Auflagen des Gerichts. Jessica hatte ihn damals im Rahmen einer Hausarbeit über minderjährige Straftäter kennengelernt und sie hatte im Gerichtssaal seinen Prozess verfolgt.

Der Shitstorm basierte auf Lüge, und das war etwas, das Daniel nicht ausstehen konnte.

Aber es blieb dabei! Siebzehn Jahre, eine lange Zeit. Menschen können sich verändern. Außerdem hatte auch Klaus Bleibtreu von der Plattform *stay-true* versucht, sich Daniel anzunähern. Die Sache mit der Fitnessbloggerin Sofia Leist und Facebook. Vermutlich wäre Daniel der Schlüssel gewesen, die Sache aufzuklären. Daniel hatte

Sofia gekannt, und Bleibtreu musste erfahren haben, dass Jessica Daniel kannte. Deshalb Bleibtreus komischer Anruf vor etwa einem Jahr.

Das alles hatte sie gestern davon abgehalten, Daniel einfach anzurufen. Jemanden am Telefon abzuwimmeln war so einfach. Hinfahren war genauso schlecht möglich, wahrscheinlich würde ihr mindestens ein Journalist folgen.

Gelänge es mit Daniels Hilfe, herauszubekommen, wer für den Cyberangriff verantwortlich war, wäre viel gewonnen. So makaber es klingen mochte: Es wäre am besten, Alexander steckte dahinter, dann würde die Öffentlichkeit erkennen: Es ist nur ein Rosenkrieg.

Wie aber sollte sie es schaffen, mit Daniel Kontakt aufzunehmen? Sie blies in die Tasse, nahm einen kleinen Schluck. Alexander war ein Meister darin, Pläne zu durchschauen, und damit wäre ihre kleine Hoffnung schnell wieder dahin.

Plötzlich flog die Tür auf, und Alexander kam herein. Jessica zuckte zusammen und verschüttete etwas Tee.

„Du bist schon auf?" fragte sie.

„Natürlich, seit gestern fehlen mir eintausend Schritte und deshalb habe ich mich heute Morgen zu einem Workout entschlossen."

Er trat näher. Mit der Kapuzenjacke, der Sporthose und dem vom Training geröteten Gesicht sah er in diesem Moment aus wie Rocky Balboa. Außerdem hatte sich Alex ein Handtuch um den Hals gelegt, nach dessen Ende er griff und mit dem er sich über die Stirn wischte. Jessica fasste sich an die Nase. Sein Schweißgeruch störte sie. Sie wunderte sich darüber. Eigentlich mochte sie seinen herben, männlichen Geruch.

„Die Zeitung habe ich auch gleich mitgebracht."

„Haben wir auch die *Bild-Zeitung* abonniert?"

103

„Wie gesagt: Ich muss auf meine Schritte kommen."

„Du bist die Hangstraße runter gelaufen, durch die Unterführung der Bundesstraße, auf der anderen Seite wieder hoch, dann wieder runter zum Bahnhofskiosk, um die Zeitung zu kaufen?"

„So bin ich. Das ist Motivation. Ich weiß gar nicht, womit ich jetzt anfangen soll? Aber vielleicht schaust du doch erst mal in die Zeitung. Du hast es geschafft, eine dreiviertel Seite zu füllen."

Alexander setzte sich und klappte die *Bild* auseinander. Er zeigte auf ein übergroßes Dirndlbild und darunter vier kleinere Bilder: Toni mit der Stange, Jessica mit Toni an der Tür und anschließend, wie sich Jessica durch den Türspalt zwängte und dann auf dem Weg zum Auto. Toni hielt dabei die Stange noch in der Hand.

„Wie auf der Flucht", las Alexander vor. „Jessica Scheffold und ihre Gehilfin verlassen das Anwesen über einen Hinterausgang. Hat sie etwas zu verbergen? Warum stellt sie sich nicht den Fragen?"

„Das stimmt nicht", antwortete Jessica.

„Wieso nicht?"

„Gestern, gegen halb zwölf, habe ich versucht, mit den Journalisten zu reden. Aber die Frage war nicht so, dass ich hätte darauf antworten wollen. Außerdem habe ich Härrle in die Wohnung gelassen. Du bist nicht da gewesen."

Alexander tat so, als hätte er Jessicas Antwort nicht gehört. Er mimte den Betroffenen:

„,Herr Scheffold', haben die da unten gesagt: ,Wie gehen Sie mit dieser Situation um?' Ich habe meine Kapuze über den Kopf gezogen und bin einfach weitergegangen. Aber ich muss mir tatsächlich überlegen, was ich denen sagen soll."

„Scheidungsrecht ist nicht so uninteressant, wie ich immer dachte", sagte Jessica.

Alexander sprang auf und antwortete: „Bevor du damit anfängst, informiere dich mal, wie man Graffiti entfernen kann. Vielleicht solltest du mal runter gehen und dir das Haus anschauen. Ich kann es dir aber auch auf dem Handy zeigen. Mich stört gar nicht der riesige Penis, denn der ist auf der Hauswand, auf dem Putz. Mich stören die Hoden, die Eier, denn die hat derjenige mit schwarzer Lackfarbe auf dem hellen Tuffsteinsockel platziert. Ich bin gespannt, wie du das wegbekommen willst. Den Maler vom letzten Mal können wir nicht noch einmal nehmen. Vielleicht sollte ich da unten eine große Tafel aufstellen, dann kann jeder schreiben, was er will. Aber das ist deine Angelegenheit, ich gebe keinen Cent für die Reinigung aus. Weiß der Geier, also mir stehts bis oben!"

Alexanders Hand wanderte weit bis über den Kopf.

Das ist die Chance, die Möglichkeit. Zugreifen! Nein, nicht zu schnell, sonst durchschaut er es gleich.

„Unten am Enz hat die Stadt auch immer wieder Schwierigkeiten mit Graffitis, ich habe darüber mal was in der Zeitung gelesen", sagte Jessica beiläufig.

„Stimmt. Ja, und?"

„Ich meine, der Maler, der das immer macht, heißt Vöhringer, vermutlich ist er mittlerweile der Spezialist, wenn es um Graffitis geht."

Das war gelogen. Jessica schaute in die Tasse und bewegte den Löffel langsam. Sie gab sich ruhig, bemerkte aber, dass ihr die Hand zitterte.

Alex würde sofort googeln: Stieße er auf den Namen Daniel Haag, würde er eventuell stutzig werden. Zum Glück hatte Daniel zwischendurch den Namen seiner Mutter angenommen, sodass Alexander nicht gleich auf den Namen Haag kommen würde. Die Sache mit dieser Hausarbeit ging tief in die Studentenzeit zurück. Jessicas sehr intensive

Recherche rund um dieses Soziogramm hatte dazu beige-tragen, die Beziehung zu Alex im ersten Anlauf scheitern zu lassen. Er hatte sich vernachlässigt gefühlt. Deshalb würde er sich vielleicht doch erinnern und dann einen Zusam-menhang herstellen. Nämlich zwischen dem Hacker Daniel Haag und der Tatsache, dass es ihm eventuell möglich wäre, ihr zu helfen. Tatsächlich griff Alex in die Sporthose und suchte offenbar sein Handy. Er zog die Kapuzenjacke aus und nahm es schließlich von dem Gurt an seinen Oberarm.

„Mist", fluchte er. „Ich hab vergessen, das Training zu beenden. „Vöhringer", sagte er langsam vor sich her und tippte dabei auf das Display. „Auf seiner Homepage steht nichts von Graffitireinigung, aber er hat eine beachtliche Referenzliste, beispielsweise diesen Neurochirurgen da, der gehört ja wirklich zu den Top Five der Welt."

„Ja", sagte Jessica. „Handwerksbetriebe pflegen ihre Sei-ten nicht so wie Start-up-Unternehmen. In dem Bereich spielt wohl die Empfehlung immer noch die größere Rolle."

Alex nickte und schaute gebannt auf das Handy.

Hoffentlich gibt es dort keine Rubrik Mitarbeiter. Alex mochte zwar ein Problem mit Namen haben, aber wenn es um Gesichter ging, hatte er ein fotografisches Gedächtnis. Gesichter vergaß er nie, auch nicht nach Jahren, das hatte sie gar nicht bedacht. Jessica biss sich auf die Unterlippe und rührte heftig in der Tasse.

„Das Geklimper mit dem Löffel geht mir auf die Ner-ven", sagte Alex ungehalten. „Ah, hier ist auch sein Team." Alex wischte zwei, dreimal über das Display. „Was soll das denn jetzt? Scheiß Verbindung. Egal, auf die Schnelle kann ich nichts entdecken, was gegen Vöhringer spräche, vor allem, so wie es aussieht, hatte er noch nie etwas mit mei-nen Brüdern zu tun und das ist schon mal gut."

„Dann sage ich Vöhringer Bescheid und die Sache wird erledigt."

„Ich bitte förmlich darum. Ich bin heute unterwegs und kann mich nicht darum kümmern."

Jessica nickte. Alex schob ihr die Zeitungen über den Tisch und meinte: „Viel Spaß beim Lesen."

Er verließ die Küche. Jessica stand auf, schloss hinter ihm die Tür und lehnte sich dagegen. Sie atmete tief und versuchte, sich zu beruhigen.

Jeder andere hätte gleich gesagt: Hör mal zu, unsere Hauswand ist beschmiert. Nicht aber Alexander. Er hob sich den Trumpf bis zum Schluss auf und spielte die wertvolle Karte erst, wenn es ihm am besten passte. Jessica schüttelte den Kopf.

***

Jessica hatte Vöhringer als freundlichen, bestimmten und geradlinigen Mann in Erinnerung. Nachdem sie ihm das Problem mit dem Graffiti geschildert hatte, umfasste sie das Handy fest und hörte einen Moment nichts anderes als ein leises Rauschen. An seiner Antwort hing ihre Hoffnung. Statt Ja oder Nein sagte Vöhringer:

„Ich bin zehn Uhr dreißig vor dem Haus."

„Gut, ich warte dann unten auf Sie."

Danach telefonierte Jessica mit Sebastian. Er schlug ihr vor, sie solle bis einschließlich Freitag zu Hause bleiben, alle Interviewanfragen ablehnen und sich auf das Plädoyer vorbereiten.

„Steven Jung verhält sich außergewöhnlich ruhig", sagte Sebastian zum Abschluss. Jessica strich über das Display, sah die Uhrzeit und dachte: gerade mal halb acht. Mit dem Daumen wechselte sie das Fenster und wollte gerade auf den Facebook-Button tippen, als das Handy zu vibrieren begann.

Toni ließ ihr wirklich kaum Gelegenheit, auf das Profil zu gehen und die Kampagne zu verfolgen. Jessica schmunzelte. Das treue Mädchen.

„Guten Morgen."

Toni legte gleich los. „Heck hat gestern Abend noch ganz tief in die Kiste gegriffen. Pass auf: ‚Jessica Scheffold steht in einer Reihe mit Fitness-Bloggern, Instagram-Models und ihrem eigenen Mandanten. Voyeurismus und Exhibitionismus vereint diese auf den ersten Blick unterschiedlichen Gruppen. Wohin es aber führt, sobald bewährte Normen über Bord geworfen werden, kann man an dem Angeklagten Jochen Heinrich, erkennen', schrieb Heck.

Kurz darauf kam es zu einem Schlagabtausch zwischen Bleibtreu und Heck, denn Bleibtreu hat geantwortet: ‚Jessica Scheffold mit einer Fitnessbloggerin zu vergleichen ist grober Unfug. Frau Scheffold geht offen mit dem Tabuthema Exhibitionismus um. Der Verlauf des Prozesses, sowohl auf Opfer und auf Täterseite, gibt ihr recht. Als Journalist frage ich mich natürlich: Was treibt einen Mann wie Heck an, so unbarmherzig gegen Frau Scheffold vorzugehen? In diesem Zusammenhang möchte ich heute zwei unbestreitbare Fakten präsentieren: Die Kanzlei Heck und Partner hat im November 2015 die Verteidigung Heinrichs abgelehnt, der sich daraufhin an Frau Scheffold wandte. Damit übernahm eine Frau die Verteidigung eines Exhibitionisten und machte aus diesem Prozess beinahe einen Musterprozess. Wobei Frau Scheffold an dieser Stelle nur der Dynamik folgte. Jochen Heinrichs Name war in die Medien geraten, und das ließ sich nicht mehr rückgängig machen. Inwieweit die Medien die Persönlichkeitsrechte Heinrichs verletzt haben, wird wahrscheinlich noch Gegenstand vor Gericht sein, sobald sich Heinrich dazu entschließen kann, Schadensersatz einzufordern. In jedem Fall aber hat Frau Scheffold mit ihrem Mandanten einen Täter, der zu dieser Offenheit bereit war. Damit hätte wohl niemand gerechnet, am allerwenigsten die Kanzlei Heck. Wer sich etwas auskennt, weiß, welche unrühmliche Rolle Hecks Vater, August Heck, hier am Landgericht gespielt hat.'"

Ohne Frage, dachte Jessica. Bleibtreu war offensichtlich ein Mann, der genau recherchierte und sich dafür die notwendige Zeit nahm. Das konnte ihr vielleicht noch nützen. Aber warum tat er das? Ging es ihm tatsächlich um die Wahrheit, oder wollte er nur seiner eigenen Plattform auf die Beine helfen und suchte dafür eine gute Story? Davon abgesehen, steckte Jessica noch der Schreck in den Gliedern, wie sich das alles vor ihren Augen aufbauschte. Sie fühlte eine unbestimmte, allgegenwärtige Bedrohung.

Um nichts zu überhören, konzentrierte sie sich darauf, was Toni vorlas. Jede Kleinigkeit konnte wichtig sein.

„Bleibtreu fügt jetzt einen Wikipedia-Eintrag zu August Heck ein", fuhr Toni fort. „Heck ist in diesem konservativen Atem groß geworden. Da prallen, wie wir jetzt sehen, ganz unterschiedliche Welten aufeinander, und deshalb die Frage: Worum geht es eigentlich – um verletzte Eitelkeiten? Um vertauschte Rollenbilder? Um die Angst der Konservativen, alte Strukturen aufgeben zu müssen? Außerdem, und damit sind wir beim zweiten Fakt, ist gestern über die Fachzeitschrift *Der Anwalt* bekannt geworden, dass Sebastian seine Kanzlei verkaufen will. Heck und Partner agieren seit mehr als fünfzehn Jahren im Schatten der berühmten Kanzlei von Sebastian. Jetzt endlich bietet sich Heck die Möglichkeit, die Vormachtstellung in der Stadt zu erreichen, und da kommt ihm möglicherweise die Rufschädigung von Frau Scheffold sehr gelegen.'"

„Gerade habe ich mit Sebastian telefoniert", unterbrach Jessica. „Dass er eine Anzeige geschaltet hat und verkaufen will, hat er mit keinem Wort erwähnt."

„Mir gegenüber auch nicht", antwortete Toni.

„Ja, aber ist das seine Art?"

„Vielleicht will er dich aus der Reserve locken, Jess. Du bist seine Wunschkandidatin."

Da hatte Toni recht. Jessica drohte auf die Füße zu fallen, dass sie Sebastian nie direkt auf die Nachfolge angesprochen hatte, weil sie eine Zeit lang gar nicht gewusst hatte, wie sie sich entscheiden sollte. Sie sehnte sich nach Kindern, auf der anderen Seite wäre es durch Sebastians Ausscheiden möglich, noch einmal einen riesigen Karriereschritt zu machen. Solche Möglichkeiten boten sich nur ein oder zweimal im Leben. Trotzdem! Sie hätte offen mit ihm reden sollen. Sie biss sich auf die Unterlippe. Nach einem Moment kam ein anderer Gedanke und Jessica fragte:

„Was ist eigentlich, wenn Sebastian Geld braucht, vielleicht sogar viel Geld?"

„Huch. Das würde alles verändern. Wenn es um Geld geht, ist Alexander immer zur Stelle."

„Genauso ist es."

„Ja, wie? Michael hat nie Geld. Meinst du, er kommt als Käufer und Interessent infrage?"

„Die meiste Zeit können sich Alexander und Michael nicht ausstehen, aber wenn es darauf ankommt ..."

„Jess, was läuft hier eigentlich?"

„Lies mal weiter vor."

„Okay. Also Bleibtreu schreibt weiter: ,Herr Dr. Heck wäre gut beraten, sein Verhalten zu überdenken, anstatt Frau Scheffold eine voyeuristische Präsentation im Internet vorzuwerfen. Alles, womit er argumentiert, was er schreibt, beruht auf Spekulation. Niemand weiß, wie es zu dem Dirndlbild gekommen ist. Selbst wenn Frau Scheffold an diesem Abend ihren Mann betrogen hätte, bleibt es doch eine private Angelegenheit, die nichts mit ihrer fachlichen

Kompetenz zu tun hat. Was Heck hier für intellektuelle Leser aufbereitet, versucht Marco Rauch auf seine Art. Wie kann Marco Rauch schreiben, er werde alles dafür tun, dass sich die – Zitat – *zwielichtigen Gestalten des Stadtparks* nicht in der ganzen Stadt ausbreiten? Das muss man sich mal vorstellen. Meint er damit seine eigenen Leute? Der Vergewaltiger stammt aus dem Umfeld von Marco Rauch, und die Vergewaltigungen sind im Stadtpark passiert. Wir haben eine junge Frau, die für immer von dieser Tat gekennzeichnet sein wird. Dazu haben sich weder Dr. Heck noch Marco Rauch geäußert. Was für eine Verdrehung der Tatsachen und damit eine Verhöhnung des Opfers. Ich finde die Kampagne gegen Frau Scheffold trägt eine eindeutige Handschrift. Wie wollen wir eigentlich leben? Wollen wir unsere Gesellschaft auf Spekulationen aufbauen? Oder wollen wir Wahrheit, Fakten und Hintergründe?'"

Tonis Stimme brach ab. Jessicas Gedanken rotierten.

„Jess?"

„Ja?"

„Du bist noch dran."

„Ja, bin ich. Ich frage mich nur ... woher weiß Bleibtreu, dass Heck Heinrichs Verteidigung abgelehnt hat?"

„Da kommen eigentlich nur die Heinrichs selbst infrage. Ich tippe auf Maria."

„Toni, ruf sie bitte nachher an. Du musst ihr klarmachen, dass sie mit jeder Äußerung den Prozess gefährden kann."

„Das ist doch eine alte Klatschtante. Aber okay, mache ich natürlich."

Noch bevor sie auflegte, zog Jessica die Akte Heinrich hervor. Wie von selbst tauchten in ihrem Kopf ganze Argumentationsschleifen auf, die sie zuvor schon einige Male durchdacht hatte. Ein gutes Zeichen! Das Plädoyer konnte kommen.

***

Vöhringer deutete auf einen Eimer mit sauberen Lumpen, auf ein kleineres, bereits offenes Gefäß mit einer gelartigen blauen Flüssigkeit und auf einen breiten Pinsel.

„Tatsächlich haben wir einige Erfahrung mit Graffitientfernung. Alle paar Wochen ruft uns die Stadt runter zur Enz, um dort die Mauer zu reinigen. Einen Teil der Mauer hatte die Stadt für Kunst erklärt. Einer meiner Mitarbeiter hat natürlich den verkehrten Teil der Mauer gereinigt und die Kunst war dann mal weg." Vöhringer kicherte: „Ist aber kaum aufgefallen."

„Verstehe", antwortete Jessica und schmunzelte.

Der Malermeister nahm den Eimer aus dem Bus und schloss mit einer schwungvollen Bewegung die Schiebetür. „So, schauen wir uns die Sache mal an, dann sehen wir weiter."

Vöhringer parkte unterhalb der Villa, wahrscheinlich hatte er vor dem Haus keinen Parkplatz gefunden. Jessica ging voraus, er folgte ihr. Die Übertragungswagen kamen in Sicht, und Jessica wechselte die Straßenseite, kurz drauf stand sie mit dem Malermeister vor dem riesigen Penis.

Hinter sich hörte sie Kameras klicken und das Schlagen von Autotüren.

„Frau Scheffold", rief einer der Journalisten. „Wie steht es um Ihre Ehe? Was sagt Ihr Mann dazu?"

Jessica hob eine Hand, ohne sich zu den Journalisten umzudrehen. Vöhringer stellte den Eimer ab und betrachtete das Graffiti. Er griff sich mit einer Hand an den Kragen und fuhr mit den Fingern am Hals entlang, als wäre ihm plötzlich die Luft zu knapp. Dabei streckte er den Hals weit vor und wandte den Kopf hin und her. Jetzt schaute er über die Schulter zu den Journalisten.

„Am besten ignorieren, Herr Vöhringer, und bloß keine Fragen beantworten. Sie werden die nie wieder los."

„In Ordnung", antwortete er und fuhr sich dabei immer noch am Hals entlang.

Natürlich! Jessica hatte eine Sache nicht bedacht. Im Zusammenhang mit Daniels Prozess und auch in der Zeit danach hatte sie mit Vöhringer zwei-, dreimal zu tun gehabt. Außerdem hatte ihr Daniel während eines späteren Treffens das eine oder andere von ihm erzählt. Vöhringer war sozial engagiert. Sein Handeln beruhte auf einem tief verwurzelten Glauben. Er war Mitbegründer der Kletterkirche und arbeitete sehr eng mit dem Berufsbildungswerk zusammen, um sich um benachteiligte Jugendliche zu kümmern. Den Jugendlichen und Lehrlingen versuchte er, seine Regeln und Werte nahezubringen. In seinem Betrieb hatte er kurze Arbeitshosen verboten, glaubte sich Jessica zu erinnern. Hatte sie also einen ultrakonservativen Mann herbestellt und verlangte von ihm, einen Penis von der Wand zu waschen?

Vöhringer stand immer noch regungslos.

O nein. Er schnappt sich bestimmt gleich den Eimer und steigt wieder in seinen Bus.

In diesem Moment kam Gustav Gräzinger den Bürgersteig entlang. Jessica hatte dem Rentner einmal bei einem Nachbarschaftsstreit unter die Arme gegriffen. Sie nickte ihm zu. Er schaute auf die Hauswand, blieb kurz stehen und schüttelte den Kopf. Dann setzte er seinen Weg fort. Beim Laufen zog er das linke Bein nach, in der rechten Hand hielt er eine rote, verblichene REWE-Tüte, die wegen des schleppenden Schritts hin und her schaukelte. Er sah immer ein paar Schritte auf seine Füße und dann wieder auf die Hauswand. Auf Höhe des Graffitis blieb er stehen und lehnte sich etwas zurück, beugte sich dann nach vorne, als hätte

113

er Bauchschmerzen. Gerade wollte Jessica auf ihn zugehen und fragen, ob ihm etwas fehle, da hörte sie ein Geräusch, als wäre der Verschluss einer Bügelflasche aufgesprungen. Gräzinger hatte den Kopf so schnell in Jessicas Richtung gedreht, dass der alte Mann umzukippen drohte. Sie schaute nach unten. Dunkel zeichnete sich der Spuckfleck auf den hellen Pflastersteinen ab.

„Noi, aber auch. Wie kann man nur", rief Gräzinger, deutete auf die Hauswand und schlurfte weiter. Das riss Vöhringer aus seiner Starre. Er trat auf Gräzinger zu.

„Wer ohne Fehler ist, trete vor."

Gräzinger schlurfte ungerührt an ihm vorbei. Jessica hielt sich die Hand vor den Mund und schaute ihm nach. Vöhringer trat zu ihr und sagte:

„Wir haben mit diesem Graffiti Glück im Unglück. Der obere Teil ist auf dem Putz, das sollte kein Problem sein. Der untere Teil aber ... wie soll ich sagen? So ein Tuffstein ist ein Gebilde wie ein Schwamm, viele Löcher und Vertiefungen. Hier aber haben wir das Glück, dass jemand mal den Sockel angestrichen hat, wahrscheinlich mit Dispersionsfarbe. Die Lackfarbe des Sprayers ist wahrscheinlich deshalb nicht so weit in den Stein eingedrungen, was uns helfen kann."

„Verstehe", antwortete Jessica, dankbar für Vöhringers Sachlichkeit. Das half ihr, sich von dem Schreck zu erholen. Sie ging auf das Graffiti zu und nickte.

„Außerdem", fuhr Vöhringer fort, „die meisten Graffiti sind vollflächige Bilder, also eine ganze Fläche besprüht mit Lack. Hier haben wir nur zentimeterbreite Striche. Ich trage jetzt ein Mittel auf, warte zwanzig Minuten und wasche dann alles mit Wasser nach. Danach geht es darum, Isolierfarbe zu streichen, den Fassadenfarbton nachzumischen und auch die Farbtöne des Tuffsteins. Das bewegt sich ja irgendwo zwischen Umbra, Ocker und Grau. Für den Stein brauch ich wahrscheinlich etwas mehr Zeit."

„Das soll keine Rolle spielen. Hauptsache, wir haben ein gutes Ergebnis. Mein Mann ist sehr empfindlich, wenn es um solche Sachen geht."

„Er wird sicher zufrieden sein, Frau Scheffold."

„Sie hätten also gleich etwas Zeit?"

„So ist es."

„Dann möchte ich Sie bitten, dass Sie sich bei uns oben in der Wohnung etwas anschauen. Mein Mann ist gerade dabei, eine Baustelle einzurichten, und ich würde gerne von ihnen wissen, was Sie davon halten."

„Das mache ich gerne. Ich muss sowieso Wasser holen."

„Gut dann sehen wir uns oben. Wasser holen Sie am besten im Keller. Ich schließe die Türen auf."

„In Ordnung."

***

Nach zwanzig Minuten klingelte Vöhringer und Jessica bat ihn in die Wohnung. Es schien ihr, als entspanne sich der Malermeister, während er durch die Bibliotheksräume lief. Zumindest wanderte seine Hand nicht so oft an den Kragen, und auch die Rötung der Halshaut in Kragenhöhe war fast verschwunden. Jessica zeigte ihm, in welchen Räumen die Decken auf eine andere Höhe gebracht werden sollten. Vöhringer strich mit einer Hand über die Türfutter, bewunderte die Bleiverglasung und den alten Sekretär im Wohnzimmer.

„Zimmermann ist nicht Schreiner, und Gipser ist nicht Maler, sagte er andächtig. „In dieser Wohnung passt alles zusammen. Die Türen, die Holzvertäfelung im Flur sind nicht irgendwie lackiert, sondern mit Hochglanzlack. Ich sehe solche Details wie die Bleiverglasung und weiß: Hier verwendet jemand viel Zeit darauf, einen bestimmten Stil zu pflegen."

„Mein Mann", sagte Jessica.

„Alle Arbeiten sollten dazu passen, und hier sehe ich noch Potenzial, weil der Gipser eben der Gipser ist."

„Was schlagen sie vor?"

Jessica hörte Wörter wie „Malervlies glatt" und „Aufbringen der Farbe im Bürstenverfahren". Sie hörte: „keine schmale Fugenbinde" und „Streiflicht".

„Das sind gute Vorschläge. Aber ehrlich gesagt, weiß ich nicht, ob ich noch in der Situation bin, hier in der Wohnung mitzureden. Leider. Doch wenn Malerarbeiten, möchte ich, dass Sie die Arbeiten ausführen. Immerhin wohne ich noch hier, und ich vertraue ihnen. Ich freue mich auch darüber, dass Daniel noch bei ihnen ist."

Vöhringer nickte: „Ja, ist er. Sie erinnern sich noch an ihn?"

Vöhringer und Jessica redeten kurz über die alte Geschichte, bis Jessica den Malermeister unterbrach.

„Wie also kann ich meinen Mann überzeugen?"

„Ich denke, da habe ich etwas für Sie."

***

Kurz vor Mittag ging Jessicas Bürotür auf, und Alexander kam herein. Er hatte wieder nicht angeklopft, und Jessica wollte sich gerade darüber beschweren, doch er kam ihr zuvor.

„Das da unten sieht schon gar nicht schlecht aus. Der Vöhringer versteht sein Handwerk."

„Du bist schon wieder zurück?"

„Ein Termin ist ausgefallen. Ich mache jetzt Mittag und gehe dann noch einmal los."

Alexander deutete auf Vöhringers Musterplatte. Jessica hatte sie auf den Schreibtisch gestellt.

„Ja, das hat Vöhringer hiergelassen. Er schlägt vor, die gesamte Fläche mit Malervlies zu tapezieren und anschließend die Farbe mit einer Bürste aufzubringen. Die Farbe erscheint dann ganz glatt, die Struktur von der Walze fehlt."

Alexander griff nach der Platte und fuhr mit einer Hand darüber.

„Das ist genau das, was ich gesucht habe. Und schau mal hier: Er hätte einfach die ganze Platte anstreichen können, aber er hat sich die Mühe gemacht und einen Rand gelassen. Schau dir mal den schmalen Rand an. Das sind vielleicht vier oder meinetwegen fünf Millimeter, mehr nicht. Wer macht sich denn so eine Mühe?"

Er schaute auf und sagte dann: „Nur jemand, der Sinn für Details hat. Vöhringer ist genau mein Mann."

„Ja, den Eindruck hatte ich auch."

„Das freut mich. Du hast offenbar eingesehen, dass ein Krieg nicht lohnt? Das ist gut."

Alexander wandte sich zum Gehen um und ergänzte noch:

„Dann soll der Härrle die Rigipsdecken montieren und die Fugen verspachteln. Das Oberflächenfinish soll Vöhringer machen. Er hat eine feinere Handschrift. Ich gehe jetzt runter und frage ihn, vielleicht stimmt er zu."

„Ich denke, abgeneigt ist er nicht, sonst hätte er die Musterplatte nicht gebracht."

Alexander nickte und verließ das Büro. Kurze Zeit später kam er zurück und sagte: „Vöhringer hat so gut wie Ja gesagt."

„Okay", antwortete Jessica.

Alexander schloss die Bürotür, und Jessica riss die Arme in die Luft.

***

Wie lange hatte sie mit Alexander nicht mehr gegessen? Jessica konnte sich nicht mehr daran erinnern. An diesem Donnerstag aber nahm er sich einen Teller aus dem Schrank, angelte sich ein paar Nudeln aus dem Topf und redete dabei darüber, wie wenig der Mensch an den ewigen Verzehr von Kohlenhydraten angepasst sei. Nach der dritten Kelle Brokkolisoße, sie drohte vom Teller zu laufen, meinte er: „Gemüse geht immer!"

Jessica dagegen verspürte keinen Hunger. Emotionaler Stress schlug ihr immer auf den Magen, und dieses Mal war es besonders schlimm. Wahrscheinlich hatte sie ihre zwei Stresskilo längst abgenommen. Sie nahm sich vor, sich bald zu wiegen.

Während des Essens dachte Alex laut nach: „Wenn das mit Vöhringer gut klappt, dann werde ich ihn auch noch fragen, ob er das Holzwerk nicht auch noch einmal überlackieren kann. Außerdem könnte ich mir die Wände im Flur gut mit dem Malervlies vorstellen. Die Fotos kämen vor so einem glatten Hintergrund ganz anders zur Geltung. Meinst du nicht auch?"

Jessica nickte.

„Ich habe Vöhringer für morgen um eine Besprechung hier oben gebeten, unabhängig von dem Graffiti da unten. Er bringt seinen Vorarbeiter mit. Mit dem will er sich wohl noch besprechen."

„Gipser Härrle fängt doch morgen schon an."

„Ja, morgen ist aber Freitag und die arbeiten nur bis zwei. Weiß der Geier. Handwerker müsste man sein. Ich treffe mich mit Vöhringer um vier."

Alexander lächelte sein listiges Siegerlächeln.

„Verstehe", antwortete sie so ruhig wie möglich.

Ihr tat der Gipser Härrle ein bisschen leid. Allerdings erhielt sie morgen schon die Gelegenheit, mit Daniel zu reden. Ihr Plan funktionierte.

***

In dem Moment, als Jessica zurück in ihr Büro lief und sich an den Schreibtisch setzen wollte, klingelte ihr Handy.

„Ja, hier Peter Köhler vom Verlag ...“

„Guten Tag.“

„Frau Scheffold, ich bin gerade aus der Redaktionskonferenz raus. Wir machen kurz Pause. Danach kommen wir auch auf ihr Buch und die Lesereise zu sprechen. Wissen Sie eigentlich, dass wir hier einen Wechsel hatten? Meine neue Chefin heißt Frau Schröter-Untraut. Ich weiß deshalb nicht genau, was auf mich zukommt. Wären Sie eventuell bereit, die Buchveröffentlichung und die Lesereise auf das Frühjahr zu verschieben? Nur im Fall der Fälle, damit ich flexibel argumentieren kann.“

Der Verlag weiß also von dem Dirndlbild, vielleicht aus der *Bild-Zeitung*, vielleicht hat aber auch ein Paparazzo den Penis schon fotografiert und wie sie mit dem Malermeister vor der Hauswand stand, und alles war bereits im Internet zu sehen.

„Frau Scheffold?“

„Ja, Entschuldigung. Ich bin einverstanden. Momentan stecke ich in einer Schmutzkampagne fest.“

„Verstehen Sie mich nicht falsch. Es handelt sich nur um eine taktische Erwägung.“

„Schon gut. Sie können so argumentieren, wie Sie vorgeschlagen haben.“

„Gut, dann rufe ich Sie noch einmal an, sagen wir in ungefähr zwanzig Minuten?“

„In Ordnung, zurzeit habe ich mein Handy immer in Reichweite."

Wie schnell das alles ging: Das Dirndlbild war erst seit knapp zwei Tagen im Netz, und natürlich würde die Kampagne durch die Schmiererei an der Fassade noch einmal Aufwind erhalten. Junge Leute sahen das vielleicht lockerer, aber die ältere Generation verband eine Zeitung immer noch mit Fakten. Obgleich die *Bild* nicht gerade dafür bekannt war, sich immer an die Wahrheit zu halten. Trotzdem: Eindeutig die Reaktion von Gräzinger. Leute wie ihn gab es sicherlich genug, nicht nur hier auf dem Rappberg, sondern auch auf dem Tannenberg, wo die Heinrichs wohnten, und natürlich unten am Enz. Dort lief in vielen Wohnungen der Fernseher von morgens bis abends. Jessica legte sich die Hände auf die Wangen. Nicht von den Gedanken einholen lassen, ermahnte sie sich. Klaus Bleibtreu von *stay-true* ist an der Wahrheit interessiert, und nach und nach werden sich die Fakten durchsetzen. Sicherlich wäre es möglich, gegen den Belagerungszustand vor der Wohnung rechtlich vorzugehen. Natürlich wäre es möglich, auf Youtube und auf Facebook ein Video zu veröffentlichen und zu erklären, wie das Foto entstanden ist. Aber es war zu früh dafür. Ihr fehlte der konkrete Hinweis.

Sie nahm die Yogamatte, zog das Gummi ab und gab der Rolle einen Schubs. Die Matte rollte aus und lag nun vor der Tür. Stück für Stück, so wie die Matte einen Wegabschnitt zu symbolisieren schien, wollte sie sich nach vorne kämpfen, von einem Fakt zum nächsten. Sie kniete vor der Matte. Daniel, was er wohl zu allem sagen wird?

Sie streckte sich in die schiefe Ebene. Einen Moment später konzentrierte sie sich auf ihre Füße. Sie lief auf den Zehenspitzen und bewegte die Füße langsam auf die Hände zu. Jessica hielt die Finger weit gespreizt. Sie fühlte die

Matte, stemmte die Hände in die Unterlage und führte das linke Bein, so weit es ging, nach oben über die Schulter. Jessica wippte auf dem rechten Fuß. Die Zehen arbeiteten dabei wie eine Feder. Jetzt, dachte sie, und stieß sich mit dem Fuß von der Unterlage ab. Das rechte Bein folgte dem linken. Sie nahm den Kopf in den Nacken und stand auf den Händen. Atmen, ein und aus, tief und gleichmäßig. Sie balancierte ihren Körper. Mal stand sie mehr auf dem Handballen, dann wieder mehr auf den Fingern.

Das Smartphone neben ihr auf dem Boden leuchtete auf. Köhler, dachte Jessica und verlor den Halt. Versuchte er anzurufen? Aber warum hörte sie kein Klingeln? Sie strich über das Display, aber der Bildschirm blieb nun schwarz. Ihr Zeigefinger drückte die On-Taste, nach einem Moment leuchtete das Display auf. *Enter your PIN*, las sie. Sie stand auf, griff nach dem Zettel auf dem Schreibtisch und gab die neue PIN ein. Kurz darauf schaltete sich das Handy wieder ab.

Jessica fuhr den Laptop hoch. Auf dem Bildschirm stand: *Welcome, Bongur, Bienvenidos*, und dann: *Geben Sie ihr sechsstelliges Passwort ein*. Wieso sechsstellig? Sie seufzte und schüttelte den Kopf, anschließend tippte sie das neue, lange Passwort von ihrem Zettel ab. Kurz erschien der bekannte Bildschirm mit dem sonnendurchfluteten Fischerdörfchen Bol im Hintergrund, dann aber, von einem Moment auf den anderen, eroberten graue und schwarze Farbtöne den Bildschirm. Aus den Lautsprechern eine Stimme, wie die eines Clowns: „Enter your Password, enter your Password, haha, haha."

Jessica presste sich die Hände auf die Ohren und schaute entsetzt mit an, wie nun Fotos über den Bildschirm tanzten. Ein Maschinengewehr, ein arabischer Markt, ein Dom, eine Kamelkarawane.

Dann zog sich ein Balken quer über den Bildschirm. Darüber Zahlen und das Prozentzeichen: *eins, zwei, drei ...* Bilder flackerten über dem Balken auf:

Ihre Hochzeit: Alexander und sie vor dem Baumstamm und der Säge. Jessica hatte sich beim Festhalten am Stamm einen Splitter in den linken Daumen gedrückt, den Alexander so behutsam entfernt hatte. Dann der Urlaub in Kroatien am Goldenen Horn. Alexander auf einem Surfbrett.

Ein Löschvorgang, dachte Jessica entsetzt. Sie griff mit beiden Händen nach dem Laptop und klammerte sich regelrecht fest. Verzweifelt hämmerte sie auf die Escape-Taste:

„Haha, haha", aus dem Lautsprecher.

Katys Beerdigung. Lydia wie versteinert. Katys letzte Tage im Krankenhaus. Sie streckte ihre Hand nach oben und lächelte ihr zuversichtliches Lächeln. Jessica griff nach Katys Bild auf dem Schreibtisch und drückte es an die Brust. Dann presste sie einen Zeigefinger auf die On-Taste.

„Haha, haha", schepperte es aus den Lautsprechern. Ihr Google-Account, der E-Mail-Verkehr. *Heinrich*, las sie kurz.

Gottes Willen! Das Gutachten von Professor ... Zeugenaussagen, Opferaussagen, Uhrzeiten, Tage, Fakten, Heinrichs Biografie ... Jessica ließ sich in den Schreibtischstuhl fallen und legte das Bild auf die Tischplatte.

Katys Google-Account: Ihre Erfahrungen mit dem Krebs. Sie hatte zwei Monate vor ihrem Tod angefangen, Tagebuch zu schreiben. Katys Passwort hatte Jessica gespeichert gehabt und nun weg.

„Nein", schrie Jessica verzweifelt auf. Plötzlich nur noch ein schwarzer Bildschirm. Schwarz wie ein Loch und schwarz wie die Tiefe.

Erst nach Minuten konnte Jessica aufstehen. Sie lief in den Flur und nahm den Telefonhörer von der Basisstation.

Zurück im Büro wählte sie Tonis Nummer und fragte, nachdem sich Toni gemeldet hatte:

„Hast du das Backup gemacht? Ich meine vor allem die Unterlagen zum Heinrich-Prozess, das Gutachten."

„Hm, mal sehen", antwortete Toni leichthin.

„Toni!", schrie Jessica.

Kapitel 7

Am Freitagnachmittag kurz vor sechzehn Uhr hörte Jessica gespannt in die Wohnung hinein. Vöhringer und Daniel würden gleich kommen, und die Klingel konnte man leicht überhören. Alexander wartete in seinem Arbeitszimmer. Jessica schaute noch einmal auf ihre Armbanduhr. Noch fünf Minuten. Genug Zeit, um Alexander darüber aufzuklären, wer Daniel war. Wozu eigentlich die Geheimniskrämerei? Dass sie sich nach dem zweiten Cyberangriff von gestern Hilfe holte, konnte er ihr nicht verwehren. Die Hilfe musste nicht zwangsläufig Herr Grunwaldt heißen. Außerdem war ihre Ehe ohnehin am Nullpunkt, schlimmer konnte es kaum noch kommen. Dennoch hatte sich noch nicht herausgestellt, ob Alexander wirklich nichts mit dem Fotodiebstahl zu tun hatte. Über die Malerarbeiten war es ihr möglich, einen Experten in die Wohnung zu holen. Alexander würde sich wahrscheinlich vollkommen anders verhalten, wüsste er, wer Daniel war. Was hieß das genau? Würde er versuchen, etwas beiseitezuschaffen? Einen Stick vielleicht oder einen anderen Datenträger? Würde er sein Arbeitszimmer abschließen, aus Angst davor, Daniel könnte in einer unbeobachteten Minute den Laptop hochfahren?

Jessica nickte und lief ein paar Schritte. Nein, sie hatte vorgestern schon nach dem unsagbaren Computercrash darüber nachgedacht und war zu dem gleichen Ergebnis gekommen. Es war besser, Alexander nicht einzuweihen. Er würde sich ganz unbedarft in der Wohnung bewegen und vielleicht dabei einen Fehler machen. Daniel könnte eventuell Rückschlüsse ziehen. Genau! So ist es das Beste. Trotzdem blieb es ein Spiel mit dem Feuer. Nicht nur, dass Alexander jederzeit dahinterkommen konnte, was es mit Daniel auf sich hatte, auch in ein paar Minuten schon wäre es möglich, dass er Daniel erkannte. Es blieb immer noch sein phänomenales Gesichtergedächtnis. Noch einmal versuchte sich Jessica zu erinnern, ob er Daniel damals tatsächlich begegnet war oder ober er nur Zeitungsberichte über ihn gelesen hatte. Was würde gleich passieren? Sie wusste es nicht und musste es darauf ankommen lassen. In dem Moment hörte sie die Klingel.

Sie lief in den Flur und rief: „Ich drücke!"

„Ja, mach das. Ich komme sofort", antwortete Alexander.

Egal, wie das jetzt ausgeht, dachte Jessica. Es musste ihr gelingen, mit Daniel ein paar Worte zu sprechen und ein Treffen auszumachen.

Sie hörte Schritte im Treppenhaus und gedämpfte Männerstimmen. Die Schritte kamen näher. Jessica spürte ihr Herz und öffnete die Tür.

„Herr Vöhringer", rief sie. „Wie schön, kommen Sie herein."

Vöhringer lief durch die Tür, und dann sah Jessica einen großen, schlanken Mann. Die dunkelbraunen Haare kurz geschnitten und gepflegt, einen Dreitagebart und recht breite Schultern.

Schon nahm Jessica an, ihr Plan sei bereits gescheitert. Dann aber bemerkte sie die dunkelbraunen, fast schwarzen Augen und einen eigentümlichen Glanz, der auch früher schon auf diesen Augen gelegen hatte. Das gibt es doch nicht. Die Fältchen um Daniels Augen bewegten sich sacht. Für einen Moment hatten sich ihre Blicke wie ein fester Handschlag ineinander versenkt. Daniel lächelte. Jessica nickte und legte einen Zeigefinger auf ihre Lippen. Er nickte.

„Herr Vöhringer!", rief Alexander gut gelaunt im Flur.

„Und Sie?", fragte Alexander einen Moment später. „Sie sind der Herr ..." Sie konnte den Nachnamen Haag bereits hören, doch Daniel antwortete: „Schmitt."

„Okay", antwortete Alexander. „Das ist einfach. Den Namen kann ich mir merken."

Er ging auf Daniel zu, blieb jetzt vor ihm stehen. Erst nach einem Moment streckte Alexander die Hand aus, und Daniel ließ sich ebenso Zeit einzuschlagen, was Alexander sofort zu bemerken schien. Er hob die Augenbrauen. Noch einmal schaute er Daniel sehr aufmerksam an.

„Wie komisch", sagte Alexander. „Für einen Moment dachte ich, Herr Schmitt, wir hätten uns schon einmal gesehen. Aber ich kann mich auch täuschen, oder es fällt mir noch ein. Normalerweise fällt es mir dann noch ein, wenn es so gewesen ist. Wenn nicht, dürfen Sie mir gerne auf die Sprünge helfen."

„Ich wüsste nicht, Herr Scheffold", sagte Daniel.

Seine Stimme schwebte wie ein angenehmer Basston durch den Flur. Dass seine Stimme mal so tief werden würde, hatte sich damals schon zwischen den brüchigen Tönen des Stimmbruchs angekündigt.

„Die Decke hat der Gipser ja schon oben", rief Vöhringer eine Spur zu laut und lief auf Alexander zu.

„Ja, natürlich. Gefällt Ihnen etwas nicht?", fragte Alexander.

„Der muss die Schrauben weiter reindrehen. Sonst müssen wir die alle nachziehen. Ich will nicht, dass sich die Schraubenköpfe später abzeichnen."

„Auf keinen Fall. Das soll ja alles ganz glatt aussehen. Nicht wahr?"

Vöhringer nickte.

„Also ich werde es weiterleiten. Ich zeige Ihnen gleich, was die Firma Härrle heute noch alles gemacht hat. Mir geht es jetzt auch um den Zeitplan."

„Verstehe", antwortete Vöhringer. „Bleibt es eigentlich bei der Entscheidung für Mineralit, also für Mineralfarbe? Frau Scheffold, haben Sie mit Ihrem Mann darüber gesprochen?"

„Nein", sie schüttelte den Kopf.

„Ha", lachte Alexander auf. „Mit solchen Kleinigkeiten brauche ich meiner Frau gar nicht kommen. Mineralfarbe ist laut Herr Vöhringer nicht ganz so weiß wie Dispersionsfarbe. Aber wir sind ja hier nicht im Krankenhaus, und außerdem geht es uns ja auch um das Raumklima."

„Ja." Vöhringer fuhr mit einer Hand in den Kragen und wandte den Kopf hin und her. „Ich dachte nur, Frau Scheffold sollte eben ..."

„Herr Vöhringer. Wenn Sie rüber gehen in das Büro meiner Frau, sehen Sie dort auch IKEA-Möbel rumstehen. So etwas käme für mich nicht infrage. Geht es also um die Malerarbeiten und Gestaltungsfragen, dürfen Sie sich gerne an mich wenden."

„In Ordnung", antwortete Vöhringer und rieb sich die Halshaut. Hatte er vor ein paar Minuten Jessica noch angelächelt, schaute er jetzt verlegen an ihr vorbei. Jessica verschränkte die Arme vor der Brust. Alexander schaute zu ihr hinüber und grinste. Seine breite Brust hob und senkte sich gleichmäßig. Vöhringer musste mittlerweile begriffen haben, dass Alexander den Flur wie eine Bühne benutze, um Stärke zu demonstrieren.

Jetzt schob sich Alexander etwas zwischen Vöhringer und Jessica. Sie konnte nicht an ihm vorbeischauen. Die schwarze Hose, das weiße Strellson-Hemd, die Sportuhr am linken Handgelenk und das riesige Handy in der rechten Hand. Businesslike eben. Was für eine Show. Doch Alexanders Auftritt zeigte Wirkung. Vöhringer drehte und wendete den Kopf hin und her, als suche er nach einem Fluchtweg. Daniel allerdings schien sich von Alexander nicht beeindrucken zu lassen. Von ihm ging eine eigentümliche Ruhe aus.

„Wir bleiben natürlich bei der Mineralfarbe, Herr Vöhringer", sagte Alexander betont freundlich und legte dem Malermeister eine Hand auf die Schulter. „Kommen Sie. Ich möchte Ihnen zeigen, was der Gipser ..."

„Herr Vöhringer", sagte Jessica. „Während Sie mit meinem Mann die Baustelle ansehen, würde ich Ihrem Mitarbeiter ganz gerne die Außenecke in meinem Büro zeigen. Ich habe dort eine dunkle Stelle entdeckt und möchte wissen, ob es sich dabei um Schimmel handelt oder nicht."

„Ja, natürlich", beeilte sich Vöhringer mit der Antwort.

„Daniel ist genauso kompetent wie ich auch."

„Dunkle Stelle?", fragte Alexander misstrauisch. „Davon weiß ich gar nichts."

„Das ist auch nichts Dramatisches. Die habe ich heute Morgen erst entdeckt. Mir war etwas hinter das Regal gerollt."

Alexander nickte. „Gut, ich bespreche mit unserem Malermeister die wichtigen Sachen, wir kommen dann gleich dazu."

„Gut", sagte Jessica. Sie nickte Daniel zu, und noch bevor Alexander etwas sagen konnte, lief sie in Richtung Büro. Sie hörte Daniel hinter sich. Jetzt öffnete sie die Tür und ließ ihn eintreten. Nachdem sie die Tür geschlossen hatte, drehte sie sich zu ihm um. Er lächelte. Seine Augen glänzten.

„Mensch Daniel! Wir hätten uns schon längst mal treffen sollen."

„Ja, wirklich wahr. So viele Jahre, und manchmal ist es immer noch so, als wäre das alles gestern passiert."

„Aber du bist immer noch bei ihm?"

„Ja." Daniel hob ein wenig die Hände. „Schon sobald ich darüber nachdenke, einen anderen Job zu suchen, bekomme ich ein schlechtes Gewissen. Er hat immer zu mir gehalten. Aber ohne dich hätte ich Vöhringer nie kennengelernt. Das Berufsbildungswerk war dein Vorschlag. Vöhringer engagiert sich noch immer dort. Ich habe mich nie bei dir bedankt."

Jessica winkte ab.

„Nicht der Rede wert. Deine Berufsbeziehung ist stabil. Das reicht mir schon. Ich kann das nicht von all meinen Mandanten sagen."

„Mit Vöhringer kamen die einfachen Regeln und schließlich der Halt in meinem Leben. Davor bin ich ziemlich fertig gewesen."

Jessica ging ein Stück auf Daniel zu.

„Wenn du wüsstest, wie gut ich das jetzt verstehen kann. Alle haben mit den Fingern auf dich gezeigt, so wie bei mir jetzt, vor allem wieder diese schmierige ..."

„... *Bild*?"

„Ja. Glaub bloß nicht alles, was die schreiben."

„Warum sollte ich das? Ausgerechnet ich."

„Na ja, dieses Foto da von mir. Man könnte so oder so denken."

Plötzlich kam in Jessica der Wunsch auf, Daniel jede Einzelheit dieses Abends zu erzählen, damit er verstehen konnte, wie es zu dem Foto gekommen war. Noch nie zuvor hatte sie es so dazu gedrängt.

„Wo ist denn jetzt die Stelle?"

„Richtig", antwortete Jessica. „Wir müssen das Regal ein Stück vorziehen."

Einen Moment später sagte Daniel: „Also ich sehe da zwei, drei Spinnenweben und Staub."

„Der Staub stammt aus dem Keller. Ich habe ihn dort auf die Stelle geschmiert."

Jessica kniete mit Daniel vor der Wandstelle. Er drehte ihr jetzt den Kopf zu, und sie schaute in seine dunkelbraunen Augen. Auf einmal spürte sie seine Hand auf ihrem Unterarm. Endlich stützte sie jemand. Jedenfalls kam es ihr so vor.

„Es geht dir gar nicht um den Schimmel. Habe ich recht?"

Jessica nickte und ließ Daniel nicht aus den Augen.

„Der ekelhafte Shitstorm, das Foto, die Scheiß-*Bild*. Du brauchst meinen Rat?"

„Ich habe niemanden außer meine Assistentin Toni."

„Verstehe", antwortete Daniel und verstärkte für einen Moment den Druck seiner Hand.

„Daniel, Daniel", rief Vöhringer vom Flur.

„Schnell", sagte Jessica und kam auf die Füße. „Können wir uns heute Abend treffen?"

„Ja." Daniel nickte.

„Hier ist meine Nummer. Du schreibst mir wann und wo." Daniel griff nach dem Zettel und schaute flüchtig drauf.

„Nicht übers Handy. Sagen wir doch gleich um sieben heute Abend vor der Enzallee. Okay?"

„Ja, geht klar. Treffen wir uns dort und fertig."

Daniel nickte und lächelte. In dem Moment flog die Tür auf, und Alexander kam herein. Er durchquerte rasch das Büro, blieb stehen und beugte sich jetzt etwas herunter, um die Wandstelle zu begutachten.

„Dass sich hinter einem Regal Staub sammelt, ist das etwas für die Geschichtsbücher, oder eher nicht? Das ist doch kein Schimmel, Herr Vöhringer?"

„Nein, kein Schimmel, noch nicht einmal ein Stockfleck."

„Weiß der Geier. Immer diese Frauenhysterie."

„Na ja, ganz unbegründet ist der Verdacht nicht", sagte Vöhringer.

„Ach, was. Staubsauger holen. Einfach Staubsauger holen."

Alexander schüttelte den Kopf, drehte sich energisch um und lief in Richtung Flur davon. Vöhringer folgte ihm, zuletzt Daniel, der bei Jessica noch einmal kurz stehen blieb und ihren Arm drückte.

Jessica folgte den Männern, blies die Backen auf und atmete erleichtert aus.

***

Halb sieben zeigte Jessicas Armbanduhr an. Wollte sie es bis um sieben auf die Enzallee schaffen, sollte sie jetzt los. Vorsichtig öffnete sie die Bürotür und horchte in die Wohnung hinein. Alex schien nicht mehr da zu sein, und es wäre ihr lieber, ihm nicht zu begegnen. Gut, in diesem Fall könnte sie sagen, sie wolle mit dem Lauftraining beginnen. Wahrscheinlich würde er sie mit Trainings- und Ernährungsplänen rund ums Laufen überschütten. Nein, was Daniel anbelangte, hatte er keinen Verdacht geschöpft.

Leise ging Jessica in den Flur und blieb vor dem großen Spiegel stehen. Die graue Sporthose, die Kapuzenjacke, selbst die Asics-Laufschuhe mit dem ruhigen Blau waren unauffällig. Jessica tastete in ihrer linken Hosentasche nach dem Wohnungsschlüssel, zog den Reißverschluss zu und trat ins Treppenhaus. Dort wich sie den laut knarrenden Stufen aus und lief behutsam nach unten. Die Hauseingangstür kam in Sicht. Sie war nur angelehnt. Jessica nahm die letzten vier Stufen, war jetzt genau auf der Höhe der Tür und hörte deutlich Alexanders Stimme.

„Ja, was soll ich sagen. Sie können sich bestimmt vorstellen, dass es sich nicht unbedingt gut anfühlt, wenn man erfährt, dass die Ehefrau ein Verhältnis hat. Und vor allem fühlt es sich nicht gut an, davon aus dem Internet und aus der Zeitung zu erfahren."

„Sie hätten sich also mehr Ehrlichkeit gewünscht, Herr Scheffold?"

„Ja, und Offenheit. Das wären wir unserer langen Beziehung schuldig gewesen."

„Scheidung und Scheidungsverfahren – ist das nicht alles sehr kostspielig?"

„Wohl oder übel muss ich mich diesen Fragen zuwenden, obwohl ich immer noch mit der Verletzung zu kämpfen habe. Trotzdem versuche ich, meine Frau fair zu behandeln, und bin mir sicher, dass wir eine saubere Trennung hinbekommen können."

Vor Jessicas Augen stieg das Bild des rotbäckigen, jungen Journalisten auf. Er gierte offensichtlich nach einer guten Story. Sie stand keine zwei Handbreit von Alexander entfernt. Sie könnte die Tür öffnen, Alexander vor den Journalisten mit seiner Affäre konfrontieren. Sie könnte ihn hier und jetzt ins Straucheln bringen. Ja, und dann?

Er würde sich herausreden, und außerdem würde er so einen Frontalangriff nie vergessen. Mit diesem kleinen Schritt durch die Tür wäre der Krieg endgültig eröffnet. Aber zieht er nicht auch alle Register? Er stellt sich auf den Treppenabsatz und verdreht die Wahrheit genau in das Gegenteil. Konnte sie das zulassen?

Jessica nickte. Sie musste, noch hatte sie einfach zu wenig in der Hand.

Sie ließ die Hand von der Türklinke gleiten und ging

langsam weiter. Die Treppe führte nach unten in den Keller. Oh, wie sie den hasste. Sie musste sich zwingen weiterzulaufen. Während sie nach unten ging, noch nicht einmal fiel, wie in den dunkelsten Prophezeiungen ihres Traums, schien Alexander draußen auf dem Treppenabsatz über ihr zu schweben. Sie tastete nach dem Lichtschalter und hörte ein Klacken. Das Licht blieb aus. Sie zögerte einen Moment.

Los jetzt! Daniel wartet!

Sie tastete sich in der Dunkelheit an den Wänden entlang und ging Schritt für Schritt dem anderen Ausgang entgegen. Gut so! Alexander ist abgelenkt, und die Journalisten sind es auch.

***

Jessica lief über die große Flussbrücke und erreichte jetzt die stählerne Wendeltreppe, die zur Enzallee und Enzinsel hinunterführte. Sie blieb kurz stehen. Das Tageslicht begann, bereits zu schwinden. Die Menschen am Eingang zur Allee waren kaum noch zu unterscheiden. Sie erschienen ihr alle als dunkle Gestalten. Manche gingen allein. Da und dort saß ein Pärchen auf der Bank. Vereinzelt sah sie die Glut einer Zigarette aufglimmen. Doch da! Vor der ersten großen Platane stand jemand total ruhig da. Das muss er sein. Sie lief die Wendeltreppe nach unten, froh darüber, dass es zu dämmern begann. Bei Tageslicht konnte man durch die Treppe hindurch bis auf den Erdboden schauen und die Höhe der Treppe direkt erspüren. Etwas, das ihr regelmäßig zu schaffen machte, unternahm sie mal einen Spaziergang zur Enz. Sie versuchte, nicht schon wieder an dem altbekannten Eindruck hängenzubleiben. Die Höhe, die immer mehr einem großen Tier glich, das sein Maul weit aufriss. Darin nichts anderes als Schwärze und Tiefe, die alles verschlingen konnte, hinein in ein unbekanntes Etwas. Jessica achtete auf ihre Füße und auf die Stufen. Ihre alte Strategie. Sie versuchte, an jeder Treppenstufe eine Frage festzumachen. Ist es möglich, per Bluetooth ein Foto zu stehlen, oder ist es einfacher, den Google-Account zu hacken? Wie sicher ist Google mit seinen Abfragen zur Identität? Was kann noch alles passieren?

Sie nahm die letzte Treppenstufe, spürte kurz drauf festen Boden unter den Füßen und ging schnell auf Daniel zu.

„Hi", sagte er, als Jessica bei ihm war.

„Hallo", antwortete sie und streckte Daniel die Hand entgegen. Er ergriff sie, und Jessica spürte einen sanften Zug. Sie ging noch ein Stück auf ihn zu und stand jetzt dicht neben ihm.

„Ich will dir was zeigen", sagte Daniel und kramte in einer Hosentasche seiner Jeans.

Er weiß was, dachte Jessica. Vielleicht hat er schon etwas gefunden, und alles ist ganz einfach.

„Hier hab ichs", sagte Daniel und streckte Jessica etwas wie einen Zeitungsausschnitt oder ein Foto entgegen. Sie griff danach.

„Moment", sagte er. Ein winziges Licht leuchtete auf. Daniel hielt einen dicken Kugelschreiber in der Hand, von dem ein schmaler Lichtstrahl auf den Zeitungsausschnitt traf.

„Meine Güte", sagte Jessica. „So eine Brille würde ich gar nicht mehr aufsetzen, obwohl so riesige Gestelle ja wieder modern sind."

„Na ja, da liegt nun auch das eine oder andere Jahr dazwischen. Die seriöse Studentin steht neben einem Freak, wenn du mich fragst. Schau dir mal meine langen Haare an und diesen fürchterlichen Schlabberlook. Vöhringer würde mir ordentlich Bescheid geben, käme ich heutzutage so in der Werkstatt an."

Jessica strich mit dem Daumen über das Foto und spürte die glatte Oberfläche einer Folie. Er hatte das Foto nicht nur ausgeschnitten, sondern auch eingeschweißt. Die umgeknickten Ecken und auch, dass sich die Folie in den Knickfalten von dem Foto löste, zeigten, wie alt es war und vielleicht noch mehr. Am Ende trug er es die ganze Zeit mit sich herum.

An ihrem kleinen Finger spürte sie seine warme Hand. Sie staunte. Früher hatte er immer Abstand gehalten und wäre vor so viel Nähe zurückgeschreckt. Während sie das Foto betrachtete, kam ihr noch einmal in den Sinn, dass sie mit der Recherche um den Hacker Daniel Haag den Grundstein für ihre Arbeitsweise gelegt hatte. Sie konnte es förmlich von dem Foto ablesen. Die streng nach hinten zusammengenommenen Haare, die Streberbrille und die schwarze Hose, dazu die stark gebügelte weiße Bluse. Natürlich konnte sie die Farben auf dem schwarz-weißen Foto nicht erkennen, aber sie erinnerte sich daran. Mit gerade einmal einundzwanzig Jahren, so korrekt und ehrgeizig.

„Ich wusste gar nicht mehr, dass es von uns so ein Foto gibt. Und außerdem frage ich mich gerade, wie viel ich von dieser jungen Jessica noch in mir habe."

„Ich würde sagen viel", antwortete Daniel. „Komm, gehen wir ein Stück."

Jessica nickte und gab Daniel das Foto zurück.

„Mittlerweile leben wir in einer Zeit, da kann man nicht mal einfach so einen trinken gehen. Irgendwer hat sicher ein Handy zur Hand." Jessica fasste Daniel zusammen, wie es zu dem Foto gekommen war und wie Michael und Alexander darauf reagiert hatten. Die Wörter sprudelten nur so aus ihr heraus, und sie stellte dabei fest, wie gut ihr das tat, bis sie bemerkte, dass Daniel kein Wort zu alldem sagte.

„Wo willst du eigentlich hin?", fragte sie jetzt.

„Zum Enzteich. Wir müssen noch ein gutes Stück durch die Allee durch, und es wird schon dunkel."

„Ja, aber ich weiß, wie der Teich aussieht."

„Ich möchte dir dort was zeigen beziehungsweise was sagen."

Jessica meinte sich daran zu erinnern, dass sie Daniel damals vor siebzehn Jahren während seines Prozesses einmal genau an jenem Enzteich getroffen hatte. Was wird das hier? Wollte er mit ihr nur über die alten Zeiten zu reden und darüber, warum er ihr nicht helfen konnte? Zu verübeln wäre es ihm nicht. Seine Unschuld in Bezug auf das eingeschleuste Schadprogramm in das Computersystem der Deutschen Bank war nie bewiesen worden, so sehr er sich auch darum bemüht hatte. Das Gleiche galt für die Vorwürfe im Zusammenhang mit der Bloggerin Sofia Leist. Dass er sich dazu so gar nicht geäußert hatte. O Gott, Sofia! War sie nicht in einem Teich ums Leben gekommen? Hier ist keine Menschenseele mehr zu sehen, und dunkel wird es auch. Jessica schaute aus den Augenwinkeln zu Daniel hinüber. Er lief vollkommen ruhig neben ihr her. Momentan waren nur ihre Schritte auf dem Kiesschotter zu hören und sonst nichts. Sie versuchte, sich an ihre Fragen zu erinnern, hielt es aber plötzlich nicht mehr für klug, Daniel direkt auf den Shitstorm anzusprechen. Sie wusste noch von früher: Er hatte seine eigene Geschwindigkeit, und jetzt, während sie unter den Platanen entlangliefen, spürte sie seine Ausstrahlung deutlich. Er hielt immer noch das alte Zeitungsfoto in den Händen.

„Du heißt jetzt Schmitt?", begann sie vorsichtig.

„Ja, meine Eltern haben sich getrennt. Zuerst dachte ich, mein Vater hätte meine Mutter im Stich gelassen. Später habe ich dann verstanden, warum das passiert ist. Es ist so: Er hat es getan, um sich selbst zu schützen."

„Deiner Mutter geht es also noch nicht besser?"

„Es geht ihr wie immer, würde ich sagen. Sie sieht sich im Zentrum von viel, viel Leid, und dann läuft es darauf hinaus ... also, es ist immer irgendwie so: Ich bin krank, du darfst mich nicht verlassen. Sie schafft es, wirklich jedem über kurz oder lang Schuldgefühle einzupflanzen. Mein Vater wäre draufgegangen."

„Dass du dich überhaupt mit deinen Eltern beschäftigst."

„Wie meinst du das?"

„Na ja, was haben sie für dich getan?"

„Stimmt, und trotzdem sind es meine Eltern und immerhin haben sie mir meinen ersten 486er gekauft."

„Aber nur, weil du bei einem Garagenflohmarkt auf einen Karton mit Primzahlenblättern gestoßen bist. Später hast du die Zahlenblätter weitergeschrieben und an deine Zimmerwände gehängt. Das muss sie ziemlich genervt haben."

„Hast du das von meiner Mutter?"

Jessica nickte.

Sehr wahrscheinlich hatten die Eltern den Computer nur gekauft, um ihren Sohn von den Zahlen abzulenken. Den Computer hatte Daniel im Nu verstanden und damit Rätsel gefunden, die er im Gegensatz zu der Magie der Primzahlen lösen konnte.

„Ja, jedenfalls konnte ich durch die Trennung meiner Eltern, den Nachnamen wechseln, und ich habe auch versucht, ein paar Sachen im Netz zu löschen, was meine Biografie betrifft. Zum Beispiel dieses saublöde Interview mit der *Bild* gleich nach dem Prozess."

„Verstehe", sagte Jessica und winkte ab. „Der Journalist damals war einfach nur unfähig."

„Ich war gutgläubig wie ein Kind, und er hat es ausgenutzt."

„Die Sache mit der Ente auf dem Stadtsee, und auch dass du als Kind mal den Müll von den Straßen weggesammelt hast?"

„Ja, der hat mich hingestellt, als wäre ich nicht ganz normal."

„Du wolltest die Ente retten und bist fast ertrunken. Das hätte er schreiben sollen."

Seine ausgeprägte soziale Ader war wirklich merkwürdig. Von seinen Eltern hatte er kaum Liebe bekommen, und es wirkte, als wolle er der Welt etwas geben, was er selbst nie erhalten hatte. Alle Werte, seine Ehrlichkeit und auch der Hackerehrenkodex, all das hatte er sich selbst zurechtgelegt. Vielleicht war er deshalb so fest in seinen Überzeugungen. Gut, Vöhringer konnte eine Rolle gespielt haben, vielleicht auch seine Mutter. Depressive spiegeln sich in der Meinung der anderen, und oft ziehen sie durch Jammern oder Helfen die Aufmerksamkeit auf sich. Möglicherweise hatte sich dieses Helfersyndrom ein Stück weit auf ihn übertragen.

„Und Sofia? Ich meine, sie hatten dir vorgeworfen, mit ihrem Tod Geld verdienen zu wollen?"

„Total verrückt. Ich habe diese Verbindung gar nicht gesehen, und dann kommt so ein Vorwurf. Das war unglaublich."

„Verstehe, aber du hättest etwas dazu sagen können."

„Und? Hätte es ihr noch geholfen? Aber du hast schon recht. Ich wusste etwas über sie und damit hätte ich etwas anfangen müssen. Jetzt stellt mir das Leben genau die gleiche Frage noch einmal. Verstehst du das?"

„Nicht so ganz", gab Jessica zu.

„Das macht nichts", antwortete er.

Sie gingen weiter und kamen an das Ende der Platanenallee. Kurz darauf standen sie vor dem Teich. Er lag etwa in der Mitte der Enzinsel und diente dazu, den Wasserstand der Enz und ihrer Seitenarme zu regulieren.

Daniel berührte Jessica am linken Arm und deutete auf die glatte Wasseroberfläche. Sie lag so still vor ihnen wie eine schwarze Glasscheibe. Jessica und Daniel gingen noch ein Stück auf den Teich zu. Jetzt standen sie unter den Weiden. Die langen Ruten der Weiden reichten auf einer Seite bis zur Wasseroberfläche, auf der anderen Seite streckten die Weiden ihre Äste ein gutes Stück über den Weg, auf dem Jessica und Daniel standen. Die Bäume bildeten noch mehr als die hohen Platanen eine Kuppel.

Jessica öffnete den Reißverschluss ihrer Jacke etwas. Obwohl am Wasser und an frischer Luft: Ihr war von den Füßen bis zum Kopf warm.

„Kennst du das Experiment mit dem Seerosenblatt und dem Teich?"

„Nein", Jessica schüttelte den Kopf. Was sollte das denn jetzt? Gleichzeitig drängte sie es nicht mehr ganz so sehr dazu, ihre Fragen loszuwerden und diesen warmen Moment zu zerstören. Zuhören, ermahnte sie sich.

„Der Lehrer hatte den Schülern gesagt, das Blatt würde den Teich bald bis zur Hälfte und schließlich ganz bedecken. Die Schüler sollten ausrechnen, wann es so weit sein würde. Sie kamen auf neunundzwanzig Tage und hatten recht damit. Am Anfang hatte das Wachstum total harmlos ausgesehen, bis es von einem auf den anderen Tag explodierte, und nach dem Stichtag kam jede Hilfe für den Teich zu spät. Damit erklären die Experten oft das exponentielle Wachstum. Wir sind vorhin linear nebeneinander hergelaufen, wenn du so willst. Frauen beim Einkaufen, vielleicht weniger linear als Männer ...", Daniel kicherte, „... aber im Großen und Ganzen schon. Dieses Wachstum aber heißt: Jeder Schritt findet seine Multiplikatoren. Das geht sehr schnell. Ein einfaches Handy heute ist zum Beispiel eintausendmal schneller als ein Computer aus den Siebzigern. Bald ist es möglich, jedem Sandkorn auf der Erde eine IP-Adresse zuzuordnen, so gigantisch und schnell ist die Entwicklung."

„Aber was hat denn das mit mir und dem Shitstorm zu tun?"

„Facebook ist gleich Social Media. Mark Zuckerberg der ganz große Name dabei."

„Ja, und?"

„Als Facebook so richtig in Fahrt gekommen war, gab es mindestens zwei wichtige Effekte. Auf die Studenten wirkte Facebook wie ein Sog, alle haben damit angefangen, wie wild an ihren Profilen zu arbeiten, um sich möglichst gut zu präsentieren. Das ist etwas, das ich als den Wichtigpunkt bezeichne, und manche wollen noch wichtiger sein als andere."

„Und dann kommen dieses, äh, also dieses Wachstum und der Wichtigpunkt zusammen?"

„Im gewissen Sinne hat Dr. Heck recht gehabt."

„Wie bitte?" Jessica blieb stehen.

„Es ist so: Er hat dich mit Fitness- und Lifestyle-Bloggern verglichen und lag damit gar nicht so verkehrt."

„Wie kannst du meine Arbeit ..."

„Es geht hier nicht um Gefühle oder Inhalte. Hier geht es um Parameter, Kennwerte, also um Zahlen. Dein Profil hat dich überholt, genauso wie das Blatt irgendwann den Teich bedeckt und erstickt. Sehr wahrscheinlich gibt es die Parameter: Anzahl der Follower, Anzahl der Likes und ein wichtiger Punkt, wenn nicht der wichtigste überhaupt: die finanzielle Abhängigkeit von diesem Image. Das Facebook-Profil hat sich wie eine Glocke über dich gestülpt. Verstehst du? Es geht nicht um Inhalte. Es geht immer nur um Daten.

Das, was wir im Internet sehen, das ist immer nur die Titelstory."

„Titelstory?" Jessica drehte um, lief in die Allee hinein und bekam erst nach einem Stück mit, dass ihr Daniel nicht gefolgt war. Rasch lief sie zu ihm zurück.

„Es ist so: Daten gleich Geld. In jeder Minute eines Tages wird Google zwei Millionen Mal aufgerufen. Google vergisst nichts. Dein Mann hat sich im Bett von dir weggedreht. Am nächsten Tag googelst du: Ist mein Ehemann schwul? Davon weiß Google auch nach Jahren noch. Jeden Tag riesige Datenmengen, und natürlich muss es ausgeklügelte Systeme geben, diesen Datenberg zu verwalten. Cluster 38: Eltern mit Migrationshintergrund, zwei bis fünf Kinder, untere Einkommensschicht. Einkauf bei Lidl und Aldi. Cluster 48: Deutsch, Akademiker, verheiratet, späte Familienorientierung, obere Einkommensschicht."

„Cluster?"

„Ja, Cluster. Das bedeutet die Einteilung der grauen Menschenmasse da draußen in Gruppen. Du kannst dir das wie ein riesiges Schubladensystem vorstellen und auf deiner Schublade steht 73 und das ist schon ein bisschen spezieller als die anderen."

„Ich habe wirklich keine Ahnung", Jessica rang nach Luft.

„Ja, es ist so. Wir merken es nur jetzt erst."

„Weil das bescheuerte Foto aufgetaucht ist?"

„Es steht im Gegensatz zu deinem Image im Internet. Das Analyseprogramm hat die ganze Zeit auf diesen Negativinhalt gewartet. Du darfst nicht vergessen: Sie kennen die Struktur deiner Freundesliste. Viele Intellektuelle mit hohen moralischen Werten. Sie wissen also ganz genau, was dir schaden kann."

„Wenn das so ist: Dann ist es natürlich kein Problem, jemanden vorsätzlich in die Falle zu locken."

Jessica schlang die Arme um sich. Sie dachte an Michael und daran, wie er sie schon ein bisschen zum Weitertrinken gedrängt hatte. Vor allem hatte er sich seit Montag nicht mehr gemeldet, und das hatte es während der ganzen Jahre nicht gegeben.

„Es ist also so: Der Negativinhalt taucht auf. Die Daten kommen zu einer vermeintlichen Datenschutzfirma, die dann versucht, ihre Konzepte zu verkaufen. Das gelingt wahrscheinlich in den meisten Fällen, der User steht ja unter Druck, die betroffenen Leute können gar nicht anders."

Wieder schnappte Jessica nach Luft. Genauso war es doch bei ihr gelaufen. Wie genau er das alles wusste. Daniel legte eine Hand auf ihren Unterarm.

„Kommt dir bekannt vor. Stimmts?"

Jessica hielt sich eine Hand an die Stirn und nickte. Daniel sprach ruhig weiter. „Es gibt natürlich Leute, die noch mehr vom Internet abhängig sind, als das bei dir der Fall ist. Wir brauchen nur an die vielen Online-Shops zu denken. Da läuft wirklich alles über das Netz. Im Grunde ist das eine digitale Mafiamethode und nichts anderes. Erinnere dich doch an den Ransomware-Trojaner WannaCry, der alle Daten des betroffenen Computers verschlüsselt hat. Die User waren dann gezwungen, einen Code zu kaufen, um die Daten wieder zu entschlüsseln. Sogar Digitalexperte Sandro Geycken hatte in einem Interview dazu geraten, sofort zu zahlen, sollten die Daten wichtig sein. Und er ist nicht irgendwer, sondern der Experte überhaupt. Also nichts Neues, bis auf den Umstand, dass sich das jetzt auf Social Media breit macht. Zusätzlich haben wir mit Cluster 73 noch die Tatsache ... also es ist so: User aus 73 verdienen gut. Was sind da fünfhundert Euro pro Monat? Sie zahlen also und verhindern dadurch, dass etwas nach außen dringt, das dem

Image schaden kann. Natürlich gibt es Ausnahmen. Manche User haben sich durch Selbstmord rausgenommen oder sitzen in der Klapse. Und ich kenne jetzt eine Userin, die den Negativinhalt selbst eingestellt hat und eben nicht zahlt."

„Das bin ich."

Daniel nickte.

„Komm lass uns zurückgehen, du scheinst jetzt zu frieren. Wenn wir die digitale Welt verstehen und wenn wir verstehen, dass Daten gleich Geld sind, dann leuchtet einem sehr schnell ein, wie das zusammenhängt. Es ist auch nichts Neues, dass Facebook Daten verkauft. Wir stimmen alle zu, in dem wir auf Ja drücken und die AGBs gelesen haben wollen."

„Was keiner so richtig macht, oder?"

„Genau, und sogar noch mehr. Alle wissen: Facebook und Whatsapp haben irgendwo ihre Tücken, trotzdem freuen sich alle, aha, kostenlos, wunderbar. Aber es ist nicht kostenlos."

Jessica nickte. Wahrscheinlich verstand er sehr gut, wie sie sich fühlte. Jeder konnte mit ihr tun und lassen, was er wollte. Sie war in den letzten Tagen zum Freiwild geworden. Was, sollte die Hackerei die nächsten Wochen andauern? Dann wäre sie gezwungen, immer wieder mit neuer Hardware zu reagieren. Und ohne Computer? Unmöglich. Gutachter schickten Mails, das Gericht, die Staatsanwaltschaft auch, die ganze Arbeit der Kanzlei hing an einem Netzwerk. Ohne, dass sie sich, so wie immer, in das Netz einwählen konnte, war sie erledigt.

Jessica schaute nach vorne auf den an sich breiten Weg, doch kam es ihr so vor, als würde der Weg von einem Abgrund gesäumt. Plötzlich und unvermittelt stieg eine Hitzewelle in ihr auf.

„War Sofia auch in 73?", fragte sie und bemerkte, dass ihre Stimme zitterte.

„Ja, das war sie. Sie war meistens von Kameras umgeben und wenn nicht, hat sie sich gerne über einen Handystick selbst aufgenommen. Bis eben auf die zwei, drei Tage im Jahr, an denen sie keine Lust auf Menschen hatte. An einem dieser Tag ist sie sehr früh zum Klettern gekommen und ich eben auch, so haben wir uns kennengelernt. Davon abgesehen, hatte sie kaum Privatleben, und ich wusste, ihre Tat musste etwas damit zu tun haben. Die Ernährungsprodukte, für die sie so viel Geld erhalten hat, hat sie selbst gar nicht gegessen. Das war alles von A bis Z nur Show. Das Gleiche mit ihren Workout-Plänen. Sie hatte einfach, was die Figur betraf, sehr gute Gene. Deshalb kann ich es immer noch nicht verstehen, warum sie sich dieses verpönte Mittel zum Abnehmen bestellt hat. Es gab wirklich keinen Grund, sie sah umwerfend aus. Zum Schluss musste sie sich an einem Sandsack festbinden, wollte sie mich beim Klettern sichern, so viel Gewicht hatte sie verloren. Das mit dem Mittel ist natürlich über ihre Bestellungen im Internet herausgekommen. Sie hätte all das ihren vielen Fans nicht erklären können. Sie war erledigt, und sie wusste das."

„Sie muss einsam gewesen sein."

„Ja, verrückt. Bei dem ganzen Trubel um ihre Person. Man gewöhnt sich vielleicht auch an die ständigen Kameras, und dann soll alles von dem einen auf den anderen Tag vorbei sein."

„So hart und konsequent", antwortete Jessica und erinnerte sich an den Fall. „Also ich meine, sich zwei große Hanteln an die Füße zu binden, auf den dreckigen Juchsee rauszurudern und dann vom Boot ins Wasser ... furchtbar."

Daniel nickte.

Jessica lief langsam neben Daniel her. Einen Moment

blieb er ruhig. Ob er wohl an Sofia dachte? Was hatte sie mit Sofia zu tun? Jessica war noch am Leben, aber ... Sie blieb stehen. Daniel hatte offenbar die Spannung gespürt. Sofort griff er nach ihren Händen.

„Willst du mir noch mehr sagen?", fragte sie. „Ich meine Sofia Leist lebt nicht mehr. Du willst mir doch sagen, dass auch ich ..."

Statt einer Antwort zog Daniel Jessica zu sich heran. In dem Moment hörte sie hinter sich etwas im Wald rascheln und dann den schrillen Ruf einer Frau.

„Cooora! Sei ein lieber Hund! Komm jetzt wieder her. Cooora?"

Jessica und Daniel fuhren auseinander.

„Hab ich mich erschrocken", sagte er.

„Das alles wird Spuren hinterlassen", stellte Jessica nüchtern fest.

„Ja, leider. Facebook ist ein Gigant, und vielleicht gibt es dort jemanden, der sich unterbezahlt fühlt und jetzt angefangen hat, seine eigene Suppe zu kochen. Das könnte ich mir wirklich gut vorstellen."

Jessica nickte. Das hörte sich alles plausibel und logisch an, obgleich sie doch ein bisschen enttäuscht war. Ja, sie hatte wahrscheinlich auf einen Namen gehofft und dabei vergessen, dass auch ein Daniel Haag nicht zaubern konnte. Aber das Internet war kein Dorfkino. Wie wahrscheinlich war es also, dass jemand aus ihrem Umkreis mit dem Shitstorm zu tun hatte? Vielleicht aber hing das doch alles zusammen, und zwar in dem Sinne, dass hier jemand die große und die kleine Welt sehr geschickt miteinander verknüpft hatte. Was wusste sie von Alexander und seinen Berufsbeziehungen? So gut wie nichts, außer, dass er wirklich sehr einflussreiche Menschen kannte.

„Hm", sagte sie. „All das würde von meinem Mann eher

145

ablenken, aber im zweiten Moment wäre es ihm durchaus zuzutrauen, dass er auch Kontakte zu Facebook-Leuten hat."

Da war es wieder! Dieses Gefühl der Ohnmacht. Es wollte ihr einfach nicht gelingen, Struktur in die Sache zu bringen. Ein Blatt Papier, ein Bleistift, Indizien und der Sachverhalt. Die Arbeitsweise, wofür sie bekannt war. Aber hier ging es nicht.

„Was kann noch alles passieren, frage ich mich immer wieder. Es gab einen richtigen Systemabsturz. Die gute Toni hatte zum Glück die wichtigsten Daten gesichert. Aber Katys Tagebuch ist weg, private Fotos, ein Großteil meiner Kontakte, E-Mail-Adressen, Telefonnummern, alles weg."

„Wann?"

„Vorgestern, am Mittwoch. Danach ging gar nichts mehr. Ich habe heute Morgen einen neuen Apple gekauft und auch ein neues Smartphone. Grunwaldt ist drei Stunden damit beschäftigt gewesen, alles wieder zum Laufen zu bringen. Wieder für alles neue Passwörter, ich blicke bald nicht mehr durch, und ich frage mich wirklich, was kommt noch alles?"

„Das kann kein Mensch wissen. Identitätsdiebstahl kann so weit gehen ... also in deinem Fall könnte jemand versuchen, in deinem Namen einen juristischen Beratungsdienst anzubieten, ohne dass du davon weißt."

„Dann wäre ich wieder gezwungen zu beweisen, dass ich das gar nicht bin."

Daniel nickte und schaute sie an. Er schien zu spüren, wie aufgewühlt sie war.

„Egal, was passiert. Du bist nicht allein."

„Das bedeutet, du würdest ..."

Jessica brach die Stimme weg. Sie spürte plötzlich Daniels Hände an den Unterarmen. Dann hielt er ihr wieder das Zeitungsfoto unter die Nase.

„Auf dem Foto sind wir kaum noch zu erkennen", sagte er. „Trotzdem, ich hebe es auf, und ich kann dir auch sagen warum. Zum ersten Mal in meinem Leben hat mir da jemand geholfen."

„Übertreibst du nicht ein bisschen? Ich hatte nur eine Hausarbeit zu schreiben."

„Das schon. Aber wie du das gemacht hast, das gibt es kein zweites Mal. Meine Mutter hat dir mehr erzählt als mir."

Er schaute sie immer noch an. Seine Unterlippe vibrierte leicht. Jessica sah es im schwachen Schein einer Straßenlampe. Dieses leichte Beben war alles, was von seinem Stottern übriggeblieben war, und damit schob sich etwas in Jessicas Gedanken. Anders als Daniel vermutete, war seine Mutter gar nicht so offen gewesen. Den Fragen zu seinem Stottern war sie eher ausgewichen. Jessica dachte immer noch, dass an der Beziehung der beiden etwas nicht stimmte. Vielleicht sogar etwas Schlimmes? So schlimm, dass sie nicht drüber reden konnten?

„Ohne deine Arbeit, Jessica, wäre ich für ganz Deutschland nach wie vor ein Typ, der irgendwie mit den Geheimdiensten zu tun hatte und der irgendwelche Informationen vertickt hat. Während dieser Zeit ging es mir aber darum, Verwaltungsrechner zu knacken. Es ging mir darum, Rätsel zu lösen und sonst nichts."

Daniel ging langsam weiter. Jessica folgte ihm. Vielleicht noch fünfzig Meter, und sie würden die schützende Platanenallee verlassen. Am liebsten wäre sie mit ihm noch einmal zurückgelaufen. Jessica spürte ganz klar: Sie fühlte sich zu ihm hingezogen.

„Aber wer soll uns das mit der Analyse abnehmen, und wie passt das damit zusammen, dass mir fast zehntausend Euro auf dem Konto fehlen?", fragte sie und wunderte sich über das klare Gefühl in ihr.

„Sie zeigen ihre Macht, Jessica. Du hast ja wahrscheinlich noch an anderen Stellen Geld liegen und nicht nur auf dem Girokonto, und abgesehen davon gibt es nichts Besseres als so einen Monatsbeitrag. Könnten wir hier wirklich eine Verbindung zu Facebook zeigen, dann ist das ein ganz heißes Ding. Du hast natürlich recht: Wir haben Facebook auf der einen Seite, und wir stehen auf der anderen.

Da liegt ein Fingerhut neben dem Mount Everest."

„Vielleicht nicht ganz. Wenn es so ist, wie du sagst, dann muss es noch mehr Betroffene geben, und das ist juristisch gesehen nicht uninteressant."

„Findest du? Wir stimmen ja selbst zu. Facebook leitet Daten weiter. Ich könnte wetten, die halten die Hände in die Luft und fragen: Habt ihr die AGB nicht gelesen?"

„Stimmt, schwierig", gab Jessica zu. „Es geht zuerst darum zu zeigen, dass es 73 überhaupt gibt und was dann aus dieser Weiterleitung entsteht, nämlich die Erpressung."

„Ein Rührei zu entrühren ist keine gute Methode. Man kann die Eier mitsamt Schale nicht wiederherstellen, aber ich kann es anders machen. Das sollte nicht allzu schwierig sein. Ich kenne nicht alle Parameter, aber die meisten."

„Du hast also eine Idee?"

„Seit Sofias Tod habe ich diese Idee. Aber ich brauche etwas dafür."

„Was?"

„Ich muss auf deine Freundesliste zugreifen und brauche das Okay von dir."

Jessica zögerte und versuchte Risiken abzuwägen. Aber welche Wahl hatte sie. „Gut", antwortete sie schließlich. „Ich denke, ich weiß, was du vorhast."

Das Ende der Allee kam in Sicht und Jessica fragte:

„Ich möchte dich noch um einen Gefallen bitten."

„Ja, ich höre."

„Das betrifft den kommenden Montag."

Kapitel 8

Dem Vorschlag der Bank, die Angelegenheit in einem Gespräch zu klären, war Jessica bereitwillig nachgekommen. Die zehntausend Euro fehlten ihr noch auf dem Konto. Entweder hatte die Bank die Rücküberweisung noch nicht in Angriff genommen, oder es gab andere Probleme. Während Jessica im Warteraum der Bank saß, dachte sie darüber nach, was das für Probleme sein konnten. Auf einem anderen Konto lag ihr restliches Geld, keine unbedeutende Summe, allerdings käme sie erst in zwei Wochen dran, und das war ihr zu spät. Das Wochenende hatte eine erschreckende Erkenntnis zutage gefördert. Jessica griff nach ihrer Handtasche, zog das Smartphone heraus und las die Nachricht noch einmal:

Der Bock wird Gärtner! Wie können Sie so sicher sein, dass er Ihnen helfen will?

Damit war klar: Jemand wusste von dem Kontakt zu Daniel Haag und hatte vielleicht auch das Gespräch mitgehört. Oder es gab in der Wohnung Möglichkeiten, sie abzuhören. Sie war nicht mehr sicher. Hätte sie das Geld, würde sie sofort in ein Hotel umziehen. Toni hatte darauf hingewiesen, dass die meisten Apps auch auf das Mikrofon zugreifen konnten, außerdem hatte sie festgestellt, dass Daniel Jessica nicht nach ihrem Passwort gefragt hatte, was ihr selbst gar nicht aufgefallen war. Er weiß es also, durchzuckte es Jessica wieder. „Wie wird ein Codeschreiber zu einem Spezialisten in Sachen Social Media und Profilanalyse?", hatte Toni nachgelegt.

„Aber Daniel hat zugesagt, mit mir zusammen am Montagabend den Kommissar und Grunwaldt zu treffen."

„Und wenn er das als Strategie nutzt, um von sich abzulenken?", hatte Toni geantwortet.

Wem konnte Jessica noch trauen? Verzweifelt hatte sie am Sonntagnachmittag Katys Armband gesucht. Sie hatte es nicht gefunden, stattdessen ein paar Steine vom Goldenen Horn aus Bol. Einen davon zog sie jetzt aus der Hosentasche. Natürlich kam über den Stein die Erinnerung zurück an Alex und seiner von der Sonne gebräunten Haut, der Geruch von Sonnencreme und das klare, blaue Wasser. Dann aber auch: Sie hielt den Kiesel etwas dichter vor die Augen. Die runde, glatte Form des Steins und die durch das Wasser polierte Oberfläche. Würde sie den Stein in einen See werfen, dann würde sich auf der Wasseroberfläche ein Kreis bilden, kein Dreieck, keine Linie, sondern ein Kreis. Die Natur war auf Gleichgewicht aus. Es wäre klug, das natürliche Harmoniebedürfnis und das wahre Wesen des Menschen stärker in das Design von Software einzubeziehen. Mit diesem Gedanken war sie wieder bei Daniel. Er beschäftigte sich sehr mit solchen Fragen, um nicht zu sagen, er brannte für seine Ideen. Jessica mochte leidenschaftliche Menschen. Sie seufzte.

Konnte sie ihm trauen?

Plötzlich ging die Tür des Warteraums auf.

„Frau Scheffold, wie schön", rief Herr Waiblinger. Seine Stimme verriet, dass er sich freute. Jessica stand auf und gab ihm die Hand. Sie spürte seinen kräftigen Händedruck. Er schaute sie über seine Lesebrille an, und sie bemerkte an seinen Augenlidern etwas wie ein Hautfältchen, das seinem zwar wachen Blick etwas Abgeklärtes, wenn nicht schon Müdes verlieh. Gleich zu Beginn ihrer Karriere hatte sich Jessica mit einem Investment in Aktienpapiere vertan.

Waiblinger hatte ihr mit guten, fast väterlichen Ratschlägen geholfen da raus zu kommen und den Schaden möglichst klein zu halten.

„Kommen Sie, gehen wir zum Büro."

Jessica folgte ihm. „Sie sehen, wir haben kräftig umgebaut." Waiblingers Hand wanderte in einem großen Bogen durch die Luft. Jessica sah das viele Glas, das Metall und den Kunststoff. Die alten Holzvertäfelungen konnte sie nirgends mehr entdecken. Überall glatte, gerade und harte Linien, so ganz anders als der Kieselstein und das, was sie damit verband.

„Gut, das ist schon alles heller geworden, dennoch es muss einem gefallen. Für mich spielt das auch keine große Rolle mehr. Ich habe nur noch diese Woche und gehe dann in den Ruhestand. Und ich muss ehrlich sagen: Ich bin froh drum. Es ist nicht mehr so ganz meine Welt."

Waiblinger wies auf eine Bürotür. Er blieb stehen und wandte sich Jessica zu. „Ich möchte die Gelegenheit nutzen und mich von Ihnen verabschieden, vor allem möchte ich mich für die gute Zusammenarbeit bedanken." Er griff noch einmal nach Jessicas Hand. Sie erwiderte seinen festen Griff. „Alles Gute, Frau Scheffold."

„Das wünsche ich Ihnen auch", antwortete Jessica etwas überrascht.

Ein Mann, ein Handschlag. Ob wohl die neue Welt diese Männer verdrängte? Jessica schaute Waiblinger nach. Er zog im Gehen sein Jackett aus und warf es locker über die Schulter. Jetzt drehte er sich um und rief: „Ich geh jetzt erst einmal Frühstück machen." Er winkte.

Jessica hob ebenfalls die Hand, während sie mit der anderen nach der Türklinke griff. Sie atmete tief ein und betrat das Büro.

„Guten Tag, Frau Scheffold", sagte ein großer Mann hinter einem weißen Schreibtisch. Vor sich hatte er zwei Laptops stehen. Er schaute Jessica flüchtig an und deutete genauso flüchtig auf einen Stuhl vor dem Schreibtisch. Jessica zögerte einen Moment und sagte:

„Vielen Dank für den angebotenen Platz." Sie setzte sich und schlug die Beine übereinander. Der Mann nickte, schaute aber nach wie vor in die Bildschirme. Jessica fielen seine weißen Zähne und die gezupften Augenbrauen auf. Sie wartete.

„Mein Name ist Wolfangel. Ich bin Ihr neuer Berater, unser Waiblinger scheidet ja aus, wie er Ihnen bestimmt gesagt haben wird. Eigentlich sollte ich ihn gerade noch einmal hereinholen. Ich verstehe beim besten Willen nicht, warum er diesem Vorgang einen Fehlercode zugewiesen hat."

„Vielleicht, weil es ein Fehler ist?"

„Warum?" Jetzt erst schaute Wolfangel auf und verschränkte seine Arme vor der Brust. Er lehnte sich weit in seinem Stuhl zurück. „Sie haben Geld auf ein polnisches Nummernkonto überwiesen."

„Ich habe gar nichts gemacht."

„Gut. Es ist also alles in Ordnung?"

„Mir fehlen neuntausendachthundert Euro auf dem Konto. Ich habe das Geld nicht angewiesen."

„Für uns sieht es aber sehr genau danach aus. Ich kann an der Überweisung nichts Ungewöhnliches feststellen. Deshalb weiß ich nicht, warum Fehlercode?"

„Jemand ist an meine Zugangsdaten gekommen."

„Das mag sein. Aber das hat nichts mit uns zu tun. Unser System ist sicher. Wir betreiben einen enormen Aufwand in Sachen Datensicherheit."

„Trotzdem waren und sind doch Banken immer wieder beliebte Ziele von Hackerangriffen, oder wollen Sie das etwa abstreiten? Ich will nur mal an die City Bank in den Staaten erinnern, da ging es nämlich genau um die Kreditkarteninformationen der Kunden. Da waren Tausende betroffen. Für die Bank bedeutete das: Jeder Kunde braucht eine neue Kreditkarte, die Sicherheitslücke muss geschlossen werden. Und außerdem werden sich viele Kunden eine andere Bank suchen. Ist es nicht so ein Szenario, vor dem Sie Angst haben?"

„Zumindest kann ich nicht nur an eine Einzelperson denken, sondern muss im Sinne des Unternehmens handeln. Sie wissen sicher, da Sie ja so gut informiert sind, dass der Markt nicht ganz einfach ist. Ich darf hier sitzen. Darüber bin ich froh."

Wolfangel hatte die Unterlippe vorgeschoben und saß, ohne sich zu regen, in seinem Stuhl.

Jessica schaute auf ihre Armbanduhr. Es ging bereits auf halb zehn zu. Daniel arbeitete ganz bestimmt schon in der Wohnung, und sie wusste nicht, wie Alexanders Tag heute aussah. Vielleicht war er noch zu Hause, und das war ihr gar nicht recht. Er hätte genug Zeit, Daniel Fragen zu stellen, vielleicht herauszufinden, wer er wirklich war. Den Ärger wollte sie so lange wie möglich herauszögern, vor allem, weil das Treffen mit dem Kommissar heute Abend bevorstand.

„Ich sehe schon", sagte Jessica bestimmt und lehnte sich nach vorne, „wir kommen in dieser Sache nicht weiter. Lassen wir also den Datendiebstahl beiseite. Nehmen wir an, ich könnte versehentlich das Geld überwiesen haben, und auch hier steht mir das Recht zu, das Geld zurückzufordern. Hat sich etwa die Gesetzeslage geändert? Das wäre mir allerdings neu."

Wolfangel grinste Jessica unverhohlen an und machte mit der linken Hand eine Bewegung über die Schulter.

Peanuts, dachte Jessica. Genau das steckt in dieser Bewegung. Sie wollte gerade zu einer kräftigen Antwort ansetzen, aber Wolfangel kam ihr zuvor.

„Also gut. Sie werden in wenigen Minuten das Büro verlassen, und ich mache mich dran und buche das Geld zurück. Im Gegenzug sagen Sie mir zu, die Sache nicht an die große Glocke zu hängen. Ich habe kein Interesse, Negativschlagzeilen über unsere Bank zu lesen."

Wolfangel klickte zweimal, und dann trat ein Lächeln auf sein Gesicht. „Wir wissen natürlich, wie sehr Sie gerade die Aufmerksamkeit auf sich ziehen."

Hat der etwa das Dirndlbild auf dem Bildschirm? Er klickte noch einmal und schaute Jessica grinsend an. Jessica stand auf, lief zur Tür und drehte sich um.

„Herr Wolfangel! Ich werde meinen Kontostand die nächsten Tage sehr genau ansehen, und jetzt entschuldigen Sie mich, ich habe noch andere Dinge zu tun. Guten Tag!"

„Frau Scheffold. Warten Sie!"

Jessica riss die Tür auf, die gegen den Türstopper knallte und ein Stück zurückfederte. Sie trat in den Flur und lief mit energischen Schritten in Richtung Ausgang davon.

***

Als sie zu Hause ankam, war der Ärger über Wolfangel ein bisschen verflogen. Immerhin würde er sich daran halten und das Geld heute zurückbuchen, dann hätte sie es vielleicht am Donnerstag auf dem Konto. Das konnte ihr sehr helfen. Es blieb nur eine Frage der Zeit, bis Alexander dahinterkam, wer Daniel war. Noch ahnte er nichts. Jessica stand im Flur. Sie schob die Tür zum Wohnzimmer auf.

„Nein, Herr Scheffold. Auf dem Stein würde kein Klebeband halten", sagte Daniel.

Im Wohnzimmer gab es eine unbearbeitete Wandstelle. Man konnte das ursprüngliche Mauerwerk erkennen und ein Stück alte Schablonentechnik. Daniel war dabei, um diesen Ausbruch herumzumalen, während Alexander hinter ihm stand und zustimmend nickte. Jetzt fiel sein Blick auf Jessica. Er winkte ihr.

„Schau dir das an!", Alexander deutete auf die Wand. „Frei Hand macht er das. Der Pinsel in seiner Hand wirkt wie ein langer Finger. Kein Tropfen Farbe auf dem Stein oder auf dem Boden. Ich kann Sie wirklich alleine arbeiten lassen, Daniel. Das ist gut. Ich habe heute noch viele Termine bis in den Abend hinein."

Das bedeutet, er ist unterwegs. Er würde also das Aufeinandertreffen des Kommissars und Daniel nicht mitbekommen. Jessica schaute Daniel gelassen zu, aber in ihrem Kopf rasten die Gedanken. Sie hatte wirklich Glück, was die Sache betraf.

„Wissen Sie was, Daniel? Es ist gleich halb elf. Ich mache Ihnen jetzt einen Kaffee. Nachher, um das Vlies zu tapezieren, brauchen Sie nicht so eine ruhige Hand wie jetzt. Milch? Zucker?"

„Nur Milch bitte."

Alexander lief an Jessica vorbei. Er berührte sie sogar kurz am Arm. Gar kein Zweifel: Er war zufrieden. Seit Samstag hatten sie sich sogar ein bisschen angenähert. Jessica hatte die Bekanntgabe der Trennung nicht weiter kommentiert, was ihr sehr schwergefallen war. Alexander musste annehmen, alles verliefe nach seinem Plan. Sie war allerdings lange genug mit ihm zusammen, um zu wissen, dass die entspannte Stimmung von einer Minute auf die andere kippen konnte. Sie wusste auch, dieses Zuckerbrot-und-Peitsche-Spiel gehörte zu seiner Strategie. Jetzt, nachdem er die Trennung bekannt gegeben hatte, suchte er of-

155

fenbar ihr Wohlwollen. Vielleicht hatte Vivien Schwägler in der Zwischenzeit ausgerechnet, was ihn die Scheidung kosten würde. Da käme wahrscheinlich eine nicht unerhebliche Summe heraus. Natürlich musste er daran interessiert sein, das Verfahren so günstig wie möglich zu halten. Genau! Das ist es. Er macht einen auf Fair Play, um sich Kosten zu sparen. Jessicas Blick fiel auf Daniels Handgelenk. Die Vene, die vom Unterarm über das Handgelenk in den Daumen führte, zeichnete sich deutlich gegen die Haut ab. Er arbeitete konzentriert, auch wenn es nach außen so locker aussah. Jessica stellte sich neben die Bockleiter. Daniel schaute sie an. Wie viel Ruhe von ihm ausging. Wieder war es Jessica eher danach, einfach ruhig neben ihm zu stehen, anstatt diesen Moment durch eine Frage zu zerstören. In der Küche mahlte die Kaffeemaschine die Bohnen. Alexander würde gleich zurückkommen. Jessica berührte Daniel am Bein.

„Bleibt es heute Abend dabei?"

***

Noch bevor jemand anderes etwas sagen konnte, legte Grunwaldt los.

„Hab ich es nicht gesagt? Passwort unbedingt aktualisieren."

Dabei schaute er Jessica noch nicht einmal an. Toni zog die Augenbrauen hoch. Kurz vorher hatte sie die drei Männer gebeten, sich endlich zu setzen. Kommissar Wandt schien unentschieden, was er von diesem Treffen halten sollte. Er wippte auf den Füßen und drückte sich über die Zehen immer wieder ein paar Zentimeter nach oben, als könne er sich dadurch größer machen.

„Warum sollte ich hier meine Ermittlungsergebnisse preisgeben, außerdem, mit ihm ...", Wandt zeigte auf Da-

156

niel, „... ist es so eine Sache. Sie sind doch vorbestraft, oder nicht?"

„Nein", antwortete Daniel.

„Aber da war doch ..."

„Ja, vor siebzehn Jahren. Die Auflagen habe ich längst erfüllt."

„So ist es", half Jessica.

Toni zog in diesem Moment demonstrativ einen Stuhl zurück, setzte sich und gab dem Kommissar ein Zeichen. Wandt fasste zögerlich nach dem Stuhl neben Toni und setzte sich ebenfalls. Neben ihr sah er aus wie ein Schulkind. Er rutschte mit seinem Stuhl ein gutes Stück von ihr weg. Sie quittierte das mit einem breiten Grinsen. Grunwaldt setzte sich Daniel gegenüber. Zuletzt nahm Jessica Platz und wandte sich an den Kommissar.

„Welche Ermittlungsergebnisse also?"

„Ein bisschen Zeit müssen Sie mir schon geben, Frau Dr. Scheffold. Genau vor einer Woche haben Sie erst Anzeige erstattet. Ich habe damit begonnen, mir einen Überblick zu verschaffen. Wie wir jetzt wissen, gibt es in dieser Sache mehrere Motivationslagen, und außerdem muss ich die Personen, die ein Motiv hätten, anschreiben und auf das Revier laden."

„Gut, Sie machen Ihre Arbeit. Dennoch kann es nicht davon ablenken, dass wir in der Erpressungssache verbunden mit dem Dirndlbild nichts Konkretes haben. Mir steht ein wichtiger öffentlicher Termin bevor, und die Journalistenschar wird doppelt so groß sein wie üblicherweise. Ich konnte mich, mal abgesehen von meiner ersten Erklärung, überhaupt noch nicht weiter äußern. Das würde ich aber gerne. Wissen Sie eigentlich, was das für ein Gefühl ist, wenn man weiß, es ist genau anders herum? Leider konnte ich noch nichts anbringen, was zu einer Schadensbegrenzung beitragen könnte oder den Menschen da draußen Raum ließe, auch in andere Richtungen zu denken."

„Solange die Ermittlungen laufen, kann ich nur davon abraten, überhaupt etwas zu sagen. Es sei denn, Sie stimmen sich genau mit mir darüber ab. Sie sollten die Kommentare auch nicht überbewerten."

„Mein Verlag hat das neue Buchprojekt auf Eis gelegt, der Ausgang ist ungewiss. Eine Verteidigung ist Mandantensache. Der Mandant sucht nach einer guten Verteidigung. Wenn meine Glaubwürdigkeit dahin ist, bekomme ich keinen Auftrag mehr, so einfach ist das."

Der Kommissar nahm seine Brille ab und bohrte mit einem Bügel im Ohr. Toni schüttelte den Kopf. Der Kommissar fuhr fort:

„Warum denken wir kompliziert? Wie Herr Grunwaldt gesagt hat, geht es um Passwortdiebstahl. Es gibt zwei Personen, die besonders leicht an das Passwort kommen konnten. Und ich sage es noch einmal: Bisher hatten Sie noch nicht die Güte, mir zu verraten, wer das Foto gemacht hat."

„Dafür habe ich Gründe."

„Ich habe immer wieder darauf hinge..."

„Schon gut, Herr Grunwaldt. Das hat jetzt wirklich jeder verstanden", unterbrach Jessica.

„Aber so ganz unrecht hat er ja wohl nicht", sagte Wandt. „Steckt nicht hinter allem ein zu sorgloser Umgang mit dem Passwort?"

Grunwaldt nickte und breitete seine Arme aus. „Außerdem habe ich über Kaspersky immer darauf geachtet, die neueste Version des Virenschutzes präsent zu haben."

„Das macht das Programm von ganz allein", warf Daniel ruhig ein. „Und außerdem – wie viel Schutz bedeutet das? Da gibt es eine Studie von Imerva. Die haben in Zusammenarbeit mit Studenten 86 Computerviren gesammelt und damit Abwehrprogramme getestet. Das Ergebnis: Im Fall eines Angriffs konnten die Antivirenprogramme nur fünf Prozent der Viren erkennen. 95 Prozent kommen also durch. In der Studie sind auch McAfee, Symantec und Kaspersky Lab vertreten, die ganz großen Player also. Jedes System, aber auch wirklich jedes, ist zu knacken. Antivirenprogramme sind Augenauswischerei und dienen vor allem dazu, Kohle abzugreifen. Auch in der Passwortfrage möchte ich sehr einschränken ..."

Jessica beobachtete Daniel genau. Er sprach ruhig. Seine Hände verrieten kein bisschen Nervosität. Ganz im Gegenteil.

Sah so jemand aus, der hinter dem Diebstahl steckte? Toni hing an Daniels Lippen. Sie hatte vielleicht ähnliche Gedanken.

„ ... es ist viel zu früh, die Passwortfrage auf einen Personenkreis zu reduzieren."

„Wieso?", fragte der Kommissar und setzte sich die Brille wieder auf. Daniel zog einen kleinen Laptop aus seiner Umhängetasche, stellte ihn auf den Tisch und klappte das Gerät auf. Jessica erkannte ihr Facebook-Profil. Daniels Finger sausten über die Tastatur und eine ganze Anzahl von Kreisdiagrammen und Zahlen erschienen.

„Ich habe hier das Analyseprogramm Konrad Alpha. Über den Zeitraum der letzten vier Jahre hat Frau Scheffold, bis auf eine Ausnahme, das gleiche Nutzerverhalten an den Tag gelegt, was ihre Aktivitäten auf dem Facebook-Profil anbelangt. Nutzungsdauer pro Tag eineinhalb Stunden, vor allem in der Zeit zwischen 18 Uhr 30 und 20 Uhr. Hier die Anzahl ihrer Postings pro Woche, die Resonanz. Die Themen: Jura, Soziales, Flüchtlinge, Tod, Yoga. Die Struktur der Freundesliste: 60 Prozent Frauen, 40 Prozent Männer. Von den Frauen sind 35 Prozent Single."

„Herr Schmitt, was sagt uns das?", fragte Wandt.

„Nach dem Tod ihrer Schwester verändern sich die Dinge. Das Thema Tod steht im Vordergrund. Das können Sie hier ganz deutlich erkennen. Zum Beispiel ging es eine ganze Weile um das Buch *Die sieben Geheimnisse des guten Sterbens.*" Daniel deutete auf den Bildschirm. „Wir müssen dabei verstehen: Es gibt Leute, die machen nichts anderes als Passwörter herauszulesen, und hier würde ich also sagen: Passwort war Katy, dann ein Unterstrich und dann die Jahreszahl ihres Todes, also 2013."

Jessica hielt sich die Hand an die Stirn. Daniel hatte mit ein paar Sätzen genau ins Schwarze getroffen. Grunwaldt schlug mit einer Hand auf den Tisch: „Technik und ..."

„Bevor Sie hier unnötig die Schuld hin und her schieben, Herr Grunwaldt, noch einmal eine Zahl: 70 Prozent aller User verwenden nur ein Passwort für alle Konten. Oft genug ist das Wort ‚Passwort' selbst das Passwort, oder die sehr beliebte Zahlenkombination 1, 2, 3, 4. Frau Scheffold hat sich deshalb verhalten, wie sich viele verhalten. Daneben gibt es bestimmt noch einmal zwanzig andere Möglichkeiten, an Passwörter zu kommen. Wenn das Thema Tod im Vordergrund steht, schicke ich einfach einen entsprechenden Link, hänge einen Trojaner dran und warte, bis der User draufklickt. Sehr beliebt auch Tele..."

„Herr Schmitt", unterbrach Wandt, „ich wäre einer. Also ich würde den Laptop hochheben, ob da nicht irgendwo ein Zettel ist."

„Ja, auch das. Das entstammt der alten Zeit. Heute ist es eher so: Über Analyse etwas herauszubekommen, ist für viele Typen genauso leicht, wie hier auf dem Boden einen Zettel zu finden mit dem Passwort. Wenige Minuten, ein Fingerschnippen und alles ist erledigt."

Wandt stand auf und war jetzt so groß wie Toni. Er

nahm die Brille ab und bohrte sich mit dem Bügel im linken Ohr.

„Keinen nennenswerten Schutz", sagte er vor sich hin.

„Vor Jahren konnte ich noch einen Computer zerlegen und einen neuen Prozessor einbauen. Aber jetzt? Das ist mittlerweile ein ganz anderes Feld", räumte Grunwaldt ein.

„So ist es", antwortete Daniel.

Der Kommissar murmelte. „Keinen richtigen Schutz." Er besah sich seine Brille und steckte den Bügel in den Mund. Toni sah es und verzog das Gesicht.

„Das bedeutet doch aber, Frau Scheffold muss mit ihrem Profil in den Fokus geraten sein", sagte der Kommissar und schaute in die Runde.

Toni drehte sich von Wandt weg und verzog noch einmal das Gesicht, als hätte sie in einen faulen Apfel gebissen.

„Genau das haben Sie uns doch erklärt. Wenn jedes Profil und jedes System zu knacken ist, dann geht es doch zuerst darum, ob sich der Aufwand überhaupt lohnt?"

Der Kommissar wippte auf den Füßen auf und ab und schaute an die Decke. Er schien angestrengt nachzudenken. Eine Pause entstand. Grunwaldt hatte eingeräumt, dass er von Social Media keine Ahnung hatte. Wandt setzte sich wieder, und diesmal rückte Toni ein Stück vom ihm ab.

Wie genial ist das denn, dachte Jessica. Innerhalb weniger Minuten hatte es Daniel geschafft, das Problem zu verdeutlichen. Dabei sah es so aus, als wäre Wandt von selbst darauf gekommen. Sie durfte sich nicht dazu verleiten lassen, den kleinen Kommissar zu unterschätzen. Er war hellhörig wie ein Luchs. Also gut, das Fundament und jetzt die Zugabe. Die spezielle Analyse, das Ranking und schließlich Cluster 73.

„Wir sehen also über Analyse ganz viel", sagte Daniel.

„Ja, aber der Fokus", ließ Wandt nicht locker. „Ein Profil

ist nichts Besonderes. Es muss etwas gewesen sein, was Frau Scheffolds Profil in den Fokus gerückt hat. Klar, das Dirndlbild war der Auslöser. Schon klar ..."

„Beschränken wir uns doch zuerst darauf, was wir hier noch sehen können." Daniel tippte zweimal auf das Mousepad und eine andere Analyse erschien. Auf dem Bildschirm standen unzählig viele Namen in einer weißgrauen Schrift, eher undeutlich, wie ein Hintergrund. Darüber deutlich die Namen Jürgen Heck, Marco Rauch und Roberto Lieb. Jessica rieb sich die Augen und blinzelte. Ihr verschwammen die Namen vor den Augen. Daniel tippte noch einmal, und dunkelblaue Linien erschienen. Sie verbanden die drei Namen miteinander.

„Ja, wie? Was ist das?", fragte Toni und streckte ihren Kopf in Richtung Bildschirm.

„Toni, so kann ich gleich gar nichts mehr erkennen", sagte Jessica.

„Oh, 'tschuldigung." Toni nahm den Kopf zurück.

„Es ist so: Wir sehen hier die Dynamik des aktuellen Shitstorms. Auslöser war das Dirndlbild, das Frau Scheffold am Dienstagabend eingestellt hat. Ich habe die Entwicklung dieser Kampagne mit zwanzig anderen verglichen ... also, was ich sagen will: Hier kam es durch die Schmiererei an dem Haus zu einem erneuten Aufflammen der Kommentare, und zwar zu einem Zeitpunkt, in dem, rein rechnerisch gesehen, langsam ein Abflauen zu erwarten gewesen wäre."

Wandt hielt die Arme vor der Brust verschränkt. Bis jetzt hatte er noch nicht auf den Bildschirm gesehen.

„Herr Wandt?", fragte Daniel. „Verstehen Sie?"

„Akustisch schon." Der Kommissar schaute auf. „Allerdings mache ich solche wirren Gedankengänge nicht gerne mit. Sie machen mich auf das Profil aufmerksam und lenken mit dem nächsten Schritt wieder davon ab, in dem Sie

162

eine ganz andere Analyse zeigen." Der Kommissar zeigte auf Daniel.

„Ich sag Ihnen was! Sie wissen noch viel mehr. Ist es nicht so?"

Toni hob die Arme, als wolle sie zwei Boxer auseinanderbringen. Jessica nickte ihr dankbar zu.

„Warum sind Sie so voreilig, Herr Wandt?", fragte sie. „Beide Aspekte können ja miteinander zu tun haben."

Wandt kratzte sich am Kinn und schaute auf den Bildschirm. Jetzt war es Daniel, der nichts sagte. Toni hob die Augenbrauen und blies die Backen auf.

„Ja, und?", fragte Wandt ungehalten.

„Vor zehn Minuten wollten Sie noch nicht einmal mit mir an einem Tisch sitzen. Ich möchte deshalb das Gespräch so aufbauen, wie ich es aufbaue, um etwas Struktur zu schaffen."

„Die kann ich noch nicht erkennen."

„Kommt noch."

„Also gut, meinetwegen." Der Kommissar deutete flüchtig auf den Laptop.

„Wir sehen die drei Namen: Marco Rauch, Dr. Jürgen Heck und Roberto Lieb."

Wandt hat recht, durchzuckte es Jessica. Wieso packt Daniel sein Wissen über Cluster 73 nicht auf den Tisch?

„Wer kennt Roberto Lieb?", fragte Daniel in die Runde.

Keiner antwortete.

„Roberto Lieb hat keine Adresse, keine Wohnung, und sprechen können wir auch nicht mit ihm."

„Wie das?", fragte der Kommissar.

„Roberto Lieb ist keine wirkliche Person, sondern ein Social Bot."

„Habe ich schon gehört", rief Grunwaldt. „Ein Roboterprogramm."

163

Daniel nickte Grunwaldt zu und sagte: „Social Bots stammen aus oder werden sehr viel in der Werbung eingesetzt. Wenn jemand ein neues Produkt hat, meinetwegen eine Zahnpasta, dann geht es darum, einen entsprechenden Ruf über Social Media aufzubauen, Kommentare und Likes zu bekommen, um den Kunden zu zeigen: Wir haben das beste Produkt. Es gibt Firmen, die beschäftigen sich ausschließlich damit. Um es kurz zu sagen: Ein Like kostet elf Cent und ein Kommentar sechsundzwanzig Cent. Ich habe hier gesehen, dass gut 65 Prozent aller Kommentare in Zusammenhang mit Roberto Lieb stehen. Mit ein bisschen Übung kann man künstliche Kommentare gut erkennen. Roberto Lieb greift dabei auf eine ganze Armee von anderen Social Bots zurück. Rechne ich also die künstlichen Kommentare raus, haben wir es hier mit vierhundertfünfundneunzig Kommentaren zu tun, und nicht mit eintausendsechshundertfünfundneunzig."

„Gibts doch nicht", sagte Jessica.

„Okay", sagte Wandt und stand auf. Er federte wieder auf den Füßen auf und ab. „Das beantwortet nicht die Passwortfrage. Aber es muss doch jemanden geben, der den Social Bot beauftragt oder bestellt hat. Wie soll ich sagen?"

„Eingekauft", ergänzte Daniel. „Alles, die gesamte Analyse deutet auf Jürgen Heck hin."

„Verstehe", sagte Wandt. „Aber ich kann nicht so einfach bei Heck auftauchen und seine Computer mitnehmen. Heck ist kein Jedermann, sondern ein Volljurist. Ich würde das Okay von der Staatsanwaltschaft nicht ohne Weiteres bekommen."

„Sie müssen nicht zu Heck. Fahren sie nach München. Dort sitzt die Firma, die den Social Bot verkauft hat. Lassen Sie sich die Kundenliste geben. Den Zeitraum können Sie selbst einschränken."

164

Der Kommissar nahm die Brille ab und steckte wieder einen Bügel in den Mund. Er sah an die Decke.

„Gut", sagte er schließlich. Er nickte der Runde kurz zu und verließ ohne ein weiteres Wort den Raum.

„Ich gehe jetzt auch", sagte Grunwaldt. „Frau Scheffold, falls Sie meine Hilfe brauchen, rufen Sie mich einfach an. Wir müssen auch noch darüber entscheiden, ob es nicht sinnvoll wäre, das Profil endlich vom Netz zu nehmen."

„Später", sagte Jessica.

Grunwaldt stand auf und musste, als er den Raum verließ und durch die Tür lief, den Kopf einziehen. Er blieb in dieser geduckten Haltung und verschwand vom Flur in das Treppenhaus.

***

Die Wohnungstür fiel ins Schloss, und Toni sagte:

„Wandt hat die Handynummern gar nicht mehr erwähnt. Diese Nummern und die Nachrichten sind doch der direkte Draht zu den Erpressern, oder nicht?"

„Er ist nur auf dem rumgeritten, was er selbst nicht lösen kann. Er hat heute auch nicht alles erzählt", antwortete Jessica.

„Oder", sagte Daniel, „er hat bereits begriffen, dass das Rückverfolgen der Nummern keinen Sinn macht. Wahrscheinlich gibt es keine Handys, sondern nur ein Computerprogramm aus dem Darknet, das die Nummern erzeugt hat und die notwendige Frequenz dafür liefert. Man könnte dem Kommissar auch vorgaukeln, die Nummern stammten von Prepaid-Karten aus dem Aldi. Er würde dann versuchen, an die Filme der Überwachungskameras heranzukommen, und wäre erst einmal beschäftigt."

„Meine Güte", antwortete Jessica, „was für ein Sumpf.

Aber insgesamt muss ich mich doch beinahe über den Kommissar wundern."

„Ich auch", sagte Toni. „Hast du das mit der Brille gesehen? Ja, wie widerlich."

Jessica winkte ab. „Nein, ich meine er hätte diesen Vorgang schon längst abschließen können, und zwar wegen Geringfügigkeit. Er taucht hier persönlich auf. Das spricht auch irgendwie für sich."

„Ist es ihm etwa wichtig?"

„Vielleicht, oder ein Zeichen dafür, dass er keine Leute hat. Vielleicht weiß noch nicht einmal die Staatsanwaltschaft, was er hier treibt."

„Das hieße dann aber doch, er hätte ein Interesse?"

„Erinnerst du dich an die schweren Raubüberfälle im März? Wandt hatte richtig herausgefunden, dass sich die mutmaßlichen Täter über den Messenger-Dienst von Facebook verabredet hatten."

„Verstehe", sagte Toni. „Vielleicht ist er schon öfter an Facebook gescheitert und wittert die Chance, jetzt etwas drehen zu können. Vor allem mit deinem Namen, Jessica. Das könnte ihm nutzen, käme es zu einem Musterprozess. Wie ich das hasse! Alle profitieren davon, dass du so bekannt bist."

„Das mag sein. Wandt wittert hier eine Spur. Und so wie der tickt, lässt er nicht locker. Das könnte uns helfen."

„Da hast du recht", sagte Daniel.

Nach einem Augenblick sagte Jessica: „Toni, es ist doch schon sehr spät."

„Ja, wie? Spät? Ach, so. Spät. Gut, ich lasse euch alleine."

Toni stemmte sich aus dem Stuhl, lächelte Jessica an und sagte: „Bis morgen."

***

Toni ging. Daniel packte seinen Laptop in die Tasche und stand auf. Jessica lief um den Tisch auf ihn zu. Sie gab der Tür zum Flur einen Schubs und schaute zu Daniel auf. Er sah sie an und lächelte. Einen Moment sah es aus, als wolle er etwas sagen.

Ja, bitte, dachte Jessica. Erkläre bitte, warum du dem Kommissar nicht deine Vermutungen erzählt hast so wie mir auch. Um seine Unterlippe lief wieder dieses leichte Beben. Er habe als Kind beim Weinen einen schrecklich schrillen Ton erzeugt, hatte seine Mutter gesagt. Ob sie etwas unternommen hatte, dieses Weinen zu unterbinden? Umso erstaunlicher, wie sicher er heute gesprochen hatte. Ganz bewusst hatte er das Gespräch genau in diese Richtung gelenkt und dabei nur das preisgegeben, was er wollte. Tatsächlich hatte sie einmal gegoogelt: Ist meine Ehemann schwul? Sie konnte sich kaum noch daran erinnern, aber Daniel wusste es. Was wusste er noch alles? Er blieb ruhig.

„Warum so?", fragte sie schließlich. „Warum hast du ihm nicht von Cluster 73 erzählt und fertig? Das wird er uns übelnehmen."

„Du bist zu ungeduldig."

„An meiner Stelle wärst du auch ungeduldig."

„Es ist doch so: Er vertraut mir nicht. Wir kommen aber, was den Shitstorm betrifft, nicht an ihm vorbei. Ohne die Polizei haben wir gleich gar keine Möglichkeiten."

„Verstehe. Du willst ihn etwas finden lassen."

„Ja."

„Wie kannst du so sicher sein? Er hat noch nicht einmal gesagt, ob er dem Hinweis nachgehen will oder nicht. Was, wenn nicht?"

„Er hat keine Alternative, du wirst sehen."

„Hoffentlich geht die Idee auf. Und dann noch der Heck. Wie kommt er denn dazu?"

„Er hat sich schon vorher mit Social Media oder irgendeiner Strategie beschäftigt oder jemanden beauftragt, das zu tun. Vielleicht: Verteidigerin äußert sich zu juristischen Zusammenhängen und präsentiert sich genauso wie ihr Mandant. Das Gericht sollte prüfen, ob Frau Dr. Scheffold nicht wegen Befangenheit abgelehnt werden sollte. So etwa, vielleicht war der Kommentar schon fertig, und dann ist das Dirndlbild aufgetaucht. Die kämpfen mit ganz harten Mitteln, Jessica."

„Das kann dann doch nur mit der Kanzlei und Sebastians Abgang zu tun haben."

Jessica rieb sich über die Schläfen. Daniel stellte sich dicht neben sie. Jessica spürte eine Hand auf ihrer Schulter. Selten hatte sie sich so entspannt in der Gegenwart eines anderen Menschen gefühlt.

„Das wird schon", sagte Daniel. „Ich habe das Wochenende dazu genutzt, um unser Phantom zu programmieren. In den nächsten Tagen muss ich vor allem den Datentransport beobachten, aber ich denke, bis Mitte der Woche wissen wir mehr. Bis dahin wird Wandt auch so weit sein."

„Hoffentlich."

Die Wohnungstür ging auf und kurz darauf klapperte ein Schlüssel auf dem Glasschränkchen im Flur.

„Schnell", sagte Jessica. „Dort an die Wand."

Jessica öffnete die Tür. Alexander drehte sich um und kam auf sie zu. Er streckte den Kopf in das Büro und fragte:

„Was war denn hier los?"

„Krisenmeeting mit dem Kommissar, Grunwaldt und Toni."

„Und, was Neues?", fragte Alexander und stellte sich genau vor die Tür, hinter der Daniel stand. Jessica schüttelte leicht den Kopf.

Alexanders Gesicht wirkte total entspannt und gelöst. Jessica zog kurz die Luft über die Nase ein und roch den kaum wahrnehmbaren Hauch eines süßen Parfüms, das Sinnlichkeit und Tiefe transportierte. Er war bei Moni gewesen. Sie wusste es in diesem Moment ganz sicher. Sie fühlte es so stark, dass sich Monis Gestalt vor ihren Augen abzubilden begann, die langen, blonden Haare und vor allem ihr breites Becken.

„In der heutigen Zeit müssen wir mal mit ein paar Kommentaren rechnen. Das gehört wahrscheinlich dazu. Vergiss es einfach. Den Schuldigen auszumachen, ist ohnehin nicht möglich, oder hat der Kommissar etwas anderes gesagt?"

„Nein, hat er nicht. Kaum eine Idee."

„Siehst du. Verschwende deine Zeit nicht."

„Ja, du hast wahrscheinlich recht."

Er nickte, drehte sich um und ging. Jessica schaute Alexander einen Moment nach, horchte in die Wohnung, dann öffnete sie die Tür, hinter der Daniel stand, und wedelte mit der Hand. Daniel lief schnell zur Wohnungstür, lächelte noch einmal und verschwand.

Kapitel 9

Bis jetzt", sagte Toni und schaute Jessica mit großen Augen an: „Nothing. Weder von Wandt noch von Daniel."

Jessica blieb nichts anderes übrig, als zu nicken. Wieder spürte sie eine Hitzewelle durch ihren Körper laufen. Die aufwallende Wärme drückte ihr unangenehm auf den Brustkorb. Jessica kannte diesen Zustand nur zu gut. Das Herzrasen konnte dazu führen, dass sie keine Luft bekam, dann fing sie an, schnell zu atmen, nach Luft zu schnappen. Dann half eigentlich nur noch die Tüte. Seit gestern hatten diese Aufwallungen zugenommen. Sie fühlte sich dem zunehmend ausgeliefert. Vielleicht hatte ihr Körper bereits etwas begriffen, was ihr Kopf noch nicht wahrhaben wollte.

„Was ist, wenn Daniel der oberclevere und schlaue Typ ist? Sein technisches Wissen im Vergleich zu unserem ... dagegen sind wir Analphabeten."

Jessica fuhr sich mit einer Hand über die Stirn und fühlte den kalten Schweiß.

„Ich habe Daniel letzten Freitag erlebt, und du hast ihn doch auch mit Wandt am Montag gesehen. Kennst du das Gefühl? Du läufst in einem Wald, riechst das feuchte Laub und die würzige Rinde, und du fühlst dich gleich freier."

„In einem Wald? Was soll ich in einem Wald?"

„Manche Leute gehen spazieren oder sogar wandern. Jedenfalls sobald Daniel in der Nähe ist, spüre ich so eine Ruhe. Damals, also 2000, war er ganz anders. Er wusste meistens nicht wohin mit seinen Händen und hat oft die

Arme ganz komisch hinter dem Rücken verschränkt wie bei einer missglückten Yogahaltung."

„Er war sechzehn und jetzt ist er dreiunddreißig."

„Ja, aber es ist nicht nur das. Er muss für sich etwas entdeckt haben."

„Du vertraust ihm also? Aber vielleicht liegt ja genau da der Hund begraben. Dein Daniel kann nur Technik. Wenn, würde er doch dieses Talent für sich arbeiten lassen, oder etwa nicht?"

„Dann verliere ich den allerletzten Glauben an die Menschheit. Und außerdem habe ich ihn ja um Hilfe gebeten und nicht umgekehrt."

„Ich mein ja nur: Er hätte die ganze Situation so einfädeln können genauso wie Michael auch."

„Wollen wir jetzt jeden verdächtigen?"

Toni sah blass aus. Nach einem Moment fuhr sie leise fort: „Und unser Chef da drüben hält sich auch ziemlich bedeckt."

„Wo ist der eigentlich?", fragte Jessica.

„Am Gericht. Er wollte uns noch eine neue Mandanteninformation zukommen lassen, das hat er aber auch noch nicht gemacht. Ich finde seit eineinhalb Wochen ist er so zugänglich wie eine Dachlatte."

„Genauso lange wie die Dirndlbilder da sind."

Toni nickte. „Und du hast noch nicht mit ihm geredet, nehme ich an. Oder weißt du inzwischen mehr?"

„Nein, hab ich noch nicht", gab Jessica zu. „Und wissen? Beruflich kann ich dir alle Stationen aufzählen. Aber privat? Ich weiß: Er hat drei Brüder. Vor Jahren hat er die ausbezahlt, um dieses Haus hier zu retten. Er hat einen Sohn, und mit dem gab es immer mal wieder Probleme."

„Du musst endlich mit ihm reden, Jessica. Was soll das mit seiner Anzeige im *Anwalt*? Was hat er vor? Das musst du ihn fragen."

„Ja, aber auch er wird mich dann fragen, was ich vorhabe. Beim Köhler ist immer nur der Anrufbeantworter dran. Kann gut sein, dass der Verlag mit mir nichts mehr zu tun haben will."

„Ja, wie? Das Buch ist doch geschrieben?"

„Zum Glück. Trotzdem muss ich mich wahrscheinlich um einen anderen Vertriebsweg bemühen, und das kann dauern. Ich bin also auf die Arbeit als Anwältin erst mal noch angewiesen."

Das Telefon klingelte. Toni nahm den Hörer von der Station.

„Anwaltskanzlei Dr. Alfred Sebastian. Antonia Garifo am Apparat. Okay, verstehe ..."

Toni stellte den Hörer wieder zurück.

„Sebastian?", fragte Jessica.

„Ja, er kommt heute nicht mehr."

„Komisch. Wir haben gerade mal eins. So früh hat er sich noch nie rausgenommen."

„Sag ich doch", antwortete Toni.

Das Telefon klingelte noch einmal, und kurz drauf hörte Jessica ihren Namen. „Nein, die ist nicht da. Hören Sie? Rufen Sie morgen gegen neun noch einmal an."

„Wie ich bin nicht da? Wer war denn dran?"

„Klaus Bleibtreu, aber das hat doch wohl Zeit bis morgen oder übermorgen. Wir müssten uns auch genau überlegen, was wir dem sagen wollen."

Jessica nickte.

„Ich würde vorschlagen", fuhr Toni fort, „ich bleibe hier und arbeite unseren Schreibtisch ab und du gehst nach Hause und versuchst, mit Daniel zu reden. Hat er nicht gesagt Mittwoch? Heute ist schon Donnerstag."

„Einverstanden, das mache ich so. Gestern war ja kaum Zeit."

***

Jessica musste die Wohnungstür richtig aufdrücken. Um den Boden zu schützen, hatte Daniel Abdeckvlies ausgelegt und auch unter die Tür geschoben. Die Tür klemmte jetzt, das Malervlies warf Falten und Jessica versuchte, es mit dem Fuß wieder zu straffen. Jetzt ließ sich die Tür bewegen. Jessica legte die Jacke ab und öffnete die Schnürsenkel der Timberland-Boots. Sie dachte daran, wie Toni regelmäßig das Gesicht verzog, sobald sie die Schuhe sah. Sie erinnerten sie offenbar an die Wanderung zur Wurmlinger Kapelle. Jessica hatte Wochen gebraucht, um Toni von diesem Ausflug zu überzeugen.

Im Flur fehlte der Schuhschrank. Jessica lief in ihr Büro, stellte die Schuhe dort ab und schlüpfte in Hausschuhe. Danach ging sie zurück in den Flur und lief zur Bibliothek. Sie schob die Tür einen Spalt auf.

„Ich weiß nicht, Herr Schmitt", sagte Alexander. „Ich denke seit zwei Tagen daran rum. Wie ein typischer Handwerker sehen Sie mir einfach nicht aus. Ich hatte mal vor ein paar Jahren die Fassade streichen lassen, und unten in der Wohnung wohnte eine Studentin mit einer, ja sagen wir mal, recht großen Oberweite. Jedes Mal, sobald die junge Frau, die Wohnung verlassen hat, haben die Maler gerufen: ‚Ein Euter geht auf Reisen.' Also so einer sind Sie nicht. Weiß der Geier, da gibt es ganz andere. Bei Ihnen läuft alles ruhig ab. Ihr Chef hatte auch angeboten, Verstärkung zu bringen, was ich aber abgelehnt habe. Allerdings, das Handy da verrät Sie dann doch ein bisschen. Ich meine, wer hat heutzutage noch so einen alten Nokia-Knochen dabei? Obwohl ich das Ding auch noch kenne. Das hat sich angefasst wie ein Stück Gummi und sollte ein Outdoorphone sein. Das ist jetzt aber schon Lichtjahre her. Und jetzt sagt es mir ganz einfach: Der Herr Schmitt, ist nicht sehr bewandert, was die technischen Dinge betrifft."

Daniel war dabei, eine Vliestapete durch ein Gerät mit einer großen Walze zu ziehen. Er hielt kurz inne und schaute zu Alexander hinüber. Das feine, sehr hohe Quietschen der Maschine stoppte abrupt.

„Also, es ist so. Ich brauche das Handy zum Telefonieren und ab und zu mal für eine SMS. Sie sehen ja ...", Daniel deutete mit dem Kinn in Richtung des Geräts, „... ich habe oft Kleber an den Fingern und dann sind mir richtige Tasten lieber als so ein, ein ..."

„Touchscreen", ergänzte Alexander.

Jessica drehte sich ein Stück aus der Tür und hielt sich eine Hand an die Stirn. Im Stillen muss sich Daniel doch über Alexander totlachen. Und wie clever das von ihm ist. Über das Handy transportiert er einen Eindruck von sich, der gar nicht zutrifft. Obwohl Alexander schon gemerkt hat, dass Daniel etwas aus der Art schlägt. Schon wieder spürte sie ihr Herz. Es wird nicht mehr lange dauern, bis er ernsthaft versuchen wird, etwas über Daniel herauszufinden. Sie spähte wieder durch den Türspalt. Alexander hielt sein riesiges Smartphone hoch und sagte:

„Sie glauben nicht, was Sie alles verpassen, Herr Schmitt. Ich weiß gar nicht, wo ich anfangen soll. Ich meine, ich lege mich abends nicht nur einfach ins Bett. Nein, die Zeiten sind vorbei. Das Handy kontrolliert meinen Schlaf und den Blutdruck. Am nächsten Tag wandern die Daten in meine Trainings-App, und meine Workout-Pläne werden angepasst, auch wie viel und was ich essen darf."

„Interessant."

„Sie sagen es. Ich habe meine Tage jetzt wirklich gut optimiert und hole immer das Maximale raus. Ich kann sogar auf dem Handy ablesen, wie ich mich fühle. Es gibt natürlich immer wieder neue Lösungen, und ich kann nur jedem raten, sich dieser Entwicklung nicht zu verschließen."

Das kann man ohnehin nicht, dachte Jessica und überlegte gleichzeitig, wo sie sich denn einordnen würde, wäre das alte Nokia-Handy der Minuspol und das Smartphone der Pluspol. Irgendwo in der Mitte, das riesige Facebook-Profil mal außen vor gelassen. Um Kommentare und Postings zu schreiben, hatte sie ihre festen Zeiten. Größere Beiträge schrieb sie gewöhnlich am Sonntagmorgen. In Bezug auf den Shitstorm brauchte sie noch einmal ihr Profil. Sie wollte eine zweite Erklärung schreiben, um genau auf dem Medium zu antworten, das ihr so böse ein Bein gestellt hatte. Dann aber lief es in dieser Sache auf eine Entscheidung hinaus, da sie eben dieses riesige Profil nicht außen vor lassen konnte. Es stellte sich die Frage ihrer zukünftigen digitalen Präsenz.

Sie musste so schnell wie möglich mit Daniel reden. Über sein Phantom. Und vielleicht hat er auch etwas von Wandt gehört. Hoffentlich geht Alexander heute noch aus dem Haus.

„Mögen Sie vielleicht klassische Musik, Herr Schmitt?"

„Das kommt sehr darauf an, und dann auch nicht den ganzen Tag."

Kurz darauf hörte Jessica Klaviermusik. Ein unverkennbarer, weicher, räumlicher Anschlag. Dinu Lipatti. Ausgerechnet. Ein perfektionistischer Pianist, der sich unendlich viel Zeit genommen hatte, um sich ein Stück zu erarbeiten. So lange, bis ihn das Stück zu lieben begann, wie er selbst einmal in einem seiner seltenen Interviews bekannte. Damit spielte Lipatti auf eine Dimension außerhalb des menschlichen Wollens an. Erst wenn die Zeit dafür reif war, würde ihr der Handstand gelingen. Trotz des Übens entschied eine andere Ebene darüber. Ist es nicht genau das, was wir nicht ertragen können? Trotz allen Erklärens blieb ein gewisses Nichtwissen zurück. Und sie? Konnte sie die Dinge auf sich zukommen lassen? Vielleicht war sie nicht dafür bestimmt, Kinder zu haben, sondern mit Schreiben und Vorträgen einem größeren Publikum zu dienen.

Mit diesen Gedanken im Kopf ging Jessica in ihr Büro zurück. Verrückt oder? Trotz aller Apps, trotz Alexa und Siri, trotz DHL und Amazon Prime, trotz Skype und Whatsapp blieb der Mensch ein fragendes Wesen. Man müsste sich also darin üben, das Ungewisse auszuhalten und jeden Tag aufs Neue zu akzeptieren. Ja, und genau da schien das Problem zu liegen. Alexander konnte es nicht und steuerte mit Kontrolle und Optimierung dagegen.

Jessica atmete tief und nahm sich vor, von nun an möglichst gelassen auf diese Frage zu reagieren. Immerhin hatte sie begonnen, sich über Yoga und Meditation an das Ungewisse heranzutasten. Sie atmete bis tief in den Bauch. Das Herz hatte sich wieder beruhigt. Sie griff nach ihrem Smartphone und fragte sich, was Toni zu Daniel und seinem Uralt-Handy sagen würde: Bist du irre, Jess! Der verarscht uns doch alle. Der weiß genau, warum er kein Smartphone benutzt, da mache ich jede Wette.

Entweder war Toni auf Daniel eifersüchtig, oder sie sah die Dinge mit mehr Abstand und bemerkte tatsächlich etwas, das Jessica nicht sah. Außerdem konnte Toni durchaus recht haben. Vielleicht beobachtete Daniel das Profil schon seit Monaten und hatte nur auf den Moment gewartet, um ihr endlich helfen zu können.

Jessica rieb über ihre Oberarme und spürte die Gänsehaut. Aber nein, er wirkt so ruhig wie der Enzteich. Und genau so, wie Karpfen mit ihrem Maul sacht an die Wasseroberfläche tippen, genauso sacht und leise rührte Daniel Haag etwas in ihr an.

***

Das Telefon vibrierte in ihrer Hand.

Lydia, las Jessica auf dem Display. Sie strich über den Bildschirm.

„Mama?"

„Ja, Mama. Stell dir vor, du hast sogar eine Mutter. Ich warte schon seit Tagen auf deinen Anruf."

„Puuh, momentan ..."

„Ich weiß, was du sagen willst, und wenn ich über dich etwas erfahren will, dann schaue ich einfach in die Zeitung oder mache dann tatsächlich mal den Computer an. Jetzt helfen dir plötzlich die Feministinnen. Hast du das gesehen?"

„Nein, noch nicht."

„Sie schreiben, eine Frau dürfe nur aufgrund ihrer entblößten Brüste nicht so angegriffen werden. Dein Vater ist außer sich, du weißt ja, wie das in Bayern so ist."

„Wieso eigentlich? Ich ziehe doch extra ein Dirndl an, da stimmt doch dann alles."

„Jessica, bitte. Er sieht sich jetzt natürlich wieder einmal bestätigt, und er kann auch Alexander verstehen. Ich meine, dass er sich trennen will. Du solltest dich bemühen, das alles wieder geradezubiegen. In drei Wochen ist sein Geburtstag, und du weißt auch, wen er immer alles einlädt."

„Darum geht es also. Sag ihm, ich biege das wieder zurecht. Bis heute Abend ist alles wieder gut."

„Sei doch nicht so schnippisch."

„Ist doch wahr. Außerdem ist alles ein bisschen anders als es in den Zeitungen steht."

„Das habe ich mir schon gedacht. Es sieht eher aus wie eines deiner alten Theaterbilder, von einer Probe oder so."

„Meinem lieben Bruder würde das natürlich nie passieren. Immer schön angepasst, ohne Ecken und Kanten. Aber Vater muss doch endlich mal akzeptieren, dass Katy und ich Luis überholt haben."

„Damit hat er schon immer ein Problem gehabt."

„Ja, und er war auch gegen mein Jurastudium."

„Und du gibst ihm die Möglichkeit zu sagen: Ich habs doch gewusst."

„Ich habe das Foto ins Netz gestellt, weil mich jemand damit erpressen wollte. Ich hätte auch sagen können, das Foto ist eine Fälschung. Wie hättest du dich entschieden, Mama? Denk mal dran, was du uns immer gesagt hast."

„Jessica, da seid ihr Mädchen gewesen. Manchmal ist es besser, mit einer Notlüge größeren Schaden abzuwenden."

„Findest du wirklich? Denkst du so?"

„Ach Kind, ich will doch nur, dass es dir gut geht. All der Stress. Was ist eigentlich beim Frauenarzt herausgekommen? Werde ich nun Oma? Jessica?"

Jessicas Hand krampfte sich um das Smartphone. „Nein", sagte sie schließlich. „Ich habe es verloren."

Wieder kam in ihr der Eindruck auf, das neue winzige Leben in ihr hätte sich nur kurz umgesehen und die Umgebung für nicht gut befunden.

„Du weißt, was man für so ein Kind tun muss. Es wäre so schön. Die Zeit wäre jetzt genau da. Wie geht es eigentlich Alex? Was sagt der denn dazu?"

„Mama, ich warte auf einen Anruf, ich sollte ..."

„Findet ihr genug Zeit füreinander? Könnt ihr darüber reden? Er wird dich bestimmt unterstützen und hätte wahrscheinlich nichts dagegen, wolltest du mehr zu Hause bleiben. Jessica, Stress ist für so vieles verantwortlich."

Ja, und woher hatte sie das? Dieses ewige Vorwärtsrennen. Aber sie könnte Astronautin werden, und es käme immer noch nicht bei Franz Xaver an. Die Lücke ist einfach

178

nicht zu schließen. Auch Katy, die erfolgreiche Herzchirurgin, hatte das nicht geschafft. Luis mit seinem mittelmäßigen Abschluss in Betriebswirtschaftslehre schon. Durch die Familie Böhme lief so etwas wie eine Linie. Auf der einen Seite standen die Frauen, auf der anderen Seite die Männer. Seit Katys Tod war sogar das Kräfteverhältnis ausgeglichen.

„Außerdem könnt ihr während der Reise zu uns über eure Probleme reden, falls es überhaupt welche gibt. Du musst mir dann alles erzählen."

„Ich muss jetzt aufhören."

„Vergiss es nicht. Wir telefonieren noch einmal wegen des Festes. Jessica?"

„Tschüss."

Jessica legte auf. Warum sollte sie eigentlich dorthin fahren? Und Alexander? Der würde sogar mitkommen und dort eine Show abziehen. Franz Xaver wäre wie immer von ihm begeistert. Nein, Jessica schüttelte den Kopf. Die Ehe auf Eis, das Buch ebenso und die berufliche Zukunft eher ungewiss. Hinter jeden Punkt würde Franz Xaver sein ‚Ich hab es doch gewusst' setzen. Jessica legte das Telefon aus der Hand. Sie hörte die Wohnungstür ins Schloss fallen. Alexander war offenbar gegangen. Kurz darauf verstummte die Klaviermusik. Jessica schmunzelte und lief über den Flur in die Bibliothek. „Na, hast du das Klavier ausgemacht?"

Daniel nickte und grinste. „So eine Dauerberieselung kann ich nicht ertragen."

„Kaffee?"

„O ja. Bitte."

Ein paar Minuten später balancierte Jessica ein Tablett mit Kaffee und ein paar Keksen über den Flur in die Bibliothek.

„Danke", sagte Daniel und drehte kurz den Kopf über die Schulter.

Er fuhr mit einer Art Kunststoffbrett über die Vliestapete. Momentan war nur das Reiben des Spachtels zu hören. Am Holzsockel legte er auf der überschüssigen Tapete den Spachtel quer und schnitt mit einem Cuttermesser die Tapete ab. Dann griff er zu einem Lumpen.

„Den Kleister nehme ich immer gleich weg", erklärte er. „Ich habe so später kein Problem mit dem Klebeband."

Jessicas Blick blieb an Daniels breiter Schulter und an dem feinen Spiel der Muskeln an seinem Hals hängen.

„Ich wusste gar nicht, dass es so ein Kleistergerät überhaupt gibt und wie das alles so vor sich geht. Das sieht total ruhig aus, wie du das machst."

„Ja, Handwerk ist wunderbar. Ich habe den direkten Kontakt zu den Materialien. Nur am Gewicht der Tapete merke ich, ob zu viel Kleister drauf ist oder nicht. In der digitalen Welt fehlt dieses Unmittelbare oft."

„Apropos. Was macht eigentlich unser Phantom?"

„Es heißt Lisa Hilb."

„Wie bitte?"

„Ja, so heißt sie. Soll ich sie dir zeigen? Ich hab den Laptop im Rucksack. Aber der Name spielt gar nicht so sehr die Rolle. Sie ist bereits im Cluster 73 angekommen und zwar auf der Ebene ..."

In dem Moment hörte Jessica einen Schlüssel klappern und kurz darauf die Wohnungstür, die über das Abdeckvlies scheuerte.

„Pscht. Alexander kommt, lass den Laptop, wo er ist."

***

Jessica begegnete Alexander im Flur. Er hielt ein großes DHL-Paket unter dem Arm.

„Du bist da?", fragte er und hob die Augenbrauen.

„Ja, ich habe deinem Handwerker einen Kaffee gemacht."

„Okay."

Alexander nickte und sah Jessica an. Er wunderte sich offenbar darüber, warum sie so früh in der Wohnung war. Bevor er etwas fragen konnte, lief Jessica in ihr Büro und schloss die Tür. Sie stand vor ihrem Kleiderschrank und fragte sich: Was sie von den Sachen wirklich brauchte? Zwischendurch öffnete sie immer mal wieder die Bürotür, um festzustellen, ob Alexander gegangen war. Zu gerne hätte sie mit Daniel noch einmal über das Phantom geredet. Doch jedes Mal hörte sie Alexanders Stimme. Er schien Daniel geradezu zu belagern.

***

Um halb sieben, dreieinhalb Stunden später, schloss Jessica die Kanzleitür ab. Sie war noch einmal zurückgekehrt, vielleicht, weil sie gehofft hatte, Toni noch anzutreffen, was aber nicht der Fall gewesen war. Kurz streifte ihr Blick den Aufzug. Sebastian hatte ihn einbauen lassen, um dann festzustellen: Weder Toni noch Jessica benutzen den Fahrstuhl. Toni passte kaum rein und Jessica konnte das beklemmende Gefühl nicht ausstehen, das in ihr aufkam, sobald sie die Kabine betrat. „Ich muss euch Frauen nicht darauf aufmerksam machen: Es handelt sich hier um ein denkmalgeschütztes Haus. Was glaubt ihr eigentlich, wie viel Mühe es mich gekostet hat, den Aufzug einbauen zu dürfen", pflegte Sebastian zu sagen.

Jessica schmunzelte und lief das Treppenhaus hinunter. Die Kanzlei lag so hoch oben wie die Felsplattform aus dem Traum. Höher als die Kanzlei ging es nicht hinauf, zumindest nicht in dieser Straße. Damit hatten die Scheffold-

181

Wohnung und die Kanzlei etwas gemeinsam, nämlich die Höhe. Und von so etwas Hohem konnte man leicht runterfallen. War es nicht so? Sie hielt sich etwas fester am Geländer.

In dem Moment kam ihr die Iffland aus dem zweiten Stock entgegen. Die kleine Frau zögerte kurz, als sie Jessica bemerkte und ging dann, ohne ein Wort zu sagen, an ihr vorbei. Kurz drauf ging Jessica die letzten Stufen, stellte den Mantelkragen hoch und trat vor das Haus. Sofort suchte sie die Straße ab. Irgendwo ein auffälliges Auto? Jemand, der zögerte und dann genauso bewusst wegschaute wie die Iffland eben? Wollte sie nicht verrückt werden, musste sie damit aufhören und endlich das normale Leben wieder aufnehmen. Normal? Von normal konnte gar keine Rede sein. Im Moment hatte sie keine Lust, zurück zur Wohnung zu fahren und Alexander noch einmal zu begegnen. Was also jetzt? Zu Salvatore? Bevor die Kampagne über sie hereingebrochen war, hatte es zu ihrem Leben gehört, einmal in der Woche essen zu gehen, meistens donnerstags und meistens mit Toni. Immerhin, sie könnte sich in diesem Punkt um normales Leben bemühen.

Dann also zu Salvatore. Sie schaute die schmale Straße hoch. Es war nicht weit. Mit einer Hand hielt sie sich den Kragen zu und lief den Weg hinauf. Was für ein Sturm! Das Tief hieß Michael. Ausgerechnet!

Jessica spürte an ihren Wangen immer wieder warme Luft entlang streichen, dann wieder kalte Böen. Der Wind wechselte ständig die Richtung, ein unberechenbares Wetter. Salvatores Gaststätte kam in Sicht. Sie lag dort wie das letzte Licht der Zivilisation. Danach ging es nur noch weiter den Bühl hinauf, wie es hier hieß, und damit in den Buchenwald hinein. In der beginnenden Dunkelheit konnte Jessica die mächtigen Buchenstämme noch erkennen. Sie standen wie kahle schwarze Fahnenmasten da. Der Sturm hatte die goldgelben Blätter größtenteils abgepflückt.

Jessica öffnete die Tür, und schon kam Salvatore auf sie zu. „Mia Cara! Willst du mich ruinieren? Eh? Letzte Woche nicht da und vorletzte auch nicht. Wie soll ich überleben?"

Jessica lächelte und gab ihm den Mantel. Salvatore Piero war für seine exzellente Küche bekannt. Hin und wieder kamen hier die Kochprofis des Landes zusammen, was wiederum andere Promis anlockte. Trotzdem sprach der quirlige Italiener jeden Gast mit Du an. Außerdem hatte Salvatore diese Schwäche für Fußball. Verlor die italienische Nationalmannschaft, konnte es passieren, dass er kurzerhand die Gaststätte schloss und alle nach Hause schickte.

„Wo ist Toni?", fragte er.

„Die ist nach Hause", antwortete Jessica. „Ihr war nicht so gut."

„Du willst deine Ruhe haben, heute Abend?"

„Ja", Jessica nickte.

Salvatore geleitete sie an einen kleinen Zweiertisch hinter einem Raumteiler. Er zog schwungvoll den Stuhl zurück. Jessica setzte sich.

„Salva, bitte nur eine Kleinigkeit."

„Si. Aspetta … da hab ich etwas für dich, nämlich eine, wie heißt in Deutsch? Eine Tomaten-Lauch-Minestrone."

Jessica nickte. Kurz darauf kam Salvatore zurück und stellte ihr ein riesiges Rotweinglas auf den Tisch.

„Musst du probieren."

„Aber ich hab doch gar nicht …"

Salvatore streckte ihr die Hand entgegen und drückte dabei Daumen und Fingerkuppen zusammen, um die Finger im nächsten Moment wieder zu öffnen.

„Wie willst du mir sagen, ob schmeckt oder nicht, ohne probieren? Eh?"

Jessica lächelte. Salvatore strahlte und verschwand. Er war wie immer, stellte sie erleichtert fest. Wie gut ihr das tat. Natürlich musste er den Shitstorm mitbekommen haben. Sie hob das Glas, schwenkte es ein bisschen und sah dabei zu, wie der dunkelrote Wein träge an der Glasinnenseite herunterglitt. Sie nippte, genoss den fruchtigen, trockenen Geschmack und stellte nach einem Moment das Glas zurück auf den Tisch.

Von der Kanzlei aus hatte sie vorhin ihr Konto geprüft und festgestellt, dass Wolfanger Wort gehalten hatte. Das Geld war wieder auf dem Konto. Außerdem natürlich Daniels Phantom. Kleine Schritte in die richtige Richtung. Trotzdem! Das könnte es gewesen sein. Donnerstag, drei Tage nach dem Treffen mit Wandt. Vielleicht lief Daniels Idee in diesem Punkt doch ins Leere. Auch vom Verlag wusste sie immer noch nichts Genaues. Jedenfalls waren die Druckfahnen nicht freigegeben. Schon jetzt konnte der Veröffentlichungstermin am dreißigsten November nicht mehr gehalten werden. Dabei hatte Köhler so auf diesen Termin gedrängt, um das Buch noch vor dem Weihnachtsgeschäft zu präsentieren. Alles Geschichte! Vielleicht prüfen die schon, ob sie Schadensersatz anmelden können. Jessica blies die Backen auf.

Radio und Fernsehen, Interviewanfragen: Wer würde sie noch einladen? Und wenn, dann ginge es nur um das Dirndlbild und um ihre Versuche, die Verleumdung wieder loszuwerden. Darum, den Fall einer erfolgreichen Frau übergroß und bis ins allerletzte peinliche Detail darzustellen. Nicht zu vergessen die Motivation anderer Menschen, auf jemanden einzuschlagen, der ins Straucheln gekommen war. An den Kommentaren auf ihrem Profil konnte sie das gut ablesen.

Und die Kanzlei? In den nächsten Tagen musste sie unbedingt herausfinden, was Sebastian wirklich vorhatte. Große Fälle standen an. Neben dem Heinrich-Prozess auch eine versaute Rückenoperation und der Steuerbetrug eines Wurstfabrikanten. Beides Fälle, um die sich Zeitungen und Fernsehen rissen. Inwieweit würde Sebastian sie in die Fälle einbinden?

Und dann natürlich Alexander. Mittlerweile ging er ganz offen mit seiner Affäre um. Er nannte Moni oft beim Namen. Es wirkte, als wolle er Jessica nach und nach an die neuen Umstände gewöhnen. Aber da gab es nichts zu gewöhnen. Es tat einfach nur weh. Es tat sogar doppelt weh. Für die meisten Menschen draußen war sie die Fremdgeherin und Alexander der Held. Das hatte er letzten Freitag wirklich gut hinbekommen. Jessica schüttelte den Kopf und nippte am Wein. Diese Bilanz sprach für sich.

Salvatore kam und brachte den Teller mit der Tomatensuppe. Jessica stieg der Duft von Basilikum in die Nase.

„Danke", sagte sie und nickte ihm zu.

„Buon appetito."

Die Suppe schmeckte würzig nach Basilikum, Knoblauch und Tomate. Sie wärmte Jessica angenehm den Bauch.

Sie sah nach draußen. Ein großes Buchenblatt klebte an der Fensterscheibe, und die Regentropfen schlängelten sich an dem Blatt vorbei. Eine zugige Brücke, graue Gestalten, zugedeckt mit der *Bild*, ausgerechnet mit der Zeitung, die dafür verantwortlich war, dass der ein oder andere überhaupt dort landete. Ein trostloses Szenario hatte sie da vor Augen.

Aber kam sie nicht auch in der Dunkelheit zurecht? Letzten Freitag hatte sie sich durch den Keller getastet und dabei festgestellt: Sie konnte sich helfen. Seitdem schienen ihre Sinne geschärft. Ihr war kein einziges Wort des Kommissars oder Daniels entgangen. Erst recht nicht die versteckten Botschaften Alexanders. Eigentlich war es nur eine Botschaft und die hieß: Es ist aus.

Jessica griff wieder nach dem Löffel und aß vorsichtig die heiße Suppe.

Ihr Handy klingelte.

„Guten Abend, Herr Wandt", sagte sie.

„Guten Abend. Ich wollte mich eigentlich gestern schon melden. Habe es aber nicht mehr geschafft. Ich hätte da unten in Bayern fast einen Herzinfarkt bekommen. Stellen Sie sich mal vor, Sie sitzen einem noch nicht einmal dreißigjährigen Mann gegenüber.

„Ja?"

„Also, was ich sagen will: Schmitt hatte auf der ganzen Linie recht. Social Bots, Meinungsroboter sind schon fast normal, daneben gibt es auch noch Trolle. Sie fragen sich bestimmt, was Trolle sind. Ich weiß es jetzt, und ich weiß auch, dass es möglich ist, Likes und Kommentare einzukaufen. Was mich aber richtig auf die Palme gebracht hat: Der Mann hat viele Kunden aus dem politischen Lager. Verstehen Sie? ‚Was tun Sie da?', habe ich ihn angeschrien, und er sagte: ‚Ich schaffe nur die technischen Voraussetzungen. Der Kunde bucht selbst ein.'"

„Typisch", antwortete Jessica. „Was ist denn nun mit dem Heck?"

„Wie gesagt, Schmitt lag richtig. Ich habe nicht Hecks Name gefunden, aber die seines Werbefachmanns. Dadurch lässt sich hier die Verbindung zu Dr. Heck lückenlos herstellen. In Bezug auf den Shitstorm arbeitet die Pressestelle gerade an einer entsprechenden Mitteilung, die vielleicht morgen, spätestens am Montag herausgegeben wird. Heck wird sich verantworten müssen. Davon abgesehen, habe ich gestern auch noch sehr ausführlich mit Schmitt gesprochen. Frau Scheffold?"

„Ja?"

„Wir müssen uns morgen unbedingt treffen. Mein Tag ist im Prinzip schon voll, aber wir sollten mit dem Treffen nicht warten. So schlimm der Shitstorm ist, aber er spielt uns jetzt in die Hände."

„Verstehe nicht ganz."

„Ich erzähle es morgen, und das Ganze hat auch mit einem Mann zu tun. Sie kennen diesen Mann."

Kapitel 10

Freitagmorgen um halb sieben drückte Jessica den Knopf der Saeco-Maschine. Während der Kaffee in die Maschine lief, schaute sie zum Fenster hinaus. Der Wind trieb die Regentropfen gegen die Scheiben, die in unregelmäßigen Linien am Glas herunterliefen.

Sie nahm die Tasse und setzte sich. Jessica bemerkte einen Luftzug am Rücken. Das Küchenfenster war alt. Alle anderen hatte Alexander bereits beim Einzug tauschen lassen. Die Küchentür vibrierte leicht im Rahmen. Das verursachte ein leises Geräusch, wie auf einem Boot, dessen Fahrt vom Ächzen des Holzes begleitet wird. Sie dachte an den Namen von gestern und schüttelte den Kopf. Natürlich auch wieder die Frage, was von Wandt zu halten war. Hoffte er auf einen Karrieresprung? Hätte er Gründe, sich so anzustrengen? O ja, die hätte er. Gerüchteweise wusste Jessica von dem Selbstmordattentäter. Wandt hatte letztes Jahr im Sommer ein Attentat verhindert, aber sein Vorgehen war nicht unbedingt das, was man von einem Kommissar erwartet hätte. Ob und wie lange Wandt danach freigestellt gewesen war, konnte Jessica nicht sagen.

Jedenfalls war es in der Sache um ihren Shitstorm nicht zu dem Stillstand gekommen, vor dem sich Jessica so gefürchtet hatte. Heck musste mit einer Anklage rechnen, und das konnte Jessica hervorragend gebrauchen.

Die Küchentür flog auf und knallte gegen die wertvolle Marmorarbeitsplatte. Alexander hatte sich immer noch nicht um den Türstopper gekümmert, und Jessica wollte ihn gerade noch mal daran erinnern, da sah sie, wie seine Augen funkelten. Er weiß Bescheid, fuhr es ihr durch den Kopf. Er starrte Jessica an. Seine Nasenflügel bebten. Er stand im Schlafanzug vor ihr. Jessicas Blick fiel auf eine große Sportuhr, die er am rechten Arm trug. Sie sprang auf. Alexander neigte zum Jähzorn und jetzt war er kurz vorm Explodieren. Sie sah es deutlich. Wie konnte das sein? Hatte er gegoogelt und dann doch Daniels Gesicht erkannt? Oder er hatte von dem Unbekannten eine SMS erhalten. Der Unbekannte wusste von der Verbindung zwischen Daniel und Jessica.

Alexander hatte nur einen Pantoffel am rechten Fuß. Er schien es nicht zu bemerken und schlurfte auf Jessica zu.

„Mir kam der Schmitt gleich komisch vor", sagte Alexander. „Den kenn ich von irgendwoher, dachte ich die ganze Zeit. Wen wir aber beide kennen, ist Wandt. Der soll jetzt plötzlich ein Detail im Social Media herausgefunden haben? In eintausend kalten Wintern nicht! Der ist ein guter Spurensucher, ohne Frage, aber nicht im digitalen Bereich. Wer hat ihm geholfen, habe ich mich gefragt. Die Antwort: Mein Maler. Mein Maler ist der Hacker Daniel Haag, jetzt Daniel Schmitt."

Alexander zeigte mit dem Finger auf Jessica. „Du hast das alles eingefädelt. Vielleicht hast du sogar jemanden beauftragt, die Hauswand zu beschmieren."

Alexander stand in der Mitte der Küche und Jessica vor dem zugigen Fenster. Sie konnte nicht weiter zurück und sie konnte auch nicht an Alexander vorbei. Er stand genau in dem schmalen Gang zwischen Küchentisch und Arbeitsplatte.

„Übertreib nicht."

„Wieso? Die kriminelle Energie ist da. Noch nicht einmal meine Brüder haben mich so hintergangen, wie du das tust."

189

Jessica spürte ständig den kalten Luftzug, der vom Fenster auf ihren Rücken traf. Weg von dem Fenster. Sie ging einen Schritt auf Alexander zu. Er trat einen Schritt zurück und verlor dabei den Pantoffel.

„Was willst du eigentlich?", fragte Jessica. „Du hast einen Maler gesucht, und ich habe für dich einen gefunden und fertig."

„Nein, das ist eben nicht alles." Alexanders Hand schnellte in die Luft. „Du hast ganz genau deinen Plan verfolgt und umgesetzt. Hätte ich nicht zufällig entdeckt, wer der Maler in Wahrheit ist, wüsste ich es immer noch nicht. Das hättest du mir sagen müssen."

„Du hast also Angst davor, dass er etwas entdecken könnte? Also hast du etwas mit der Kampagne zu tun. Das wäre die logische Schlussfolgerung. Dafür interessiert sich Wandt bestimmt."

Alexander begann, auf einmal zu grinsen, und schob seine Füße auseinander. Er stützte sich mit einer Hand auf den Küchentisch, und die andere lag auf der Arbeitsplatte.

Er versperrt den Weg, dachte Jessica. Alexanders Kiefer schienen auf etwas herumzumahlen. Jessica sah die winzigen Bewegungen ganz genau. Jetzt grinste er noch breiter und richtete sich auf.

„Weiß eigentlich Moni, mit was für einem Mann sie es zu tun hat?"

Alexanders Grinsen erstarrte. Ein Ruck ging durch seinen Körper, und Jessica sah seine rechte Hand auf sich zu fliegen. Sie riss ihren linken Arm nach oben, spürte einen Schmerz am Handgelenk und taumelte ein Stück zurück. Plötzlich ein Brennen an der rechten Wange. Er musste sie zumindest mit den Fingerspitzen erwischt haben. Sie streifte mit der rechten Hand über die Stelle und sah dann das Blut an ihren Fingern. Raus hier! Sie stieß sich an der Fensterbank ab, rempelte Alexander an und war dann an ihm vorbei.

„Jess! Es ist nichts passiert, überhaupt nichts!"

„Bleib wo du bist!", rief Jessica. „Ich rufe die Polizei."

„Weiß der Geier. Dass du immer so überreagieren musst. Du hast mich hintergangen."

„Und du? Du lenkst immer nur von dir ab. Wie lange bist du schon mit Moni zusammen? Jemand, der nichts zu verbergen hat, führt sich nicht so auf."

Jessica lief ins Bad. Sie hielt ein Tempo unter den Wasserhahn und legte es sich auf die Wange.

„Wenn du denkst, Haag oder Wandt könnten etwas finden ... Die können lange suchen", rief Alexander höhnisch und kam aus der Küche in den Flur. Auf einmal piepste seine Armbanduhr.

„Oh, Scheiße, meine Frequenz."

„Bleib stehen!", Jessica hielt ihm ihr Handy entgegen. „Ich habe Wandts Namen schon aufgerufen. Er ist in fünf Minuten hier, wenn ich noch einmal tippe."

„Soll er doch." Alexander fing wieder an zu grinsen. „Wandt soll nur kommen. Du hast uns den Gefallen getan und das Dirndlbild selbst eingestellt, besser hätte es gar nicht laufen können."

„Uns? Also doch ...?"

Also doch! Michael und er. Wenn es hart auf hart kam und sie ein gemeinsames Ziel hatten. Das gemeinsame Ziel? Sie zum Fall zu bringen natürlich. Sebastian, sie musste sofort zu ihm. Jessica legte mit zittrigen Fingern das Tempo auf das Glastischchen und band sich die Schuhe.

„Tu nichts Unüberlegtes", presste Alexander zwischen den Zähnen hervor.

„Lass mich einfach in Ruhe!"

„Geh in das nächste Kaffee und denk mal in Ruhe über

191

alles nach. Haag ist ein Hacker. Der hat wahrscheinlich noch nie eine nackte Frau in seinem Bett gehabt. Er wollte damals schon was von dir, und jetzt hat er endlich die Möglichkeit. Der will dir an die Brust. Das ist alles. Hast du dir das mal überlegt? Da hast du dir wirklich den Richtigen ins Haus geholt. Die Sache da mit der Sofia Leist, noch gar nicht so lange her. Sei bloß vorsichtig, du machst den Bock zum Gärtner."

Jessica zuckte zusammen, als sie diese Worte hörte. Das Schlimme war: All das wäre möglich. Auch Toni zweifelte immer noch an Daniel.

„Du willst mich doch nur verunsichern", antwortete Jessica. „Du hast das Geld, das Michael fehlt. Du wirst gerne stiller Teilhaber. Wie viele Firmen hast du so an dich gebunden?"

„Und was, wenn nicht? Jessica, ich will dir nichts Böses. Vorhin habe ich nur ein bisschen überreagiert, sonst nichts. Ich kann dir nur abraten, dem Haag äh Schmitt zu vertrauen."

„Weil er doch etwas herausfinden kann?"

Alexander drückte den Rücken durch, ballte die Fäuste und kam auf Jessica zu. Zwei, drei Schritte bis zur Tür, sah Jessica, das musste sie schaffen. Alexander schaute ebenfalls zu Tür und beschleunigte seinen Schritt. Plötzlich schrie er auf und hielt sich mit einer Hand den Fuß. Er stand auf einem Bein im Flur. Seine Uhr fing wieder an zu piepsen.

„Verflucht! Ein Dreckkrümel vom Spachteln oder was? Dem werde ich nachher was erzählen."

Alexander schaute von unten zu Jessica hinauf. Sie nutzte den Moment und gelangte zur Tür.

„Wo willst du hin?"

„Wo will ich hin? In die Kanzlei natürlich", antwortete Jessica und trat durch die Tür ins Treppenhaus.

192

„Jess! Warte!"
Jessica warf die Tür zu.

***

Im Treppenhaus eilte sie zwei Stock nach unten. Jetzt erst blieb sie stehen und lehnte sich gegen die Wand. Sie hielt sich das Tempo auf die Wange.

Ein Versehen, das war doch nichts. Nein, er hatte sie geschlagen. Tränen drückten in ihre Augen. Nach einem Moment löste sie sich von der Wand und lief weiter nach unten. Sie trat aus der Haustür und schaute sich um. Gott sei Dank, niemand zu sehen. Jessica lief zügig auf ihren Audi zu. Plötzlich tauchte ein Mann neben ihr auf. Sie hörte das vertraute, aufgeregte Klacken der Kamera. Sie nahm die rechte Hand nach oben und versuchte so, ihr Gesicht zu schützen.

***

Sie musste Sebastian sofort auf Michael ansprechen. Während sie das dachte, nahm sie im Treppenhaus des Kanzleigebäudes zwei Stufen auf einmal und eilte nach oben. Plötzlich hörte sie eine Tür zufallen. Jemand polterte die Treppen nach unten. Jessica sah zuerst die schwarze Anzugshose. Darüber eine Vaude-Regenjacke und schließlich eine Baseballkappe. Sie konnte das Gesicht des Mannes nicht erkennen, wusste aber sofort, wer ihr da entgegenkam.

„Michael!", rief sie.

Der Mann schaute auf. Jessica blickte für einen Moment in Michaels schmales Gesicht. Sie sah seine Nase mit der großen Wölbung. Er zögerte. Plötzlich lief ein Ruck durch seinen Körper, so als stieße er sich ab. Er schaute nach unten, eilte schnell an Jessica vorbei, drängte sie sogar an die Treppenhauswand, sodass sie sich mit einer Hand daran festhalten musste.

„Michael", rief Jessica noch einmal. „Warte!"

Doch er rannte unbeeindruckt weiter nach unten. Jessica drehte sich um, folgte ihm zwei, drei Stufen nach unten. Halt!

Nach oben zu Sebastian. Genau jetzt. Er konnte nicht leugnen, mit Michael gesprochen zu haben. Aber Michael ... Sie zögerte, drehte nach einem Moment doch um und lief das Treppenhaus hastig nach oben.

Sebastian saß an seinem Schreibtisch. Wie immer hatte er das karierte, abgetragene Jackett an und einen schwarzen Pullover.

„Kannst du einfach auf meine Frage mit Ja oder Nein antworten?", begann sie und zwang sich zur Ruhe.

Jessica hatte diesen Satz gesagt. Sie verwendete ihn oft vor Gericht, um den Sachverhalt klar herauszustellen. Genau darum ging es hier jetzt auch. Aber Teufel noch eins! Dem großen Dr. Alfred Sebastian so eine Frage stellen! Sebastian stand auf, lief wie immer vor der Wand auf und ab und um die Stelle herum, wo Toni meistens stand. Jetzt nickte er Jessica zu und gab ihr damit das Zeichen, die Frage zu stellen.

„Hast du Michael angeboten, die Kanzlei zu übernehmen?"

Die Frage hing einen Moment lang in der Luft, bis Sebastian sein Auf und Ab unterbrach. Er schaute Jessica an und sagte:

„Ja, das habe ich."

Jessica starrte Sebastian an. Jetzt begann sich ein seltsam leeres Gefühl in ihrem Bauch auszubreiten. Sie setzte sich und hielt sich eine Hand an die Stirn.

„Vor allem aber habe ich die Anzeige geschaltet, Jessica. Aber warum wohl? Natürlich nur, um dich aus der Reserve zu locken. Kurz drauf tauchte Michael auf, und ich habe ihm der Form halber ein völlig überzogenes Angebot gemacht. Er würde nie das Geld aufbringen können."

„Lass mich raten. Er hat das Geld jetzt?"

„Ja", Sebastian nickte und lief wieder vor der Wand auf und ab. „Ich hatte aber auch das bedacht. Im schlimmsten Fall würde Michael die Kanzlei übernehmen. Er hätte auch bei einer Übernahme auf dich gesetzt. Ihr arbeitet jetzt fünfzehn Jahre erfolgreich zusammen. Ich hatte daran gar keine Zweifel, dass du weiterhin im Boot bleibst. Nur jetzt ist es so, dass dieses Foto aufgetaucht ist, und das ... nun ja, wie soll ich sagen ..."

„Das gibt Michael jetzt den Grund, mich aus der Kanzlei zu drängen."

Sebastian nickte und streckte sein Kinn vor. „Ja, er hat es im Grunde zu einer Bedingung der Übernahme gemacht. Es scheint, als hätte er seinen Geldgebern etwas zusichern müssen."

Jessica stand langsam auf. Sie ging auf Sebastian zu und hielt die Hände an die Hüfte.

„Das Geld, das Michael vorgibt zu haben, stammt von Alexander."

„Ist nicht wahr."

„Doch! Die haben uns nach Strich und Faden verarscht."

Sebastian zog den Kopf zwischen die Schultern und streckte wieder das Kinn vor. Jessica spürte auf einmal seine Hand auf der Schulter.

„Jessica", sagte er. „Das tut mir leid, wie das gelaufen ist. Aber noch ist nicht aller Tage Abend. Ich lasse mir etwas einfallen, so einfach ist es dann doch wieder nicht."

„Es ist auch meine Schuld", antwortete Jessica. „Ich

wusste nicht genau ... ich wollte kürzertreten, um mit Alex eine Familie zu haben. Ich habe das Kind verloren, und die Beziehung liegt jetzt in Scherben. Die Entscheidung für die Familie hätte auch bedeutet, das auszuschlagen, was wir erreicht haben."

Jessica zeigte auf die Prominentenfotos an der Wand.

„Ja", sage Sebastian. „Aber irgendwann ist es Zeit loszulassen. Das habe ich mittlerweile begriffen, und ich hätte dich verstanden, was die Familie betrifft."

Tränen drückten sich in Jessicas Augen. Sie drehte sich von Sebastian weg.

„Sag mal, was ist eigentlich mit deiner Wange passiert?", fragte er.

„Alexanders Art, wenn ihm die Argumente ausgehen", antwortete Jessica, drehte sich um und lief zur Tür.

„Ich habe dir eine Akte rüber gelegt", rief Sebastian ihr schnell nach. „Schau da mal rein und mach einen Termin mit der Frau aus, für heute oder morgen. Und Jessica?"

„Ja?"

„Lass mich über die Sache mit der Kanzlei eine Nacht schlafen. Ich muss darüber nachdenken."

„Ja, okay."

***

Im Büro versuchte sich Jessica auf den neuen Fall zu konzentrieren. Nachdem sie die wichtigsten Informationen gelesen hatte, schüttelte sie den Kopf. Eine Schauspielerin war in eine Art sexueller Abhängigkeit geraten, nur weil ein Guru behauptet hatte, er könne den Eisprung mit all seinen Sinnen wahrnehmen. Was das dann in der Verlängerung bedeutet hatte, war ganz klar. Wie viele Verletzte, Enttäuschte und Zurückgestoßene laufen da draußen eigentlich rum? Wie verzweifelt muss man sein, um sich so einwickeln zu lassen? Nur mühevoll gelang es Jessica, die Tränen zurückzuhalten. Die Tür ging auf, und Toni kam herein.

„Ich habe eine Boulanger-Ladung dabei", sagte sie und strahlte. Dann packte sie eine riesige Tüte auf den Tisch.

„Boulanger-Ladung?"

„Ja, Angebot vom Bäcker. Zwei Schneckennudeln, zwei Kirschaugen, groß wie Wagenräder und zwei Apfeltaschen für nur zwei fünfundzwanzig."

Jessica lächelte Toni an.

„Hast du heute Morgen die Klobürste mit der Zahnbürste verwechselt?", fragte Toni.

Jessica winkte ab. Ihr Handy klingelte. Wandt.

„Frau Scheffold", sagte er, „ich hätte jetzt für eine Dreiviertelstunde Luft. Vielleicht können Sie es irgendwie einrichten. Sind Sie in der Kanzlei?"

„Ja."

„Dann ist es ja nur ein Steinwurf."

„Okay, ich komme kurz rüber." Jessica beendete das Gespräch und sagte zu Toni: „Ich muss schnell zu Wandt. Schau mal, da liegt eine Telefonnummer. Kannst du bitte mit der Frau einen Termin ausmachen? Aber, wenn es geht, erst Anfang nächster Woche. Sebastian will natürlich schon morgen, aber das ist ja normal."

„Das mache ich. Du lässt mich mit der riesigen Tüte allein? Bist du sicher?"

„Muss warten."

„Hoffentlich geht das gut mit dem Warten."

„Ja, das hoffe ich auch", sagte Jessica und schaute Toni an, die schon die Tüte im Blick hatte.

***

Der Kommissar wippte und federte vor Jessica auf und ab, dass es eine wahre Freude war. Jetzt drehte er sich von ihr weg und zeigte auf eine Tischreihe, die im oberen Drittel des Raumes stand.

„Da", sagte er, „haben alle Platz. Davor dann die Presse und dann das Publikum, sofern wir die Veranstaltung öffentlich machen können."

Der Kommissar zeichnete mit beiden Händen die lange Tischreihe in der Luft nach und hielt die Hände einen Moment oben. Jetzt ließ er sie sinken und seufzte tief. Er drehte sich wieder zu Jessica um und nahm seine Brille ab.

„Wir sind uns im Haus noch nicht einig, weil wir in dieser Sache tatsächlich Neuland betreten."

Wandt deutete mit dem Brillenbügel in Jessicas Richtung. „Daniel Schmitt hat den einen oder anderen Trick angewandt, um Cluster 73 zu finden, und auch, um uns Normalos zu erklären, wie das alles geht. Wie Sie natürlich wissen, Frau Dr. Scheffold, ist es mit seiner Beweisführung so eine Sache. Natürlich, es gibt jetzt das Phantom Lisa Hilb, aber auch das hat ja mit Hacking zu tun."

„Ja, das verstehe ich."

„Schmitt hat das alles schon vorher gewusst. Deshalb hat er von Beginn an auf die Zusammenarbeit mit der Polizei gesetzt. Wir sollen ihm dem Rahmen schaffen, damit er von der Profilanalyse erzählen kann. Ich denke immer noch, dass er etwas hat, was wir nicht haben. Wenn er so weit gekommen ist, dann hat er sicher auch Namen gesehen. Es wäre ihm sicher möglich, uns einen Datenauszug zu geben, etwas wie eine Liste."

„Verstehe. Sie könnten dann an die Personen herantreten. Wäre das über die Staatsanwaltschaft so abgesegnet?"

Wieder deutete Wandt mit dem Brillenbügel auf Jessica.

„Na ja, ich könnte sagen: Über einen anonymen Hinweis

liegt der Polizei eine Namensliste in Zusammenhang mit Cyberkriminalität vor."

„Ein zweischneidiges Schwert. Das könnte so oder so laufen."

„Eben." Wandt nickte und schaute seine Brille gedankenverloren an.

„Ja, und deshalb wäre es Schmitt lieber, die Betroffenen meldeten sich von alleine, also aufgrund unserer Veranstaltung, die wir hier abhalten wollen."

„Das wäre ein ähnlicher Effekt wie mit den Steuer-CDs und auch ähnlich kompliziert."

„Darum geht es mir: Ich will keinen Fehler machen, sonst käme ein späterer Prozess gleich gar nicht zustande. Wir diskutieren darüber im Haus. Ein Staatsanwalt und auch ein Oberstaatsanwalt interessieren sich dafür. Sehen Sie es mir bitte nach, ich kann heute noch keine Namen nennen. Mir geht es aber um den Termin. Den will ich heute noch rausgeben. Wahrscheinlich sieht dann die Meldung so aus: Polizei warnt vor Cyberkriminalität in Zusammenhang mit bestimmten Facebook-Profilen. Dazu gibt es eine Informationsveranstaltung. Ob wir die tatsächlich öffentlich machen können, kann ich heute noch nicht mal sicher sagen. Im schlimmsten Fall müssten wir ein Stück zurückrudern und könnten dann nur ein Video präsentieren, aber das ließe sich sicher erklären. Ohnehin werden wir in der Sprache allgemein bleiben. Das hat auch Schmitt zugesagt. Mit ihm ist es auch so eine Sache. Er ist kein Experte der Polizei. Vielleicht muss er sich von Security Grid anstellen lassen. Diese Firma arbeitet für uns, und dann könnten wir ihn als Experten vorstellen. Das muss ich aber alles noch klären. Trotzdem, wir sollten den Termin bekannt geben. Der Shitstorm um Ihre Person ist noch aktuell, viele Menschen sind sensibilisiert. Das möchte ich ausnutzen."

Worum geht es ihm wirklich, fragte sich Jessica. Er ist ganz auf Daniels Linie. Sie dachte an Tonis Warnungen. Hatte sich der Kommissar von Daniel einwickeln lassen? Wandt setze sich die Brille wieder auf und schaute Jessica an. Er wartete auf eine Antwort.

„Sie wollen mich also fragen, ob ich damit einverstanden bin?"

Wandt nickte. Er hatte Alexander und Michael mit keinem Wort erwähnt. Welche Rolle spielte Heck? Die Absprachen zwischen Michael und Alexander hatte es ohne jeden Zweifel gegeben. Das konnte nur heißen: Wandt wusste nichts davon. Wäre es klug, ihm zu erzählen, was sie mittlerweile über Michael und Alexander wusste? Jessica schwieg.

„Frau Scheffold?"

„Doch, ich möchte zustimmen. Ich gehe aber davon aus, dass mein Name nicht genannt wird."

„Selbstverständlich." Wandt tippte mit seinem Zeigefinger auf eine Stelle unterhalb des rechten Auges und schaute Jessica listig an. „Der aufmerksame Zuhörer wird eins und eins zusammenzählen können."

„Gut, das steht jedem frei. Geben Sie den Termin bekannt und fertig."

„Da mache ich mich sofort dran. Das sollte heute noch auf unserer Homepage erscheinen, die Zeitungen werden dann am Montag nachziehen."

„Einverstanden." Jessica gab Wandt die Hand.

***

Gegen sieben am Abend kehrte Jessica in die Wohnung zurück und sah schon am Briefkasten, dass Alexander nicht zu Hause sein konnte. Sie zog die Tageszeitung heraus und griff nach den Briefen. Rechnungen, Werbung, Angebote von Reiseunternehmen und dazwischen ein Brief von Vivien Schwägler. Jessica steckte den Brief in ihre Gesäßtasche und lief das Treppenhaus nach oben. Nachdem sie in der Wohnung ihren Mantel abgelegt hatte, ging sie in die Bibliothek und schaute sich um. Daniel hatte die Decke fertig tapeziert, und tatsächlich wirkte der Raum jetzt ganz anders auf sie. Ihr Blick fiel auf sein Arbeitsmaterial. Er hatte es ordentlich zusammengestellt. Vor den Eimern war das Abdeckvlies an einer Stelle zurückgeschlagen, sodass Jessica den Parkettboden sehen konnte. Dicht daneben lag ein Farbtonfächer, aus dem ein lindgrünes Farbmuster herausragte. Jessica sah sofort, wie gut das Lindgrün zum warmen Parkettfarbton im Wohnzimmer passte. Man könnte die Gardinen auf diesen Farbton abstimmen. Vor ihren Augen sah Jessica, wie ein Sommerhauch den zartgrünen Stoff sanft bewegte, so sanft, wie die zurückhaltende Moni auftrat. Ob sie wohl auch auf diese Idee kommen würde? Vielleicht würde sie die Wohnung noch geschmackvoller einrichten, als es Jessica je gekonnt hatte?

Halt! Das alles muss aufhören und zwar sofort. Die vielen kleinen Verletzungen. Jessica wusste, was sie zu tun hatte. Sie schaltete das Licht aus und lief in ihr Zimmer. Seit gestern standen da ihre Tasche und der Hartschalenkoffer bereit. Sie öffnete die Schranktüren. Los jetzt! Sie zog einen Stapel Slips und Tops aus dem Schrank, hörte dabei metallisches Geklapper und entdeckte hinter einem der Wäschestapel Katys Armband. Jessica schmunzelte und streifte es sich über das linke Handgelenk. Das wirkte, als hätte ihr Katy die Hand entgegengestreckt und gesagt: Es ist richtig, was du tust.

Ja, vor allem konnte sie es jetzt tun. Das Geld war auf dem Konto. Daniel war in die Problematik eingeweiht, und die Ermittlungsarbeit der Polizei lief gut, zumindest war die Sache dank Daniel noch in Bewegung. In zwei Tagen stand das Plädoyer an, wobei natürlich klar war, dass es nur am Rande um den Heinrich-Prozess gehen würde. Vor allem würden die Journalisten die Möglichkeit nutzen, um ihr aufzulauern. Sie würden wie bei einem Spießrutenlaufen links und rechts stehen und ihre Fragen auf Jessica abfeuern, während sie durch die Meute hindurch musste. Doch jetzt hatte sie etwas in der Hand. Heck und die Social Bots, die Anzeige gegen ihn, die Profilanalyse über Facebook und die anstehende Veranstaltung der Polizei. Sie konnte der hungrigen Journalistenschar etwas hinwerfen. Natürlich musste sie dabei auf ihre Formulierungen achten, aber das war sie ja gewohnt, und die Journalisten waren es auch. Sie würden Vermutungen anstellen und endlich einräumen, dass sich im Hotelzimmer doch alles ganz anders zugetragen haben könnte. Jessica strich über die Jeanshosen. Sie wählte drei aus und legte sie in den Koffer, als eine warme, aber unangenehme Welle ihren Oberkörper erfasste. Auf dieser Welle schien ihr Herz zu sitzen. Es schlug heftig. Den ganzen Tag über waren diese Wellen in ihr aufgekommen.

Genaugenommen barg die Zusammenarbeit mit Daniel Risiken. Er könnte immer noch einen Rückzieher machen, beziehungsweise es könnte sich herausstellen, dass allein Alexander und Michael für den Fotodiebstahl und die anschließende Schlammschlacht verantwortlich gewesen waren. Dann stand das Thema Profilanalyse wie etwas Erfundenes im Raum. Diese Konstellation konnte Jessicas gerade wieder etwas gefestigter Glaubwürdigkeit sehr schaden. Sie griff nach dem schwarzen Businesskostüm. Zum Plädoyer würde sie es tragen, und bis dahin? Jessica hielt inne. Teufel noch eins. Ja, bis dahin brauchte sie Klarheit. Sie wollte Daniel vertrauen und wusste nicht, ob sie es konnte. Seine

Theorie, in sich logisch, mit Lisa Hilb sogar untermauert. Alexander könnte also geblufft haben. Aber heute hatte eben auch Sebastian zugegeben, sich mit Michael und wahrscheinlich auch mit Alexander abgestimmt zu haben. Auch diese Geschichte in sich völlig rund und stimmig. Sieht so also die neue Zeit aus? Man kann niemandem mehr vertrauen, und die Leute schenken einem Fake möglicherweise mehr Aufmerksamkeit als der Wahrheit? Jessica hängte den Bügel mit dem Kostüm an einen Griff des Kleiderschrankes und hielt für einen Moment die Hände an die Hüfte. Sie sollte Daniel anrufen! Jessica nickte und zog kurzentschlossen das Smartphone aus ihrer Jeans.

„Jessica?"

„Ja, ich bins. Ich kann wirklich nicht mehr klar denken, und außerdem muss ich mich entscheiden. Die Journalisten werden ganz genau fragen, und jedes meiner Worte muss sitzen. Verstehst du?"

„Ja."

„Wie, ja? Wie soll ich das machen? Ich habe zwei Geschichten. Soll ich wie beim Rätselraten auf eine zeigen und die dann präsentieren? Ich weiß wirklich nicht mehr weiter." Jessica umklammerte das Handy und horchte angestrengt. Im Moment war nur Stille und dann Daniels Stimme.

„Wo bist du?"

„In der Wohnung."

„Ich komme."

Noch bevor Jessica etwas sagen konnte, hatte Daniel das Gespräch beendet. Jessica steckte das Handy wieder in die Hose und hielt eine Hand an die Stirn. Sie ging im Zimmer auf und ab und packte nebenbei die bereits gut gefüllte Tasche. Jetzt legte sie auch Katys Bild hinein. Nur zehn Minuten später klingelte es und Jessica drückte auf den

Summer. Daniel trug alte Allstar-Schuhe, Jeans und ein langärmliges T-Shirt. Es schien, als sei er sofort nach dem Anruf losgefahren. Jessica winkte ihn über den Flur in das Zimmer und sofort verloren ihre Zweifel an Kraft, sie verblassten wie ein schlechter Traum, über den sich nach und nach die Realitäten des Tages stülpten. Am liebsten hätte sie seine Hände genommen, um noch mehr von seiner unglaublichen Ruhe zu spüren.

„Alexander und Michael haben genauso auf das Foto gewartet wie die Profilanalyse", begann Jessica. „Es wäre sogar möglich, dass Michael die Situation im Hotelzimmer bewusst so eingefädelt hat, um so ein Foto zu bekommen."

Jessica beobachtete Daniel ganz genau. Immerhin erfuhr er zum ersten Mal, wer das Foto gemacht hatte. Daniels Blick ging weder nach oben an die Decke noch an ihr vorbei. Er schaute sie einfach ruhig an.

„Ja", sagte er. „Sie haben sich am Sonntag um zwölf Uhr und dann noch einmal am Abend darüber abgestimmt."

„Woher weißt du das?"

„Na ja, in diesem Fall ... also zum Glück gibt es Whatsapp. Michael sagte in etwa, er habe Fotos mit deinem Handy gemacht, er beschrieb auch, wie du darauf zu sehen bist. Er sagte, es sei ihm nicht gelungen, die Fotos auf sein Handy zu ziehen, worauf dein Mann gesagt hat, man könne es ganz anders machen und Michael sei zu blöd, um aus einem Bus rauszuschauen. Alexander wollte, dass du die Fotos einstellst."

Wahnsinn, dachte Jessica und erinnerte sich an Alexanders Vergleich mit dem Bus. Er hatte doch diesen Satz gesagt und Daniel wusste das alles.

„Was ich ja dann auch gemacht habe", antwortete sie. „Aber zwölf Uhr? Die erste SMS habe ich am Sonntagmorgen kurz nach neun bekommen."

204

„Ja, und damit wäre deine Frage beantwortet. Das Programm war schneller, als Alexander und Michael, das dürfte sie auch überrascht haben. Trotzdem, und das sollten wir nicht vergessen: Sie hätten das Foto erbarmungslos ausgenutzt."

Jessica nickte und spürte, wie der Druck auf ihren Brustkorb nachließ. Er sagt die Wahrheit. Zum Glück, alles andere hätte sie nicht verkraftet. Daniel schob seine Hände in die Hosentaschen und stand ruhig da. Nur um seine Lippen lief wieder dieses leichte Beben. Früher konnte er nicht einschlafen, hatte er ihr einmal gestanden. Ob er wohl immer noch vor dem Dunkel Angst hatte und vor dieser Hand, die zu dem Dunkel gehörte? Er wirkte eher, als hätte er die Angst niedergerungen und wäre daran gewachsen. Jessica ging langsam auf ihn zu. In diesem Moment spürte sie ein Band zwischen ihm und ihr, und das bestand aus zwei Wörtern: Ich komme. So einfach und so klar und jetzt ist er hier, nur ein paar Minuten später. Kein vielleicht oder eventuell, kein ich komme später dazu, oder ich muss erst einmal recherchieren. Einfach nur: Ich komme. Eine klare Ansage. Wann, Toni einmal ausgenommen, hatte Jessica so etwas zuletzt erlebt? Sie wollte ihm danken und wusste nicht recht wie. Jetzt griff sie nach seinen Armen. Daniel zog die Hände aus den Taschen. Ihre Hände fanden sich. Jessica ging noch ein Stück auf ihn zu, und wie von selbst neigte sie den Kopf nach links und schmiegte sich an Daniel. Sein Brustkorb hob und senkte sich gleichmäßig. Mit einer Hand streichelte er ihr über den Kopf. Sie spürte einen Finger am Ohr. Sein Finger zitterte, unsicher vielleicht, voller Anspannung und aufgeregt. Jessica spürte angenehme Wärme von dem Brustkorb bis in die Wange. Sie schloss die Augen. Das Klacken der Türklinke ließ sie aufschrecken. Die Tür schlug dumpf gegen die Wand.

„Ha!" Alexanders Stimme. Er zögerte nicht und riss das Handy nach oben. Jessica trat mit einem großen Schritt von Daniel weg.

„Du hörst sofort damit auf!", fuhr Jessica Alexander an. Alexander nahm das Handy wieder ein Stück nach unten.

„Ich muss schon sagen, Herr Schmitt. Sie scheinen mir ein cleverer Pinsel zu sein? Und du?" Alexander deutete mit dem Handy in der Hand auf Jessica. „Gerade wählerisch bist du nicht. Okay, ich verstehe, ein gewisser Notstand ist da. Ihr Chef, Herr Schmitt, wird sich bestimmt dafür interessieren, was Sie hier so treiben." Alexander drehte den Kopf Daniel zu und grinste breit.

„Lass es gut sein, Alex."

„Du kannst mir gar nichts. Was wird das hier eigentlich?"

„Ich gehe."

„Wohin?"

„In ein Hotel."

„Und den da hast du dir bestellt wegen seines Pinsels oder als Kofferträger oder als IT-Spezialist in Sachen Verschwörungstheorie? Ich bin wirklich gespannt, was Vöhringer dazu sagen wird."

„Mein Chef interessiert sich vor allem für den Auftrag, und wie weit ich damit bin."

Alexander schürzte die Lippen.

„Vielleicht lasse ich es mal darauf ankommen, wie tolerant Ihr Chef wirklich ist. Er macht mir eher einen bodenständigen, fast schon konservativen Eindruck."

Schon hatte Alexander wieder die schwache Stelle entdeckt. Vöhringer würde Daniel bestimmt Probleme machen, und Jessica hatte Daniel in diese Lage gebracht. Sie ging auf Alexander zu und zog den Brief aus der Hosentasche.

„Hier ist ein Brief von deiner Scheidungsanwältin."

„Wie wunderbar! Schade, dass ich von ihm und dir keine Fotos habe. Noch mal eine Affäre, das würde gut ins Bild passen. Außerdem wüsste ich schon gerne, was hier in der Wohnung vor sich geht."

„Ja, und deshalb gehe ich jetzt. Lass uns durch."

Alexander stellte seine Beine auseinander und stützte sich mit den Händen links und rechts am Türrahmen. Seine Augen funkelten, und außerdem meinte Jessica eine Bierfahne zu riechen. Daniel ging auf Alexander zu. Jetzt stand er dicht vor ihm, und Jessica sah, dass Daniel eine Handbreit größer war als Alexander.

„Lassen Sie uns vorbei, Herr Scheffold."

„Sagt der Pinsel?"

Daniel schaute Alexander ruhig an, und nach einem Moment verlor sich Alexanders Grinsen.

„Schon gut", sagte er. „Ich will der Turtelei nicht im Wege stehen."

Jessica zog den Koffer hinter sich her und hatte sich die Tasche umgehängt. Daniel öffnete die Wohnungstür und ließ Jessica vorbei.

„Wir sehen uns am Montag, Herr Schmitt, da freue ich mich schon drauf. Außerdem die Holzverkleidung, die Sie lackiert haben ... es kommt mir so vor, als hätte das Muster von Vöhringer einen anderen Glanzgrad, ich hatte Hochglanz bestellt und nicht matt."

„Es ist CWS-Hochglanzlack."

„Und der Staub? Ich fürchte Sie müssen den Pinsel noch mal auspacken."

Jessica griff nach Daniels Hand und zog ihn ein Stück ins Treppenhaus.

„Lies deinen Brief", rief sie Alexander über die Schulter zu.

***

Jessica bedeutete dem überraschten Daniel, dass er sich hinter das Lenkrad des Audis setzen sollte. Kurz drauf fuhr er ruhig und besonnen in Richtung Schwanen. Jessica nutzte die Zeit, um der Hotelchefin Ruth Schirmer eine SMS zu schreiben. Wenige Minuten später antwortete Ruth Schirmer, das Zimmer 201 sei seit gestern vorbereitet, und die Frau an der Rezeption wüsste Bescheid.

Eine halbe Stunde später nahm Jessica an der Rezeption den Schlüssel entgegen und lief zur Treppe.

„Lass uns doch den Aufzug nehmen", sagte Daniel.

„Nimm du mit dem Gepäck den Fahrstuhl, ich laufe gern."

„Okay." Daniel nickte.

Jessica lief die Treppen nach oben. Daniel wartete bereits im Flur. Sie orientierten sich kurz.

„201 muss am Ende des Flurs sein", sagte Jessica.

Sie gingen nebeneinander her und Jessica fühlte sich einerseits von Daniel angezogen, andererseits sehnte sie sich nach Ruhe. Sie wollte ihre Gedanken ordnen, auch in Bezug auf Daniel. Er schien es zu spüren. Vor der Zimmertür sagte er: „Ich würde dich jetzt alleine lassen und hoffe, dass du zurechtkommst."

„Ja, vielen Dank, dass du das verstehst. Das war doch ein bisschen viel heute."

Sie umarmten sich, standen einen wunderbaren Augenblick lang einfach nur still.

„Okay, ich gehe jetzt. Falls etwas ist, rufst du mich einfach an."

„Das mache ich."

Im Zimmer schaltete Jessica das Licht ein, schaute sich kurz um und begann, ihre Tasche auszupacken. Normalerweise ließen solche schlichten Hotelzimmer immer eine Art Verlassenheit in ihr aufkommen. Aber in diesem Moment fühlte sie sich nicht einsam. Ihr gesamter Körper war von Daniels Worten ausgefüllt. Ich komme, hatte er gesagt.

Diese Worte verwandelten das Zimmer in einen Raum einer Berghütte. Im Kamin knisterte das Feuer, und es duftete nach Glühwein. Daniel war in diesem Raum und strahlte die gleiche besinnliche Ruhe aus wie das Feuer.

Jessica sank auf das Bett und hielt sich die Hände vors Gesicht. Zu lange hatte sie sich unter Kontrolle gehalten, weil es nicht anders ging, da Alexander immer in der Nähe gewesen war. Jetzt aber ließ sie ihren Tränen freien Lauf. So eine einfache Ansage, das gibt es doch nicht, dachte sie und schluchzte.

Kapitel 11

Jessica saß im Lotussitz auf ihrer Yogamatte. Die Hände lagen auf ihren Knien. Daumen und Zeigefinger berührten sich. Es war, als hätte sie mit den Yogaübungen und der anschließenden Meditation etwas von zu Hause mitgenommen, das sie wie ein Zelt überall aufschlagen konnte. Sie hatte auch bemerkt: Sobald ihr die Luft zum Atmen fehlte, hatte das mit bestimmten Bildern zu tun. Oft sah sie dabei den steilen Weg aus dem Traum oder eine schmale Autobahnbrücke, vielleicht einen Schwebebalken wie im Turnverein.

All diese Bilder hatten nicht nur die Höhe gemeinsam, sondern auch die scharfe Abgrenzung hin zur grässlichen Tiefe. Darüber sofort, und um darum schien es zu gehen: ein Reißen am Lenkrad, der Audi, der gegen das Brückengeländer krachte, das Metall durchbrach und in die Tiefe stürzte. Ausgelöst durch einen einzigen Lenkfehler. Mit den Gedankenübungen gelang es ihr immer besser, diese Bilder zu verändern. Die scharfe Abgrenzung links und rechts des steilen Weges verlor die Konturen, und es schien, als löse sich dieses ehemalige begrenzte Bild in etwas eher Räumliches auf. Schließlich gab es mehr Möglichkeiten zu denken. Die Gefahr konnte auch von außen kommen: ein anderer unachtsamer Autofahrer, ein schadhafter Straßenbelag, ein geplatzter Reifen. Musste es eigentlich immer um Gefahr gehen? Wo blieben die Vorstellungen des Abenteurers, des Draufgängers oder des Witzboldes? Ja, niemand aus ihrem Umkreis hielt sie für einen ängstlichen Menschen. Nur sie allein wusste, was in ihrem Inneren vor sich ging. Hatte sie Angst davor, dass etwas von dieser verlorenen Jessica nach außen dringen konnte? Versuchte sie, ihr wahres Ich zu überspielen?

Yoga brachte all die Fragen zur Ruhe. Es wirkte in die Tiefe. Die Beine, die Arme fühlten sich lockerer und leicht an. In diese Leichtigkeit konnte sich Jessica gut hineinfühlen.

Trotzdem war diese neue Einstellung noch recht schwach auf den Beinen. Ein einziges Telefonat mit Lydia genügte, um dieses Erwachen wieder zurückzudrängen. In der alten Welt hatte niemand, weder Franz Xaver noch Lydia, gefragt: Wie geht es dir Kind? Erst durch die Übungen und durch das bewusste Atmen war es Jessica gelungen, den Blick nach innen zu richten und sich auf ihr Ich einzulassen. Wie viel von diesem Ich steckte in der Strafverteidigerin Jessica Scheffold? Immer deutlicher spürte sie, dass das Ich ohne die Strafverteidigerin betrachtet werden wollte. Das kristallene, polierte Glas hatte zwar bereitgestanden, aber weder Fernsehauftritte noch der Sieg vor dem Bundesverfassungsgericht hatten vermocht, es zu füllen. Es ging also um etwas anderes. Sie kam dieser Sache jeden Tag ein Stück näher. Ihre Reise hatte mit der Entscheidung, eines dieser Fotos zu veröffentlichen, begonnen, und jetzt saß sie im Hotel von Ruth Schirmer. Jessica schüttelte den Kopf. Wie und wo würde das enden?

Ob Daniel für solche Gedanken zugänglich war? Jessica lächelte und atmete einen Moment später tief aus. Das Telefon klingelte, und sie zuckte zusammen. Automatisch griff sie nach dem Smartphone, um es gleich wieder auf das Bett zu werfen. Wer konnte das am Sonntagmorgen sein? Sie nahm den Hörer ab und sagte entgegen ihrer eigentlichen Gewohnheit nur: „Ja?"

„Frau Dr. Scheffold. Entschuldigen Sie bitte die Störung. Gerade hat ein Mann etwas für Sie abgegeben. Ich dachte, ich sag Ihnen gleich Bescheid. Er meinte, es sei wichtig."

„Okay, vielen Dank, ich komme."

***

Eine Stunde später steuerte Jessica den Audi durch das Städtchen, vor ihr lag die Abbiegung zum Oberen Wasen, dem Stadtgebiet, in dem Daniel wohnte. Toni saß neben ihr, und die große Frau hatte sich diesmal nur kurz über den zu engen Gurt und die mangelnde Beinfreiheit des Audis beschwert. Wie musste ein Auto beschaffen sein, in das Toni ohne Probleme hineinpasste? Jessica lächelte und schaute zu ihr hinüber. Toni allerdings starrte auf das, was sie in den Händen hielt.

„Was ist das bloß?", murmelte sie.

„Das ist ein USB-Stick in einer Klarsichthülle."

„Ja, Frau Anwältin. Das weiß ich. Aber ich will noch einmal feststellen. Wir wissen nicht, wer den Stick abgegeben hat und wir wissen auch nicht, was drauf ist."

„Eben! Du kannst den Stick anstarren, wie du willst, du wirst nichts erkennen. Zweifelst du wieder an Daniel? Findest du es nicht richtig, dass wir zu ihm fahren?"

„Sein Name steht auf dem Stick."

„Genau. Das wird er ja wohl nicht selbst gewesen sein. Die Frau an der Rezeption hat mir den Mann beschrieben, der den Stick abgegeben hat, und das alles passt überhaupt nicht auf Daniel, sondern eher auf einen Mann aus Osteuropa."

„Dann sag ich dir jetzt was, Jess. Der Stick hier ist die Verbindung zu den Erpressern. Sie wissen von der Infoveranstaltung, und dass die Polizei damit versuchen will, Cluster 73 auf die Schliche zu kommen. Oder Mister Cluster. Vielleicht sollte ich Mister Cluster sagen."

„Warum das denn jetzt?"

„Mit Hackerangriffen ist es heute noch so wie zu den Anfangszeiten. Oft sind solche Attacken auf Masse aus. Die haben beispielsweise tausendfach Kleinstbeträge von Konten abgebucht. Klappt es bei einem Konto nicht, dann dafür bei hundert anderen."

„Toni, was willst du sagen?"

„Überleg doch mal genau. Der zweite Angriff auf dein System. Ich frage warum? Du hattest das Foto eingestellt, damit war das Druckmittel weg. Normalerweise wärst du einfach aus dem Automatismus gefallen, und niemand hätte sich da die Mühe gemacht, noch einmal nachzulegen."

„Es gibt also noch ein anderes Motiv?"

„So sieht es aus. Jemand ist dazu übergegangen, da manuell drin rumzurühren."

„Wo hast du das denn plötzlich alles her?"

„Recherchiert."

„Toni!"

„Gestern habe ich mit Grunwaldt darüber gesprochen und war erstaunt, wie richtig er auf einmal Daniels Version findet."

Grunwaldt, dachte Jessica. Hatte der gestern seinen guten Tag gehabt? Er hatte sie im Hotel besucht und versucht, ihr das Darknet zu erklären, dabei war er ihr vorgekommen wie ein Schüler, der endlich die Hausaufgaben gemacht hatte. Außerdem hatte er ihr Youtube Videos zum Thema empfohlen.

„Jedenfalls", fuhr Toni fort. „Grunwaldt hat auf den zweiten Angriff aufmerksam gemacht, der eigentlich jetzt der interessantere ist, in dem Sinne, da muss sich jemand extra noch einmal die Mühe gemacht haben. Ich frage mich also: Wie sieht dieser Jemand aus?"

„Und?"

„Ich sag dir was. Dieser Jemand ist ein alleinstehender Computerfreak mit einem ganz gewöhnlichen Beruf zur Tarnung. Wahrscheinlich ein Mann, der auf mädchenhafte Blondinen steht."

„Toni?"

„Ja?"

„Du machst mich fertig."

„Ich wills nur gesagt haben. Nicht, dass später Klagen kommen. Warum fährst du so schnell?"

„Weil es hier den Berg hoch geht."

„Ja, und auf der anderen Seite wieder runter. Ich vertrage das nicht."

„Hör auf zu jammern."

„Wir müssen mit dem Stick zur Polizei. Fingerabdrücke. Wandt muss antanzen und das Überwachungsvideo des Hotels anschauen."

„Erst will ich wissen, was auf dem Stick ist."

Toni raufte sich die Haare.

„Wir müssen zu Wandt und nicht zu Daniel!", rief sie schrill.

***

Daniel machte eine flapsige Handbewegung und schaute sich in seiner Wohnung um wie jemand, dem die Einrichtung erst bewusst wird, wenn Besuch da ist. Es war nicht unordentlich oder muffig, wie Toni vermutet hatte. Die drei Laptops standen fast so akkurat nebeneinander wie in einem Büro. Für Stifte und Kugelschreiber benutzte er eine klappbare Blechbox. Auf den Bildschirmen und schwarzen Druckergehäusen lag nicht allzu viel Staub. Zwei Wände des eher kleinen Wohnzimmers hingen voll mit Blättern und

Kreisdiagrammen, Auswertungen, handgeschriebenen Bemerkungen und Pfeilen. Die anderen zwei Wände zeigten Bilder von Baustellen, wahrscheinlich Daniels Kollegen, und auch Vöhringer war auf dem einen oder anderen Bild zu sehen.

Daniels Blick blieb auf Jessica ruhen. Er lächelte, und ihr fielen wieder seine Augen auf, die plötzlich etwas größer wirkten und eine warme Ausstrahlung hatten. Sie fühlte es ganz sicher. Zwischen ihnen bahnte sich etwas an. Es war noch nicht abgeschlossen, noch nicht vollendet, sondern eher etwas wie ein Schwebezustand, den sie nur zu gut aus der Teenagerzeit kannte. Und ja! Genauso fühlte sie sich. Sobald er in der Nähe war, rückten alle Fragen und mühsamen Gedanken ein Stück zur Seite und wichen einem angenehmen, warmen Gefühl.

Jessica ging ein Stück auf Daniel zu. Er lächelte noch breiter, und die Fältchen um seine Augen bewegten sich.

„Hey, ihr zwei", rief Toni. „Hört mir jemand zu? Ich habe gerade festgestellt, dass die Wohnung keine Wohnungstür hat."

„Das stimmt", antwortete Daniel und drehte sich Toni zu. „Das liegt an Zobel, meinem Vermieter. Der hat als Architekt gearbeitet, und hier hat er aus ehemals zwei Wohnungen vier gemacht.

„Das, was du als Haustür benutzt, ist eigentlich eine Balkontür. Kannst du die überhaupt abschließen."

„Doch, das kann ich. Wo ist denn jetzt dieser Stick?"

„Du brauchst einen Handschuh."

Daniel ging in die Küche und kam mit einem Stück Küchenpapier in der Hand zurück. Toni trat zu ihm, der Stick rutschte aus der Tüte auf die Tischplatte. Daniel fasste mit dem Papier zwischen Daumen und Zeigefinger nach dem Stick und steckte ihn in den Laptop. Jessica hörte jetzt das schnelle Klicken der Maus, und einen Moment später erschien auf dem Bildschirm eine Seite, die aussah wie eine Seite auf Amazon. Verschiedene Namen, natürlich Nicknamen, und dahinter gelbe Sterne. Während sich Toni zum Laptop vorbeugte, trat Daniel einen kleinen Schritt zurück. Der warme, friedliche Ausdruck war einem konzentrierten Blick gewichen.

„Murder", las Toni vor. „So was habe ich gestern auf YouTube gesehen. Ich hatte nur mal Cyberkriminalität eingeben und habe dann ein Video gefunden, das zeigt, wie das Darknet arbeitet." Sie deutete auf den Bildschirm. „Das sind die einzelnen Anbieter. Hier, der will keine Kinder umbringen, der hier will keine politischen Auftragsmorde, aber hier, der hier ist markiert. Im Darknet gibt es alles. Du kannst beispielsweise eine Vergewaltigung bestellen und dann per Live Stream mitverfolgen und dazu noch spezielle Wünsche äußern. Hier aber ...", Toni tippte auf den Bildschirm, „... sind wir in der Abteilung Auftragsmord. Ist es nicht so was wie ein Auszug aus dem Darknet? Ich habe doch recht, oder?"

Offenbar hatte Grunwaldt Toni die gleichen Videos empfohlen, sonst wüsste sie wohl kaum was darüber, dachte Jessica.

Daniel hielt eine Hand am Kinn und starrte auf den Bildschirm. Sein Gesicht blieb nahezu regungslos, während Tonis Wangen in der Zwischenzeit rot geworden waren.

„Daniel, klick mal weiter, was gibts da noch?", wandte sich Jessica an ihn.

Wieder hörte sie nichts anderes als das Klicken der Maus. Toni beugte sich zum Bildschirm und sagte kurz drauf:

„Um Gottes willen! Da sind ja Fotos von dir, Daniel! Man sieht, wann du morgens bei Vöhringer anfängst, wann du abends aufhörst. Hier ist die Kletterhalle, meistens donnerstags. Samstag Einkauf bei REWE und Aldi unten am Enz, um siebzehn Uhr."

Jessica beugte sich ebenfalls nach vorne, um besser sehen zu können. Ihr fiel eine Art Kartenauszug ins Auge. Mit Fähnchen waren dort Daniels Orte markiert. Neben dem Fähnchen stand die Zeit. Viel war nicht nötig gewesen, um den Auftrag in Gang zu bringen. Sie überflog die Anforderungen: Aktuelle Fotos der Zielperson, Bewegungsprofil, Zahlung über Bitcoin, Ausführungszeitraum vom vierundzwanzigsten bis sechsundzwanzigsten September, also in einer Woche. Zum Beweis der Auftragserfüllung sollten Bilder geschickt werden. Wenige Klicks, und ein Leben war besiegelt.

Toni richtete sich auf, hielt sich die riesigen Hände an die Wangen und murmelte: „Was jetzt, was jetzt?"

Jessica nickte: „Auf den Stick ist so etwas wie eine Auftragsbestätigung, so sehe ich das. Da alle ein Handy haben, ist das alles nicht so schwer. Also ich meine, so ein Bewegungsprofil erstellen wir ja alle im Grunde selbst, nur indem wir ein Smartphone benutzen."

„Jemand will das Ding mit der Polizei verhindern. Jede Wette", schlussfolgerte Toni.

„Da gibt es eine ganz einfache Lösung", sagte Daniel. Er beugte sich zum Laptop und zog den Stick mit bloßen Fingern heraus.

„Was für eine Lösung", fragte Toni. „Wir müssen damit zu Wandt."

„Und wenn das alles ein Fake ist?", erwiderte Daniel. „So eine Maske, die aussieht als ob, die kann man ja erstellen."

„Kannst du das nicht herausfinden? Du musst dich doch nur ins Darknet einwählen, und dort kannst du erst mal schauen, ob es die Namen überhaupt gibt."

Daniel nickte: „Ich weiß etwas Besseres. Wartet einen Augenblick."

Er drehte sich um und ging in die Küche davon. Toni deutete mit einem Daumen in Daniels Richtung und flüsterte: „Er hat die Fingerabdrücke soeben ruiniert."

Plötzlich drang ein Knall aus der Küche. Jessica zuckte zusammen, sah wie Toni sich die Hände auf die Ohren presste und in Richtung Balkontür lief. Dann noch einmal: mehrere kurze Schläge, wahrscheinlich mit einem Hammer auf eine Unterlage. Jessica drehte sich in Richtung Küche und sah, wie ein Plastikteilchen von der Küche aus über den Boden bis ins Wohnzimmer schlitterte. Jessica erkannte das weiße und gelbe Plastik des Sticks wieder und lächelte. Daniel kam zurück ins Wohnzimmer, er hielt den Hammer noch in der Hand. Jessica drehte sich zu Toni um. Sie stand nahe an der Balkontür. Jessica winkte ihr, und sie kam zögerlich zurück.

„Ich vertrage keinen Lärm", sagte Toni.

Unter ihren Füßen knirschte es. „Huch, was ist das denn?"

„Du stehst auf dem Stick", antwortete Jessica. „Außerdem hattest du Recht."

„Wie – recht?"

„Daniel hat die Fingerabdrücke ruiniert und zwar nachhaltig."

Toni starrte auf den Fußboden und schob mit der Fußspitze das Plastikteilchen hin und her. Sie schaute zu Daniel, und erst jetzt hellte sich ihre Miene etwas auf. Offenbar hatte sie verstanden. Toni hob die Arme und raufte sich die Haare.

„Wir können jetzt nicht mehr zu Wandt mit dem Stick."

„Ja, und das ist auch gut so", antwortete Daniel. „Ich habe sehr viel Zeit in die Präsentation gesteckt, und deshalb habe ich keine Lust, dass Wandt die Sache wieder abbläst, nur weil so ein Stick aufgetaucht ist. Ende der Ansage."

***

Am Montagmorgen kam Toni Jessica etwas entspannter vor. Daniels Hammeraktion hatte wohl die meisten Zweifel in Bezug auf seine Person vertrieben. Sie strahlte Zuversicht aus, und Jessica konnte das zwei Stunden vor dem Plädoyer gut gebrauchen. Wie groß würde das öffentliche Interesse an dem Abschluss dieses Prozesses sein? Wer würde im Saal sitzen, wer würde vor dem Gerichtsgebäude auftauchen? Könnte Steven Jung im letzten Moment mit einem neuen Beweis ankommen, wäre das möglich? Ja, wenn Jochen Heinrich etwas verschwiegen hätte, dann wäre auch das möglich. Marco Rauch hatte mehrere Male über Twitter angekündigt, er und seine Jungs würden sich die Gelegenheit nicht nehmen lassen und auf alle Fälle vor dem Gericht erscheinen. Schließlich hätten sie, was das Strafmaß beträfe, bestimmte Vorstellungen. Jessica streckte sich und führte die Hände über den Kopf.

Toni deutete auf das *Schwäbische Tagblatt* und schlug es auf.

„Ich meine, es ist ja immer so: Der Skandal, auch wenn es keiner ist, steht übergroß in der Zeitung. Dagegen nimmt sich die Ankündigung der Polizei zur Veranstaltung in Zusammenhang mit Facebook geradezu winzig aus." Toni schaute wieder auf. „Willkommen im postfaktischen Zeitalter", fuhr sie fort. „Also, da reagieren die Nachrichtenseiten im Internet nicht nur schneller, sie wagen sich auch weiter vor, im Guten wie im Schlechten."

Jessica nickte. Schon am Morgen waren einige Kommentare auf ihrem Profil eingegangen. Einige User hatten

219

ihr einen guten Ausgang des Prozesses gewünscht, und sie verbanden damit die Hoffnung, dass die Zeit der Vorverurteilung und des Misstrauens endlich vorbei wäre. Außerdem hielt sich Heck seit einigen Tagen aus allem raus, und Marco Rauch schienen Hecks Steilvorlagen zu fehlen.

„Aber am genauesten ist wieder Klaus Bleibtreu. ‚Die Veranstaltung der Polizei findet nicht zufällig gerade jetzt statt', schreibt er. Er stellt klar, worum es geht: ‚um große Facebook-Profile, um die Abhängigkeit von diesem Image und schließlich um Erpressung'. Das alles träfe auf dich zu, sagt er. Und sehr aufmerksame Leser erinnern sich an Sofia Leist. Wie wir wissen, standen all die Fakten schon einmal im Raum."

„Ja", Jessica nickte. „Daniel hatte damals schwer damit zu tun, ihren Selbstmord zu verkraften. Er hat in dieser Sache nichts unternommen."

„Aber jetzt ist es anders, und auch Bleibtreu könnte bald sagen: Seht her, ich hatte doch recht."

„Stimmt, Daniel kann ganz klar zeigen, wie die Profilanalyse arbeitet. Er hat das Phantom Lisa Hilb programmiert. Außerdem, es geht um Facebook. Dieses Phänomen kann sich also nicht nur auf Deutschland beschränken."

Toni kam auf Jessica zu. Jetzt spürte sie ihre Hände an den Armen.

„Mensch Jess. Heck und die Verbindung zu den Social Bots, dein Profil inmitten der Profilanalyse von Facebook, dazu die Warnungen und Informationen der Polizei. Du wirst sehen, wir kommen da wieder raus. In zwei Wochen wirft dir niemand mehr Sexpartys oder Fremdgeherei vor. Alle werden sich die Frage stellen, ob du nicht vorsätzlich in die Falle gelockt worden bist. Immer mehr Fakten kommen ans Tageslicht."

„Ja, das ist auch gut so. Heute muss ich auf Fragen antworten, und es wird auch Reaktionen auf das Urteil geben. Hoffentlich bekomme ich meine Vorstellungen durch."

„Marco Rauch würde Jochen Heinrich am liebsten aufhängen, und die Feminist..."

„... und auch die Normalen", unterbrach Jessica, „die Normalen können so gefährlich reagieren. Deshalb will ich heute zeigen, dass Heinrichs Handlungen eine Art Bewältigungsstrategie gewesen sind."

„Das schaffst du."

Jessica spürte einen sanften Zug. Toni drückte sie an sich.

Trotzdem blieb hinter allem immer noch die Frage: Wie gefährlich war das Ganze? Daniel hatte kein weiteres Wort mehr über den Stick verloren. War er tatsächlich in Gefahr, und wäre es nicht doch besser, Wandt von diesem Einschüchterungsversuch zu erzählen? Wie viel Geld hing da dran? Wie viele Leute waren davon betroffen?

Jessica löste sich von Toni und sagte: „Wir müssen es darauf ankommen lassen."

„Genau, das wollte ich hören", antwortete Toni, und Jessica stellte fest, wie zuversichtlich Tonis Antwort klang.

In diesem Moment drang ein sanfter Piepton aus der internen Sprechanlage der Kanzlei. Jetzt Sebastians Stimme.

„Jess, komm doch mal rüber."

„Siehst du", sagte Toni. „Er will dich auf das Plädoyer einstimmen. So wie immer."

„Okay, ich gehe kurz rüber."

Toni hatte recht. Vor wichtigen Terminen ließ sich Sebastian Jessicas Strategie gerne noch einmal zusammenfassen. Unser System funktioniert noch, dachte Jessica. Sie blieb kurz stehen, hob die Schultern und vollführte zwei, drei kleinere Bewegungen. Dann versuchte sie, möglichst gerade zu bleiben, richtete Hals und Kopf aus und öffnete jetzt energisch die Tür. Sie trat ein. Die Eichentür glitt hinter ihr von allein ins Schloss. Jessica brauchte einen Moment, um zu begreifen, was sie sah. Als ihr Blick auf einen großen Mann mit Baseballkappe fiel, dachte sie im ersten Moment, es handele sich um einen neuen Mandanten und Sebastian wolle ihre Meinung einholen. Aber dann! Michael. Groß und aufrecht stand er in dem Büro, während Sebastian zusammengesunken in seinem Stuhl saß. Alle Farbe war aus seinem Gesicht gewichen. Michael drehte sich Jessica zu, breitete die Arme aus und lächelte. Sebastian schaute auf die Tischplatte.

„Jessica", rief Michael unbeschwert in den Raum hinein. Jessica versuchte noch einmal, Sebastians Blick aufzufangen. Er hielt sich eine Hand an die Stirn. Sie konnte sein Gesicht nicht erkennen.

„Ich muss schon sagen, dich hätte ich am allerwenigsten erwartet", sagte Jessica, bemüht, ihre Überraschung zu verbergen.

Sebastian nahm die Hand vom Gesicht und nickte. Ihr fielen seine schmalen Gesichtszüge auf.

„Ja", antwortete Michael. „Alfred hat schon angemerkt: Wir wollten eigentlich mit der Ankündigung bis nach dem Plädoyer warten und im Rahmen eines gemeinsamen Essens über die Neuausrichtung der Kanzlei sprechen."

„Es wäre uns allen sehr dienlich gewesen, du hättest dich an diese Absprache gehalten", warf Sebastian matt ein.

„Ihr müsst mich auch verstehen", antwortete Michael. „Die Übernahme ist fast geregelt, und ich möchte natürlich Jessica für heute meine Unterstützung mit auf den Weg geben. Ihr Erfolg ist der Erfolg der Kanzlei, und daran habe ich natürlich mit den veränderten Positionen hier ein riesiges Interesse."

Jessicas Gedanken rasten: Der Deal war also perfekt.

Sebastian stützte den Kopf in die Hände.

Komm schon! Steh auf, streck dein Kinn vor, zeig dich sperrig und vertrete deine Position. Erkläre wieso und weshalb.

Sebastian rieb sich die Schläfen und blieb ruhig sitzen.

„Jessica", sagte Michael. „Du kannst doch unmöglich überrascht sein. Schließlich hatten wir eine Anzeige geschaltet, und du hättest reagieren können.

„Können wir das unter vier Augen bereden?"

Er schaute auf seine Armbanduhr. Jessica ging aufrecht auf Michael zu, der ein Stück zurückwich.

„Dafür bleibt jetzt keine Zeit", sagte er. „Du musst zum Gericht, und hoffentlich wirst du deinem Ruf heute gerecht. Wie gesagt: Es besteht meinerseits jetzt ein gewisses Interesse."

Jessica stand dicht vor ihm. Er wollte wieder auf seine Uhr schauen, fand aber kein Platz um seinen Arm anzuwinkeln.

„Ich weiß, wie spät es ist", sagte sie. „Was ich zu sagen habe, kann ich dir auch so sagen: Vor gut zwei Wochen hätte ich dich gebraucht. Du bist nicht gekommen. Und was die Anzeige betrifft: Da war doch der Deal zwischen euch bereits gelaufen."

Michael grinste und sagte: „Es gibt gar keinen Grund, sauer zu sein. Du kannst dir deine Position hier aussuchen – Vollzeit, Teilzeit oder Honorar, was auch immer du willst. Toni bleibt natürlich auch dabei."

Jessica versuchte, Michael Blick einzufangen, was ihr ebenso wenig gelang wie bei Sebastian.

„Schluss jetzt", sagte Sebastian auf einmal sehr bestimmt, und etwas von seiner alten Kraft schwang in den zwei Worten mit. Er deutete auf seine Armbanduhr und stand auf. Jessica drehte sich von Michael weg. Warum ausgerechnet heute, dachte sie und lief rasch aus Sebastians Büro zu Toni zurück. Toni hatte bereits die Tasche hingestellt, alles war bereit. Es konnte losgehen. Wie immer riss Toni vor wichtigen Terminen die Arme wie ein Cheerleader nach oben. Diese Geste nahm die Spannung und spendete Jessica Zuversicht. Sie griff nach der schwarzen, ziemlich schweren Umhängetasche und deutete mit dem Daumen in Richtung Sebastians Büro.

„Er hat Besuch", sagte Jessica.

„Wer?"

„Schau selbst."

„Okay, wir sehen uns gleich und keine Sorge. Es kann überhaupt nichts schiefgehen, Jess."

Jessica nickte und versuchte zu lächeln. Kurz drauf lief sie zum Treppenhaus und hörte auf einmal hinter sich Tonis schrille Stimme.

„Michael!"

„Toni, jetzt nicht."

„Doch wir müssen reden, von Mann zu Mann."

Jessica lächelte, lief die ersten Stufen hinab und bemerkte dabei, wie die gläserne Fahrstuhlkabine neben ihr nach unten glitt. Sebastian stand darin. Ein paar Minuten später empfing er sie vor dem Haus.

„Dass der hier heute auftaucht, war nicht vorgesehen Jessica, das musst du mir glauben."

„Warum?", fragte Jessica kurz.

„Ja, das frage ich mich auch, wenn auch in einem anderen Zusammenhang."

„Du brauchst Geld, habe ich recht?"

„Mehr als dringend. Ich bin pleite."

Sebastian stand auf der abschüssigen Straße etwas unterhalb von Jessica, und sie bemerkte, wie lose sein altes Jackett an ihm hing. Er muss abgenommen haben.

„Mein Steuerberater hatte sich 2008 ziemlich vertan, und ich hätte ihm damals schon rauswerfen sollen, anstatt ihm noch einmal zu vertrauen. Er hat den Rest des Vermögens auch noch verzockt, ich kann es wirklich nicht anders sagen. Jeden Tag erreichen mich noch neue Hiobsbotschaften. Zum Glück war es mir gelungen, den Unternehmensberater Stephan zu konsultieren. Er hat gleich erkannt, dass die einzige Möglichkeit, noch etwas zu retten, im Verkauf liegt."

Jessica horchte auf, als sie den Namen Stephan hörte. Alexander und er hatten miteinander zu tun. Ob sie noch gemeinsam Tennis spielten? Sie konnte es noch nicht einmal sagen. Hatte nicht auch Michael dieser Tennisgruppe angehört?

„Was ist mit dem Haus?" Jessica deutete über die Schulter.

Sebastian senkte den Blick und schaute auf seine Schuhspitzen.

„Nicht nur das: Mein Sohn Hannes ist endlich vom Kokain los. Er hat die Therapie überstanden und bittet jetzt um Mithilfe bei der Wohnungssuche, eine kleine Küche kaufen und so was. Nach zwanzig Jahren Funkstille bittet er mich zum ersten Mal um einen Gefallen. Wenn ich ihm jetzt nicht helfen kann, verliere ich ihn endgültig."

Jessica nickte. Sebastian war immer leiser geworden. Die letzten Worte hatte der Straßenlärm fast verschluckt. Er rang um Fassung.

„Ja, und dann kam Michael. Er hatte plötzlich das Geld. Du würdest mit im Boot bleiben und darum ging es mir. Ich hatte allerdings weder die Zeit noch die Kraft, das alles genau zu durchdenken und vorzubereiten, wie es nötig gewesen wäre. Mit dir darüber zu reden. Die Abwendung der Insolvenz forderte meine ganze Kraft. Sonst hätte ich Belzer schon in die Schranken verwiesen. Das kannst du mir glauben."

„Das heißt die Anzeige im *Anwalt* ist doch erst erschienen, als der Deal mit Michael fast perfekt war. Hab ich recht?"

„Jessica, versteh doch, ich war unter Druck."

„Oder Michael war für dich die Notlösung, und jetzt zeigt sich, dass niemand sein Angebot überbieten kann, womit du nicht gerechnet hast. Stimmts?"

Wieder senkte Sebastian seinen Kopf.

„Ja", überlegte Jessica laut. „Er ist nicht ohne Grund ausgerechnet heute gekommen. Er will mich aus dem Tritt bringen, so hätte er noch einen Grund mehr, mich aus der Kanzlei rauszuhalten. Er sieht mich also immer noch als Konkurrentin."

„Genau", Sebastian schaute auf. „Deshalb gehst du jetzt da raus und ziehst das Ding durch so wie immer."

Sebastian kam auf Jessica zu und berührte sie an der Schulter. „So einfach dürfen wir es ihm nicht machen."

***

„Das menschliche Verhalten gibt oft Rätsel auf, und wir alle sing geprägt von den Erfahrungen, die wir in unserer Kindheit machen, die eigentlich aus einem liebevollen Wechsel von Erwartungen und der Erfüllung dieser Erwartungen bestehen sollte. In den Armen einer Bezugsperson spürt der Säugling den Rhythmus des Lebens. Seine Welt ist vollkommen in Ordnung, er ist gewollt in seinem Wesen, und aus dieser Erfahrung erwächst schließlich ein selbstbewusster Mensch. Was aber, erfährt ein Mensch nicht eben jene positive Hinwendung zum Leben? Was, wenn er nicht gewollt ist und wenn die Befriedigung seiner Wünsche immer an Bedingungen geknüpft ist? Dieser Mensch lernt früh, sein Ich zu unterdrücken. Jochen Heinrichs Biografie besteht vor allem aus einer bedingungslosen, selbstlosen Aufopferung für andere. Die Fähigkeit, angemessen mit Druck, Stress und Aggressionen umzugehen, hat er nie entwickelt, weil ihm sein Umfeld gar nicht die Möglichkeit dazu gelassen hat …"

Jessica war während ihrer Ansprache kein einziges Mal ins Stocken geraten oder hatte etwas vergessen. Sie blickte jetzt, da alles seit fast eineinhalb Stunden vorbei war, immer noch ein wenig selbstverliebt auf ihre Rede zurück. Eigentlich hatte sie vorgehabt, das Gerichtsgebäude so schnell wie möglich wieder zu verlassen. Diesen Plan hatte Maria Heinrich gründlich durchkreuzt. Sie hielt sich immer noch in Jessicas Nähe auf und strahlte über das ganze Gesicht, während ihr unscheinbarer Mann hinter ihr, kaum zu sehen war. Im Foyer standen Menschengruppen beieinander. Jessicas Blick fiel auf Toni. Sie bewegte den Kopf in Richtung der großen Flügeltüren, und Jessica wusste, was das bedeuten sollte: Komm, lass uns gehen.

Je mehr Zeit verstrich, desto größer war die Gefahr, dass vom heutigen Urteil etwas nach draußen gelangte, ohnehin war es ja eine öffentliche Veranstaltung gewesen. Wieder schaute Jessica zu den großen Türen. Gleich würden sie aufgehen und ihr kam es vor, als stünde ihr der Gang auf eine riesige Bühne bevor.

Toni nickte noch einmal in ihre Richtung und wedelte mit der Hand. Jessica bahnte sich einen Weg durch die Menschen und lief auf Toni zu. Plötzlich tauchte Steven Jung auf. Was will der denn jetzt noch? Jessica schaute zu ihm hinüber und sah, wie er aufrecht auf sie zusteuerte. Die Brille hatte er wie meistens auf der Stirn. Zusammen mit den halblangen Haaren, die gepflegt über die Ohren nach hinten liefen und seiner braunen Gesichtshaut sah er aus, als wäre er gerade aus der Toskana zurückgekommen. Heute vor Gericht: keine einzige fahrige Handbewegung, kein Wackeln der Stimme, nicht eine einzige Unsicherheit. Ganz so, als hätte es die Vorverurteilung Heinrichs in Zusammenhang mit der DNA-Spur nicht gegeben. Schon klar. Diese Sache war heute nicht Gegenstand der Verhandlung gewesen. Aber trotzdem! Wie konnte eine solche Niederlage an einem Menschen so abperlen.

„Gratulation", rief Jung und streckte Jessica die Hand entgegen. Jessica schlug ein, und Jung hielt ihre Hand fest. Toni wollte sich in diesem Moment vor Jung stellen, vielleicht um ihn abzuwimmeln. Jung verhinderte das, in dem er Jessica zu sich heranzog. Jessica befreite sich aus seiner Hand. Gut, wahrscheinlich will er sich rechtfertigen oder entschuldigen. Ihm hätte von Beginn an klar sein müssen, dass er mit dem DNA Beweis und der wackligen Zeugenaussage nicht weit kommen konnte.

„Ich weiß nicht so recht, wie ich es sagen soll", begann Jung.

„Jeder macht Fehler", half Jessica. „Allerdings haben Sie erheblich zu der Vorverurteilung meines Mandanten beigetragen. Familie Heinrich hat extrem darunter gelitten."

Jung zuckte die Schultern und deutete mit einer Hand auf den Gerichtssaal. Jessicas Blick folgte seiner Handbewegung. Noch einmal sah sie die vergoldeten Buchstaben: *Schwurgerichtssaal.* Das Wort spannte sich nicht nur über den Eingang zum Saal, sondern auch über den Sandsteinkopf der Göttin der Gerechtigkeit. Justitia schaute von oben auf die Flügeltüren zum Saal hinab. Während in Jessica noch einmal das Gefühl aufkam, dem altehrwürdigen Gebäude heute gerecht geworden zu sein, fragte sie sich jetzt: Was will Steven Jung?

„Gerade eben", sagte er in den Moment der Stille hinein, „haben wir den Fall Heinrich zusammengerollt und in die Tüte gesteckt. Ich habe keine Lust, diese Tüte wieder zu öffnen."

Jessica versuchte, Jungs Antwort einzuordnen. Er drehte sich zum Ausgang um und bedeutete ihr mit einer ausladenden Armbewegung zu folgen. Langsam ging Jessica auf die Türen zu und erhaschte dabei einen Blick auf Tonis Gesicht. Sie hob die Augenbrauen.

„Frau Dr. Scheffold. Was ich eigentlich sagen will: Ich stehe in engem Kontakt zu Kommissar Wandt, und wie ich erfahren habe, ermittelt die Polizei in der Sache Ihres Shitstorms durchaus erfolgreich. Die Staatsanwaltschaft unterstützt diesen, wenn auch etwas ungewöhnlichen Weg. Ich habe mich deshalb mit Oberstaatsanwalt Gassner abgesprochen, damit wir mit dieser Veranstaltung keine formalen Fehler machen."

Jung hielt Jessica die Tür auf. Jessica trat ins Freie. Jung also. Wandt hatte mit Jung gesprochen.

„Um es kurz zu sagen: Wir hoffen auf weitere Ergebnisse, beziehungsweise darauf, dass sich möglichst viele Betroffene melden."

Um eine Sammelklage lostreten zu können, vervollständigte Jessica Jungs Satz in Gedanken. Sie schaute Jung an. Er lächelte.

„Sie hätten einen einzigen Sachverhalt", sagte sie. „Viele Opfer, also viele Akten. Viele Akten ist gleich viel Geld."

Jung schaute über sie hinweg in die Menschenmenge und lächelte dabei. Selbst als er Jessica antwortete, behielt er das Lächeln bei.

„Es geht im Leben nicht nur um Liebe, Frau Scheffold."

Das war es also! Die Staatsanwaltschaft stand unter Druck. Erklärte das auch, warum es sich Jung mit Heinrich so einfach gemacht hatte? Jessica starrte immer noch Jung an, der wohlwollend in die Menge schaute, als hätte er den Prozess gewonnen und nicht sie.

Das alles ist kein Zufall! Er hat diesen Auftritt gesucht. Er spekuliert jetzt schon auf die Sammelklage und damit auf einen lukrativen Prozess mit der entsprechenden Publicity.

Jessica hörte jetzt Männerstimmen.

„Da ist sie, da ist sie!"

Die Journalisten hoben ihre Kameras, Jung nickte ihnen zu und wollte gerade noch einen Schritt auf sie zugehen. Allerdings schob sich jetzt Toni vor ihn und drückte Jung in Richtung des Treppengeländers weg. Jessica ließ ihren Blick über die Journalisten gleiten und sah mindestens sechs oder sieben. Und da! Ein stabiles, dreibeiniges Stativ mit einer schweren Kamera drauf. Jessica sah eine blaue Mikrofonhülle, eine weiße Eins und die weißen Buchstaben ARD. Das gibt es doch nicht, durchzuckte es sie.

Hinter den Journalisten standen ein paar Typen, die wahrscheinlich zu Marco Rauch gehörten. Jessica kannte das Klientel: beinharte Männer mit Tattoos von Walhalla und Thor. Umso mehr überraschte es sie, dass sich Marco Rauch im weißen Hemd und Anzugshose präsentierte. Er strahlte Kompetenz aus, warf in diesem Moment seine Zigarette lässig weg und legte sich beide Hände auf die Brust. Er grinste Jessica an. Während Rauch die Geste nur kurz andeutete, griffen sich seine Männer ebenfalls an die Brust und begannen, grob zu reiben. Sie lachten dabei.

Einer rief: „Wo warst du Silvester?" Und dann noch eine Stimme: „Komm Süße! Deine Nummer bitte!"

Marco Rauch rief: „Toleranz ist ...", und seine Männer antworteten: „Feigheit."

Jessica machte zwei, drei unsichere Schritte. Sie versuchte, sich zu konzentrieren. Ihr Blick erfasste auf der anderen Straßenseite ein Polizeiauto, davor drei Polizisten. Sie gingen jetzt langsam auf Marco Rauchs Gruppe zu. Jessica atmete tief durch und fixierte die Männer von der ARD. Dahinter standen der Journalist Wagner und sein rotbäckiger Adjutant von der *Süddeutschen Zeitung*.

Okay, sagte sich Jessica, in der Reihenfolge. Die erste Frage konnte entscheidend sein.

„Frau Dr. Scheffold", rief einer der ARD Männer, „Ihr Kommentar zum Urteil."

„Wir sind natürlich froh, dass unsere Strategie aufgegangen ist, vor allem ist es gelungen, den Tatvorwurf der Vergewaltigung und des Exhibitionismus strikt voneinander zu trennen. Jochen Heinrich und seine Familie waren einer beispielslosen Vorverurteilung ausgesetzt. Ich möchte noch einmal betonen, wie wichtig es ist, dass die Berichterstattung auf gut recherchierten Fakten beruht."

„Aber ihr Mandant bleibt schuldig?", hakte der Mann nach.

„Ja, in Bezug auf den Tatbestand des Exhibitionismus. Ich habe heute versucht darzustellen, dass die Handlungen meines Mandanten, so verstörend sie auch wirken mögen, seine Strategie waren, um mit Stress und Aggressionen umzugehen."

„Das heißt?"

„Bis Fachleute beispielsweise Zwänge, Depressionen oder andere psychische Auffälligkeiten feststellen, vergeht immer noch zu viel Zeit. Wir müssen da offener werden und uns auch in unseren Schwächen annehmen."

„Aber wie rechtfertigen sie das alles vor so vielen unschuldigen Opfern von Sexualtätern allein im letzten Jahr? Wir sprechen über das Jahr 2015." Harry Kopp von der *Bild* drängte sich an den ARD Männern und Wagner vorbei.

Manche Leute sind doch einfach nicht tot zu kriegen, dachte Jessica.

„Ich muss den Einzelfall sehen, und hier war es ganz klar, dass die exhibitionistischen Handlungen meines Mandanten eben nichts mit Gewalt im eigentlichen Sinne zu tun haben, also mit dem Gewaltpotenzial, das notwendig ist, um eine Frau zu schlagen, festzuhalten und zu vergewaltigen. Die Handlungen meines Mandanten hatten einen anderen Hintergrund."

„Aber wäre es nicht sinnvoll gewesen, wenigstens das komplette Strafmaß auszuschöpfen? Ist das Urteil nicht zu milde?"

„Gegenfrage: Wem nutzt der Freiheitsentzug in diesem Fall? Außerdem lautet das Urteil: Freiheitsentzug ganzes Jahr, ausgesetzt zur Bewährung. Mein Mandant hat Bedingungen zu erfüllen – Aufbau einer Selbsthilfegruppe, Ableistung von Sozialstunden, psychotherapeutische Begleitung. Vor allem soll die Selbsthilfegruppe viel bewegen und eben zu der Offenheit beitragen, die ich gerade erwähnt habe."

„Ist es nicht so, Frau Dr. Scheffold, dass es eine gewisse Nähe zwischen Ihnen und Heinrich gibt?", fragte Bildreporter Kopp jetzt und versuchte dabei, noch näher an Jessica heranzukommen. „Ist Ihre digitale Präsenz auch eine Art des Exhibitionismus? Das Dirndlfoto als Spitze dieses Bestrebens?"

Vorsicht, er will eine Falle stellen.

Plötzlich drückte sich Wagners Adjutant an dem hageren Bild-Reporter vorbei: „Haben Sie den Prozess mit ihren Brüsten gewonnen?"

Für einen Moment sah es danach aus, als wolle Wagner den jungen Mann zurückreißen. Er ließ ihn aber gewähren. Ohnehin hing die Frage in der Luft.

Toni war dicht neben Jessica. Die große Frau machte immer wieder einen kleinen Schritt nach links und nach rechts und verhinderte damit, dass Steven Jung in die Nähe der Journalisten kam.

„Und Ihre Presseakkreditierung? Hat Ihr Penis dabei eine Rolle gespielt?", antwortete Jessica.

Toni fasste jetzt nach ihrem Arm. Zusammen liefen sie die Treppe nach unten auf die anderen Journalisten zu. Sie machten Platz, eine Gasse tat sich auf und plötzlich sah Jessica Klaus Bleibtreu und Daniel. Daniel winkte ihr kurz.

„Frau Dr. Scheffold", rief Bleibtreu, „am Mittwoch gibt es zum Thema Facebook eine Infoveranstaltung der Polizei. Es fällt nicht schwer, einen Zusammenhang zu Ihren privaten Fotos und dem Shitstorm herzustellen. Sie haben schon einmal eine bundesweite Debatte in Gang gesetzt – muss sich Facebook warm anziehen? Liegt Ihnen etwa eine Namensliste der Betroffenen vor?"

Jessicas Blick fiel in diesem Moment auf Daniel, der ihr aufmunternd zunickte. Jetzt schaute sie zurück zu Bleibtreu, auch er schien zu nicken.

„Jeder, der ein großes Profil auf Facebook hat und zugeben muss, dass damit Zahlungen verbunden sind, sollte unbedingt diese Veranstaltung verfolgen. Mehr kann ich dazu nicht sagen."

Jessica hob den Kopf und lächelte.

„Frau Dr. Scheffold", rief Wagners Adjutant aufgebracht, „gibt es eine CD, eine Namensliste?"

Daniel machte eine waagerechte Handbewegung und die hieß natürlich: cut.

Toni zog jetzt kräftig an Jessica Arm. Zusammen liefen sie schnell durch die Menschenmenge. Marco Rauch brüllte noch einmal „Toleranz ist Feigheit!"

Jessica spürte Tonis kräftigen Zug, und einen Moment

später waren sie an Rauchs Männern vorbei. Die Polizisten nickten zufrieden.

„Frau Kollegin", rief Jung hinter ihnen. Seine Stimme klang jetzt dünn, er rang nach Atem.

„Wir drehen uns jetzt nicht noch einmal um", sagte Toni entschlossen. „Komm schnell weiter."

Jessica spürte Jungs Anwesenheit im Rücken. Es war ihr unangenehm, dass ausgerechnet er in die Sache um die Profilanalyse involviert war.

Kapitel 12

Wieso?", fragte Toni aufgeregt in ihr Handy. „Der obere Wasen liegt auf dem Weg. Wir kommen vorbei, laden dich ein, und alles ist gut. Du darfst auch deinen Hammer mitnehmen." Einen Moment später steckte sie ihr Handy in die Hose. „Okay, er hat jetzt zugestimmt. Also stur ist gar kein Ausdruck. Los jetzt, es ist Zeit."

Jessica nickte.

Fünfzehn Minuten später hielten sie vor Daniels Haus. Er kam gerade die Treppe herunter, öffnete jetzt die hintere Tür des Audis und sagte „Hallo."

Daniel hatte zwei Laptops dabei, einen großen und einen kleinen. Er öffnete sofort den kleinen und begann, konzentriert zu lesen. Jessica schaute in den Rückspiegel und sah, wie Daniels Unterlippe bebte. Ab und zu rieb er sich mit den Händen seitlich an den Beinen entlang.

Wie schwer musste ihm das fallen. Er hatte sich das Stottern mühsam abtrainiert, und, davon abgesehen, mochte er es nicht, im Mittelpunkt zu stehen. Daniel schaute von seinem Laptop auf. Ihre Blicke trafen sich und er lächelte ihr kurz zu.

„Bis jetzt habe ich alle Anfragen dieser Art erfolgreich abgelehnt, was aber auch bedeutet: Ich habe so etwas noch nie gemacht."

„Was für Anfragen?", fragte Toni.

„Von Ted-Talk zum Beispiel."

Toni berührte Jessica am Arm und sagte: „Andere wären

235

froh, sie bekämen einmal im Leben die Chance, bei Ted-Talk aufzutreten. Und er lehnt ab."

Sie bewegte eine Hand wie einen Scheibenwischer vor dem Gesicht und schüttelte den Kopf.

„Die vielen Leute, Toni, und heute werden auch viele Leute da sein: Presse, Kameras, Youtube, Blogger ..."

„Selbstverständlich, darum geht es doch", antwortete sie.

„Du hast deine Präsentation auf dem Laptop", sagte Jessica. „Du klickst dich einfach Schritt für Schritt da durch und sagst, was du zu sagen hast. Ein Schritt nach dem anderen. Ich lege mir auch immer einen Weg zurecht, den ich dann in Gedanken vor Gericht einfach ablaufe. Ich weiß auch, wie es sich anfühlt, wenn man sprechen muss und eigentlich nicht will."

„Hast du den Hammer jetzt dabei?", fragte Toni. „Ich mein ja nur, falls dir einer blöd kommt."

„Toni, jetzt hör doch mal auf."

„Wie jetzt? Habe ich den Stick zertrümmert, oder er hier da hinten auf der Rückbank?"

„Ja, aber es ist doch jetzt erledigt."

Daniel grinste.

Sie fuhren die Doblerstraße hinauf, am Kanzleigebäude vorbei. Jetzt die Abbiegung in die Neugreuthstraße, das Polizeigebäude kam in Sicht.

„Was ist denn da los?", fragte Toni.

„Wieso gehen die Leute nicht einfach rein?"

Jessica fuhr langsam und schaute dabei nach einem Parkplatz. Sie lenkte den Audi in eine gerade frei gewordene Parklücke an der rechten Fahrbahnseite.

„Da hat jemand so ein Band. Sie sind gerade dabei, den Eingang zum Gebäude abzusperren."

Toni drehte sich zu Daniel um. Jessica hielt und sagte:

„Kommt, lasst uns schauen, was dort los ist."

Daniel drehte den Kopf hin und her, um besser sehen zu können. Beim Aussteigen sagte er: „Ich glaub, ich weiß es."

Sie gingen auf die Menschengruppe zu. Jessica sah Wandt, der vor dem Platz auf und ab lief und offenbar Anweisungen gab. Zwei Beamte hantierten immer noch mit dem Absperrband.

„Dort ist Marco Rauch mit seinem Hund und ein paar Leuten", sagte Toni.

„Ja", Jessica nickte, „und Klaus Bleibtreu."

Jessica hörte Bleibtreus Stimme. „Das passt Ihnen doch alles sehr gut in den Kram, Herr Rauch, oder?

„Was wollen Sie damit sagen?"

Rauchs Pittbull zog den Schwanz ein und suchte zwischen den Beinen seines Herrchens Schutz.

„Sie haben doch kein Interesse daran, dass der Shitstorm um Jessica Scheffold auf ein Analyseverfahren Facebooks zurückzuführen ist? Darum sollte es unter anderem ja heute gehen. Oder ist es etwa Ihre Art, mit der Enttäuschung umzugehen, dass Jochen Heinrich mit einem milden Urteil davonkam?"

„Wir stehen für Anstand und Ordnung. Von mir gibt es so ein Foto nicht, und ich laufe auch nicht nackt durch den Stadtpark."

„Ja, von Ihnen gibt es leider ganz andere Fotos. Das ist wirklich wahr."

„Ja, aber jeder Mensch sollte die Chance haben, sich zu entwickeln. Warum sollte das nur für bestimmte Leute gelten?" Damit spielte er natürlich auf Jochen Heinrich an.

Klaus Bleibtreu wollte gerade etwas erwidern. Jessica stellte sich zwischen die Männer. Sie legte eine Hand über die Augen, um sich vor der flachen Sonne zu schützen, und schaute zu Marco Rauch auf.

„Worum geht es hier eigentlich?"

Marco Rauch deutete mit einer Hand auf das Polizeigebäude.

„Bombendrohung", sagte er kurz.

„Da haben Sie gleich den richtigen Mann gefunden, Frau Dr. Scheffold."

„Aber Herr Bleibtreu, Sie wissen doch selbst, wie zahlreich die Gründe für eine Bombendrohung sein können. Teenager, Trittbrettfahrer, eine politisch motivierte Tat. Es ist Aufgabe der Polizei, Indizien zu finden."

„So ist es", sagte Rauch und grinste. Sein Hund schaute jetzt etwas mutiger zwischen den Beinen hervor.

„Ihre Nerven möchte ich haben, Frau Scheffold. Schauen Sie mal da drüben. Staatsanwalt Jung und Richter Schramm. Der Medienprofessor Steffen Geprägs aus Berlin und viele andere interessierte Menschen." Bleibtreu deutete mit einer Hand in die Runde.

Plötzlich war Daniel neben Jessica. Er trat nach einer Bierdose, die neben Marco Rauch lag, sie flog in einem hohen Bogen, kam scheppernd auf dem Boden auf und rollte Kommissar Wandt vor die Füße. Wandt schaute auf und kam jetzt auf Jessica zu. Er nahm die Brille ab, setzte sie wieder auf, federte zwei, drei Mal auf den Füßen.

„Was soll ich sagen? Sie sehen ja selbst. Es gab drei anonyme Anrufe, und wir nehmen die Sache sehr ernst. Einsatzkräfte müssen das ganze Gebäude durchsuchen. Die Spürhunde sind aber noch nicht da."

„Die Veranstaltung fällt also aus", sagte Jessica.

Wandt breitete seine Arme aus und nickte. Dann schaute er eindringlich Marco Rauch an, dessen breites Grinsen immer schmaler wurde.

„Herr Rauch", sagte Wandt, „mal angenommen, Sie würden mich mit Ihrem Handy anrufen. Sehe ich dann die

Nummer, oder sehe ich die Nummer nicht?" Der Kommissar ging auf Rauch zu, stand jetzt vor ihm und wippte auf den Füßen. Rauch schaute nach unten und nahm seinen Pitbull kurz an die Leine.

„Natürlich haben Sie in Ihrer Gruppe viele, die Ihnen helfen, nicht wahr? Eine Gefälligkeit, ein Telefonanruf, was ist das schon? Sie stehen hier und wollen damit beweisen, dass Sie damit nichts zu tun haben."

Wandt deutete hinter sich auf die Absperrung.

„Ich glaub, ich habe Ihre Nummer gar nicht", antwortete Rauch und grinste. Wandt hob einen Zeigefinger und wollte gerade etwas erwidern. Jessica kam ihm zuvor.

„Herr Wandt, wollen sie nicht erst mal die Spurenauswertung abwarten?"

Wandt hörte auf zu federn und schaute Jessica an.

„So wie Sie Verteidigerin sind, bin ich Polizist."

Jessica hörte Tonis Stimme. „Daniel?", rief sie.

Jessica drehte sich um und sah, dass er bereits ein Stück in Richtung des Audis davongegangen war. Sie ließ Rauch und Wandt stehen, lief Daniel schnell nach, erreicht ihn und griff nach seinem Arm. Seine Hand glitt in ihre Hand.

„Ich hätte es dir so gewünscht", sagte er und lief dabei weiter.

Jessica zog an seiner Hand. Er blieb stehen und drehte sich zu ihr um. Seine Unterlippe bebte. Sie legte ihm kurz einen Zeigefinger auf die Lippen und merkte, wie angespannt er war. „Gut", sagte Jessica. „Dann muss es eine andere Möglichkeit geben. Du kannst die Präsentation auch zu Hause zeigen, und ich nehme alles mit meiner Canon auf, und fertig."

„Ja", antwortete Daniel. „Es ist nur so: Ich hätte Wandt gerne dabeigehabt, sonst stehe ich wieder da wie ein, wie ein ..."

„Verstehe", unterbrach Jessica. „Vielleicht warten wir zwei, drei Tage ab und entscheiden uns dann."

Daniel nickte, und trotzdem merkte Jessica, wie enttäuscht er war. Toni kam heran, schnaufte und stemmte die Hände in die Hüfte.

„Hätten wir den Stick noch, könnten wir zu Wandt und sagen: Hier Stick und dann Bombendrohung – das ist eine Linie."

„Offenbar sind wir nicht unbeobachtet, wobei wir natürlich gar nicht wissen, ob es einen Zusammenhang gibt oder nicht."

„Das liegt doch auf der Hand", antwortete Toni.

Kapitel 13

Toni hatte sich zwei Servietten in den Kragen gesteckt. Sie aß die letzten Löffel Spaghetti Bolognese und nippte hin und wieder am Rotweinglas. Wie immer behandelte Salvatore Toni, als sei sie eine Primaballerina.

„Alles in Ordnung, Principessa?"

Toni hob ihr Weinglas in seine Richtung und strahlte über das ganze Gesicht. Jessica dagegen schob ihren noch halbvollen Teller von sich. Der Essensgeruch drang ihr unangenehm in die Nase. Sie hatte keinen Appetit. Sie wischte über das Handydisplay und tippte auf den grünen Whatsapp-Button.

„Warum rufst du ihn nicht einfach an?", fragte Toni mit vollem Mund.

„Einfach so?"

„Ja, wieso nicht?"

„Hast du nicht gesehen, wie enttäuscht er am Mittwoch gewesen ist, und außerdem arbeitet er vielleicht an dem Video."

„Wie jetzt?"

„Also ich meine, ich will ihn nicht ablenken."

„Aber er hat doch die Präsentation fertig auf seinem Laptop. Heute ist Samstag, er wird sich bestimmt von der Sache erholt haben. Man kann es wieder drehen wie man will. Mittlerweile ist sich die Presse fast einig, dass der Zwischenfall und die Infoveranstaltung zusammenhängen müssen. ‚Eine Frau gegen Facebook. Frau Dr. Scheffold nimmt es mit dem Mediengiganten auf', hat gestern die *Bild* geschrieben."

„Ja", Jessica nickte. „Unser Glück ist, dass Wandt nicht lockerlässt und Daniel hoffentlich auch nicht. Die Pressestelle hat gestern zugesichert, das Video Mitte nächster Woche online zu stellen."

„Eben", antwortete Toni. „Wandt und Daniel müssen nur noch das Video abdrehen. Das ist vielleicht eine Sache von einer Stunde, mehr nicht. Gut, die Nachbearbeitung auch noch."

„Ja, ich hoffe. Wandt hält sich natürlich bedeckt, was Termin und Ort angeht, und das hat seinen Grund. Donnerstag habe ich zuletzt mit ihm gesprochen, da ist er schlechter drauf gewesen als am Mittwoch zur Bombendrohung."

„Vielleicht hat die Spurenauswertung im Gebäude nichts ergeben. Jedenfalls ist ja keine Bombe gefunden worden."

„Ja", antwortete Jessica. „Ich denke, dass auch Wandt auch von einem zweiten Motiv ausgegangen ist."

„Vielleicht kommt einer mit starken, erfolgreichen Frauen nicht klar, will sie vom Sockel stoßen, was er vorher mit seiner Mutter nie geschafft hat."

„Dann ist es wirklich so", sagte Jessica. „Wir haben es mit Mr. Cluster zu tun, der sich eine goldene Nase über das System verdient und von Zeit zu Zeit eine Blondine aus dem riesigen Datenpool greift, die er sich vielleicht auch über einen Algorithmus suchen lässt. Weitergedacht bedeutet das: Wandt hatte am Mittwoch bestimmt Vorkehrungen getroffen."

„Wie jetzt?", fragte Toni. „Was für Vorkehrungen?"

„Vielleicht hatte unser findiger Kommissar darauf gehofft, Mister Cluster würde zu der Veranstaltung kommen."

„Du meinst, er hat Kameras installieren lassen?"

242

„Zum Beispiel." Jessica nickte.

„Ja, ich verstehe Wandt. Er wollte Mr. Cluster aus der grauen Masse des Internets herauslocken."

„Was im Prinzip eine sehr vage Hoffnung ist."

„Eben, Mr. Cluster könnte auch in San Francisco sitzen und sich nur an deinem Bild aufgeilen, als Wichsvorlage. Vielleicht reicht es ihm, sich einen zu schrubben?"

„Principessa", rief Salvatore dazwischen.

„Salvatore, das sind Frauengespräche", rief ihm Toni zu.

„Si, si", rief er, warf die Arme in die Luft und lief davon. Toni grinste, nahm die Servietten aus dem Kragen und wischte sich über den Mund.

„Was schreibt Vivien Schwägler?", fragte sie jetzt und deutete auf den Brief, den Jessica neben sich liegen hatte.

„Erst mal, dass sie meinen Mann vertritt. Sie deutet außerdem an, ich hätte mit meinen Affären und durch den Auszug ganz erheblich zu der Situation beigetragen, deshalb käme die Klausel 10b des Ehevertrages zum Tragen."

„Lass mich raten: Am liebsten würden sie dir gar nichts zahlen. Habe ich recht?"

„Ja, und jetzt ist es wirklich an der Zeit, den Spieß umzudrehen. Ich kann mit ..."

Das Handy klingelte. Auf dem Display war eine Festnetznummer zu sehen, das erkannte Jessica an der Vorwahl. Sie hörte Daniels Stimme: „Jessica, gehts dir gut?"

Sie legte kurz die Hand über das Mikrofon und raunte Toni „Daniel" zu. Toni grinste.

„Ja?", sagte Jessica jetzt und dachte: Er ruft an, er ruft an. Sie spürte ihr Herz.

„Gehts dir wirklich gut? Wo bist du?", hörte sie Daniels Stimme, und er hörte sich seltsam matt und leise an.

„Daniel, ich kann dich kaum verstehen. Warte mal, ich gehe kurz raus."

Noch während sie nach draußen lief, überkam sie ein ungutes Gefühl. Eigentlich hätte er eine danieltypische SMS geschrieben mit maximal zwei Wörtern: „Wie gehts?" Heutzutage war das viel üblicher als ein Anruf. Und warum rief er über das Festnetz an? Jessica umklammert das Handy. Endlich vor der Gaststätte fragte sie: „Daniel?"

„Solange es dir gut geht, ist alles in Ordnung", sagte er und seine Stimme klang, als hätte er nur noch Kraft für fünf Sätze. Der Stick und die Bombendrohung. Auf dem Stick war ein Zeitraum angegeben gewesen. Mein Gott, heute ist der vierundzwanzigste September, durchfuhr es Jessica. Plötzlich wusste sie ganz sicher, dass aus der unbestimmten Gefahr eine konkrete geworden war. Jemand war Daniel auf den Fersen. Diese plötzliche Erkenntnis lähmte sie nahezu, weil sofort die Frage mitschwang: Wie viel Schuld sie an allem hatte.

„Daniel?", fragte Jessica, um Fassung bemüht. „Wo bist du?"

„Gute Frage, weiß nicht."

„Was soll das heißen: Du weißt es nicht?"

„Ich weiß es wirklich nicht. Es ist hier alles so ..."

Wieso weiß er nicht, wo er ist. Jessica versuchte klar zu denken.

„Du hast ein normales Telefon in der Hand?", fragte sie und bemühte sich, ruhig zu atmen.

„Ja."

„Schau dich mal um. Hängt da nicht irgendwo eine Liste mit den wichtigsten Nummern, oft steht da dann auch die Hausadresse."

„Ja hier, Notarzt, Hausarzt ... hier steht was."

„Ja?"

„Pension Schönblick, Im Feld 2, 72468 Hohingen."

„Daniel hörst du? Bleib dort! Wir holen dich."

„Ich kann sowieso nicht weg ... ich bin auch so müde. Das Haus ist leer, ich habe eine Fenster...“

„Daniel?“, rief Jessica.

Die Verbindung war bereits unterbrochen. Jessica lief schnell in die Gaststätte zurück, schnappte sich Stift und Bestellblock vom Tresen und schrieb die Adresse auf. Sie riss den Zettel ab und lief zu Toni.

„Wir müssen sofort los. Schnell, schnell!“

Toni hatte sich mit Salvatore unterhalten, jetzt verschwand das Lächeln aus ihrem Gesicht. Sie stand auf.

„Salvatore, wir zahlen später.“

„Si“. Er deutete auf die noch halbvollen Weingläser und warf dann die Arme in die Luft.

Auf dem Weg zum Auto setzte Jessica Toni ins Bild und gab ihr den Zettel mit der Adresse. Toni tippte sie ins Navigationsgerät ein. Jessica sagte:

„Ich weiß ungefähr, wo das ist. Alexander hat dort oben ein Wochenendhäuschen.“

„Du meinst das auf der Alb.“

„Ja.“ Jessica nickte.

Sie hatte, wie die meisten anderen Menschen im Städtchen auch, oft ein widersprüchliches Verhältnis zu der nahen Bergkette. Manchmal fühlte sie sich durch die Berge beschützt, manchmal wirkte das dunkle Bergmassiv bedrohlich. In solchen Phasen schienen die Berge jede andere Sichtweise zu verstellen.

Jetzt, mit Beginn der Dämmerung, lag die Albkette wie eine schwarze Mauer vor ihnen. Jessica umfasste das Lenkrad fest und lenkte den Audi durch die ersten Kurven des Albaufstiegs.

„Bist du sicher, dass wir hier hoch müssen?“

„Ja, das ist die Adresse, die er mir genannt hat.“

„Vielleicht hat er sich nur verfahren. Vielleicht ist er

auch so ein Typ, der nur mit Navi fahren kann? Vielleicht ist ihm nur das Benzin ausgegangen? Handyakku alle, was eben so zusammenkommen kann. Ein Missgeschick kommt selten allein. Ist es nicht so?"

„Aber dann hätte er nicht dreimal gefragt, wie es mir geht. Aus irgendeinem Grund hat er sich Sorgen gemacht, und das kann nur bedeuten, dass er irgendwie in der Klemme stecken muss, und er scheint davon auszugehen, dass ich oder wir auch bald in dieser Klemme stecken könnten. Deshalb hat er gefragt. Er hat nicht seinetwegen angerufen, Toni."

Gerade erreichte der Audi die Albhochfläche, um im nächsten Moment in ein schwarzes Tal abzutauchen, links und rechts standen hohe Nadelbäume.

„Keine Sorge", sagte Jessica. „Ich glaub, die Schlucht hier ist nicht lang."

Kein Satellitenempfang, leuchtete Jessica auf einmal eine weiße Schrift auf dem ansonsten fast dunklen Bildschirm des Navis entgegen.

„Eine gottverlassenen Gegend", fluchte Toni.

Der Audi tauchte aus dem Tal wieder auf.

„Wir sind gleich oben auf dem Feld", sagte Jessica.

Toni blieb still. Erst als sich der Wald tatsächlich lichtete und das Feld begann, sagte sie: „Hier kann ich wenigstens ein Stück schauen."

Jessica konzentrierte sich auf die schmale Straße. Sie war kaum breiter als der Audi. Aus den Augenwinkeln sah sie links und rechts der Straße die sanften Hügel und Wachholderbüsche, die aussahen wie schwarze Menschengestalten. Sie fuhr langsamer. Die Straße schien noch enger zu werden, und es kam ihr vor, als bewegten sich die Büsche plötzlich auf das Auto zu.

„Ob es wohl möglich ist, mit der Technik Stimmen nachzumachen? Hast du wirklich mit Daniel gesprochen? Bist du sicher? Am Ende hat uns Mr. Cluster hier hochgelockt. Hier kriegen wir so schnell keine Hilfe, das kannst du mir glauben."

„Teufel noch eins! Toni, wir müssen es drauf ankommen lassen."

Jessica schaltete runter in den zweiten Gang, und der Audi schoss davon.

„Huch", machte Toni.

Die Pension kam in Sicht, und einige Minuten später hielt Jessica auf einem Schotterplatz, der wohl als Parkplatz diente. Kurz darauf ging sie auf den Eingang des Hauses zu, während Toni hinter ihr zurückblieb.

„Da bewegt sich was", flüsterte Toni.

Jessica schaute nach rechts, sah wieder vereinzelte Büsche. Nebel breitete sich dicht über dem Boden aus. Sie rieb sich über die Arme. Hier oben war der nahende Herbst bereits zu spüren. Etwas raschelte und schmatzte.

„Ich glaub, ich warte im Auto", sagte Toni.

„Das kann nur ein Igel sein. Die sind recht laut, und hier oben hörst du alles doppelt so gut."

„Ich sag dir was: Hier oben ist keine Menschenseele. Wer weiß, mit wem du telefoniert hast."

„Lass uns nachschauen. Komm weiter."

Jessica nahm das Handy und schaltete die Taschenlampe ein. Einen Moment später traf der Lichtkegel auf die Eingangstür der Pension. Jessica sah einen weißen Briefkasten mit der Aufschrift: Familie Bodmer, Pension Schönblick.

Sie ging weiter und spürte plötzlich ein Knacken unter ihrem Fuß. Jessica richtete das Handy auf den Boden.

„Glasscherben", raunte sie Toni zu. „Da, das Fenster neben dem Eingang! Es ist offen."

Mit zwei, drei großen Schritten war Jessica bei dem Fenster. Sie stellte sich auf die Zehenspitzen, zog sich am Fenstersims ein Stück hoch und versuchte, etwas zu erkennen. Ihr Blick fiel auf eine helle Wand, an der vermutlich Jacken hingen. Sie nahm das Handy vom Fenstersims und leuchtete kurz in das Haus hinein. Ja, es handelte sich um die Garderobe. Rechts daneben ein Telefontischchen.

Jessica konzentrierte sich. Da war ein flaches und schnelles Atmen zu hören und dazwischen immer wieder einmal ein leises Stöhnen.

„Daniel", rief Jessica.

„Bist du verrückt?", zischte Toni. „Nicht so laut."

„Still jetzt", antwortete Jessica.

„Ja, ich bin hier", hörte Jessica Daniels Stimme. „Nicht durch das Fenster, die Tür ist nur angelehnt."

Jessica leuchtete kurz über den Weg, trat auf die Haustüre zu und ging hinein. Sie fand einen Lichtschalter. Daniel saß direkt neben dem Telefon. Auf dem Boden und um seine Füße lagen Scherben und Jessica sah auch Blutflecken. Er hielt sich mit einer Hand die linke Körperseite und sein ganzer Körper hing unnatürlich nach links, so als wolle er diese Seite entspannen. Sein linkes Auge war fast vollständig zugeschwollen, und er schien kaum genug Kraft zu haben, den Kopf zu heben. Jessica ging auf ihn zu und berührte mit der rechten Hand sein Gesicht. Langsam fasste er nach ihrem Handgelenk und sagte:

„Mach das Licht aus. Schnell!"

Sofort drehte sich Jessica um und tippte auf den Schalter.

„Wir müssen hier weg", sagte Daniel langsam.

„Kannst du dich bewegen?"

„Ich glaub schon, wahrscheinlich müsst ihr mir ein bisschen helfen."

Jessica kauerte sich vor Daniel, legte beide Hände auf seine Knie ab. „Wäre es nicht besser einen Krankenwagen zu rufen?"

„Nein, das dauert zu lange. Sie kommen. Ganz sicher."

„Sie? Jemand hat dich also hierhergebracht?"

„Ich versuche, mich schon die ganze Zeit zu erinnern. Sie müssen mich nach dem Klettern in der Halle abgepasst haben. Ich war eine Zeit lang bewusstlos, dann die Schmerzen, die völlig unbekannte Umgebung, und sie wollten etwas von mir. Dann waren sie weg. Ich bin gekrochen, ab und zu ein Stück gegangen, bis hierher."

„Scht", versuchte Jessica zu beruhigen. „Jetzt ist es gut."

„Gar nichts ist gut", antwortete Daniel matt.

Warum haben sie von ihm abgelassen? Vielleicht hatte er die gleiche Frage wie Jessica im Kopf.

„Toni! Komm rein. Daniel ist hier. Er hat wahrscheinlich Rippenbrüche und Prellungen."

„Oh, wie ich diese Dunkelheit hasse."

„Mach kein Licht."

Jessica leuchtete Toni kurz mit dem Handy entgegen. Toni blieb der Mund offenstehen, als sie Daniel sah. Zusammen halfen sie ihm auf die Beine. Er stöhnte und hielt sich krampfhaft an Jessica fest. Mein Gott, dachte Jessica. Vorsichtig gingen sie auf das Auto zu, blieben einen Moment stehen. Jessicas Blick schweifte über die Hügelkuppen und fiel auf zwei Scheinwerferpaare, die abwechselnd zwischen den Hügelkuppen abtauchten und kurz drauf wieder zu sehen waren.

„Schnell jetzt! Da kommen zwei Autos."

Im Nu hatte Toni begriffen. Sie nahm Daniel behutsam und fast alleine, es gelang ihr, ihn auf die Rückbank zu bugsieren. Jessica saß bereits im Auto, drehte den Schlüssel, der Audi stotterte.

„Mach das verdammte Auto an", schrie Toni schrill.

„Ja, ich versuchs doch!"

Nach zwei weiteren Versuchen sprang das Auto endlich an. Jessica legte den Rückwärtsgang ein, fuhr vom Schotterplatz und raste davon.

Toni drehte sich um und meinte: „Sie holen auf."

Jetzt kümmerte sich Jessica nicht mehr um die schmale Straße und die schwarzen Gestalten. Sie dachte nur: Ich muss es schaffen! Die Angst trat zur Seite, und sie fühlte Wut. Gleichzeitig war sie hellwach. Im dem Moment schoss der Audi vom Feld runter auf die Abbiegung zu. Rechts nach Albstadt-Ebingen, links nach Balingen. Kurz vor der Gabelung schaltete Jessica das Licht des Audis aus. Sie fuhr ohne zu bremsen nach links, ließ das Fenster runter und versuchte, sich am Mittelstreifen zu orientieren. Sie steuerte mit der rechten Hand und streckte den Kopf zum Fenster raus.

„Wie ich die Dunkelheit hasse", sage Toni.

„Wir kommen gleich zur Schlucht, dort mache ich das Licht wieder an."

„Hoffentlich habt ihr eure Handys aus", sagte Daniel leise.

Der Audi erreichte die Schlucht. Jessica schaltete das Licht ein und zog ihr Handy aus der Jeans.

„Schnell Toni, mobile Daten ausschalten."

Im Rückspiegel sah Jessica keine Scheinwerfer.

„Vielleicht sind sie doch Richtung Ebingen abgebogen."

„Hoffentlich", antwortete Toni.

Immer wieder drehte sie sich während der Fahrt zu Daniel um. Zuvor hatte sie auch versucht, ihm Fragen zu stellen. Jessica hatte ihr eine Hand auf den Unterarm gelegt und den Kopf geschüttelt. Toni hatte verstanden.

Jessica bog in die Alexander-von-Humboldt-Straße ein

und fuhr auf den runden Platz zu, der sich vor dem Humboldt-Krankenhaus lag.

„Was soll das denn jetzt?", fragte Toni ungehalten.

„Da ist einer mit seinem Auto liegen geblieben", stellte Jessica nüchtern fest.

„Ja", schnaufte Toni. „Mit dem Ergebnis, dass jetzt noch nicht einmal der Krankenwagen vorbeikommt. Schau dir das an!"

Toni drehte sich nach hinten um.

„Daniel schläft."

Jessica drückte die Lichthupe. Männer standen um den Krankenwagen, einer von ihnen streckte ihr einen Mittelfinger entgegen.

Da vorne wäre Sicherheit und Hilfe und Licht. Sie standen immer noch im Dunkeln. So kurz vor dem Ziel. Sie waren noch keineswegs in Sicherheit!

Jessica drehte sich zu Daniel um.

„Toni!", schrie sie auf. „Der Gurt läuft direkt über seinen Hals. So schläft kein Mensch. Er ist bewusstlos."

Jessica hämmerte mehrmals auf die Hupe und fuhr noch ein Stück auf den eingeklemmten Krankenwagen und die Männer zu. Manche von ihnen steckten sich gerade Zigaretten in den Mund und schickten sich offenbar an, das Auto endlich zur Seite zu schieben. Jessica hupte noch einmal. Die Männer warfen wütend die Arme in die Luft. Dazwischen zwei Sanitäter, die Anweisungen gaben.

„Halt an!", sagte Toni. Im nächsten Moment hatte sie die Autotür geöffnet und beugte sich jetzt über Daniel. Die matte Innenbeleuchtung traf auf sein Gesicht. Jessica sah die Blutbahnen, die ihm aus den Mundwinkeln liefen.

„Er blutet", rief Toni im gleichen Moment.

Jessica wollte hinaus, verfing sich im Gurt. Als sie endlich um das Auto gelaufen war, hatte Toni Daniel schon auf den Armen und lief mit großen Schritten auf das Krankenhaus zu. Jessica versuchte, Schritt zu halten. Sie fasste nach Daniels Beinen.

Toni schnaufte: „Nimm seinen Kopf. Halte den Kopf!"

Jessica folgte Tonis Anweisung.

„Platz da!", schnaufte Toni.

„Sexunfall, oder was? Armer Kerl."

Einer der Männer hielt sein Handy nach oben, und ein Blitzlicht durchzuckte die Nacht.

Dann schien es, als wanderte Daniel auf Tonis Armen ein Stück nach oben. Toni richtete sich offenbar auf und jetzt schrie sie einfach nur und rannte mit großen, weiten Schritten auf die Männer zu. Sie schien Daniels Gewicht gar nicht zu spüren.

„Verdammte Penner! Platz da!"

Die überraschten Männer traten zur Seite. Toni schnaufte jetzt wie ein geschundenes Pferd. Endlich der Eingang.

„Schnell, schnell", rief Jessica. „Eine Trage!"

Zwei Weißgekleidete warfen sofort ihre Zigaretten weg. Während einer durch die Schiebetüren in den Eingang eilte, rief der andere:

„Einen Moment, wir sind gleich da."

Wenige Minuten später rollten sie aus dem Eingangsbereich eine Trage. Als die Sanitäter da waren, legte Toni Daniel behutsam ab und sank auf die Knie. Eine Frau trat hinzu und verhinderte, dass sie ganz umfiel.

„Kommen Sie", wandte sich einer der Sanitäter an Jessica. „Wir brauchen ein paar Informationen."

Jessica drehte sich zu Toni um. Sie kniete immer noch auf der Straße. Regentropfen trafen auf Tonis Stirn und vermischten sich mit dem Schweiß. Toni sah aus, als hätte sie einen Kräfte zehrenden Boxkampf überstanden. Jessica wollte ihr aufhelfen. Sie spürte eine Hand auf der Schulter.

„Keine Sorge. Sie ist in guten Händen."

Kapitel 14

Gerade begannen die Serpentinen des Albaufstiegs und Jessica schaute vom rechten Fahrbahnrand zum Mittelstreifen und wieder zurück, bemüht, nicht zu sehr darauf zu achten, wie tief es neben der kurvigen Straße hinunterging. Dabei streifte ihr Blick Daniel, und im Gegensatz zu ihr schien er die Fahrt zu genießen.

Wandt hatte Jessicas Vorschlag, mit Daniel noch einmal in die Pension zu fahren, nicht gerade begeistert zugestimmt. Dass ihm niemand von dem USB Stick erzählt hatte, mochte dabei eine Rolle gespielt haben. Noch nie hatte Jessica einen Mann so leidenschaftlich toben sehen wie Wandt. Allerdings begriff der Kommissar schnell, wie sehr Daniel an seinen Verletzungen litt. Er konnte sich an die Geschehnisse dieser Nacht kaum erinnern und hatte bis jetzt nur vage Angaben dazu gemacht. Jessica hoffte ebenso wie der Kommissar darauf, Daniel würde sich beim Anblick der Pension eventuell erinnern, wie er dorthin gekommen war.

Noch einmal stieg vor ihren Augen das Bild des hüpfenden und tobenden Kommissars auf. Jessica schmunzelte.

„Was ist?", fragte Daniel.

„Ach, der Wandt."

Daniel winkte ab. „Der brauch sich gar nicht aufregen. Es ist doch so: Er hat bekommen, was er wollte."

Jessica nickte. Damit spielte Daniel auf seine Präsentation an. Er hatte den Vortrag letzten Dienstag in einem Raum der Medienakademie gehalten. Trotz der Rippenbrüche, des verstauchten Knöchels und der zahlreichen Prellungen war er dabei sehr konzentriert gewesen und demonstrierte souverän, was es mit Cluster 73 auf sich hatte. Er nannte alle Produkte und präsentierte zum Abschluss das Phantom Lisa Hilb. Klaus Bleibtreu hatte Daniels Präsentation gefilmt und schließlich sehr geschickt bearbeitet. Daniel war auf dem Video nicht zu sehen, und auch die Redeparts hatte Bleibtreu mit seiner Stimme unterlegt.

Jessica atmete tief durch. Sie war vor Ort gewesen und hatte eben alles andere auch gesehen. Nur der flüchtige Gedanke daran reichte jetzt aus, um Wärme in ihrem Brustkorb entstehen zu lassen.

Jede Bewegung, selbst die Maus oder den Pointer zu bedienen, musste Daniel geschmerzt haben. Deutlich hatte sie den Schweiß auf seiner Stirn gesehen. Und das alles ihretwegen!

Das war aber noch nicht alles. Sie umfasste das Lenkrad fest. Es fuhr etwas Schlimmes und Unaussprechliches im Audi mit, und vielleicht hatte Daniels Gehirn auf eine Art Schutzmodus umgestellt. Jessica wusste darüber nur Bescheid, weil ein befreundeter Arzt auf der Station arbeitete, in die Daniel eingeliefert worden war.

„Er hat Glück gehabt", hatte der Arzt gesagt. „Wäre er der Tortur noch länger ausgesetzt gewesen, wäre wahrscheinlich der Schließmuskel zerrissen und es wäre außerdem zu einer Verletzung des Enddarms gekommen. Um die Funktion des Schließmuskels wiederherzustellen, hätten wir den Darmausgang temporär in die Bauchdecke verlegen müssen, und natürlich ist eine Bakterienwanderung bei solchen Verletzungen nie auszuschließen. Daran kann man sterben."

Einen Moment lang hatte es Jessica geholfen, Daniels Verletzungen so nüchtern zu sehen wie der Arzt. Aber eben nur für einen Moment. Die Täter hatten Daniel gedemütigt, erniedrigt und gefoltert. Schlimmer ging es nicht mehr, und man musste sich nicht wundern, dass sich Daniel nicht erinnern konnte oder wollte.

Hätte sie die ganze Sache mit den bescheuerten Dirndl-bildern nicht auf sich beruhen lassen können? Wie sollte sie das je wiedergutmachen? Wie würde Daniel reagieren, wenn sie in gut fünfzehn Minuten die Pension erreichten?

„Schau mal, da schauen Kalkfelsen aus dem Nadelwald heraus. Da kann man bestimmt gut klettern", bemerkte Daniel.

„Klettern, bist du wahnsinnig? Ich bin froh, wenn ich hier die Kurven heil hochkomme."

„Das schaffst du."

Daniel schaute sie an, und Jessica bemerkte: Der Glanz auf seinen Augen war wieder da. Sein schmales Gesicht hatte auch etwas Farbe. Er lächelte.

„Du bist so still, Jessica."

„Was soll ich sagen?"

„Ich glaub, ich weiß, welchen Gedanken du nachhängst."

„So?"

„Es ist doch so: Hätte es zu der ganzen Sache eine Alter-native gegeben? Die Alternative wäre doch nur gewesen, nichts zu unternehmen. Du darfst dabei nicht so egoistisch sein."

„Ich, egoistisch?"

„Genau du. Es geht ja auch um mich. Schon bei Sofia hatte ich die Parameter vor Augen, und ich wusste auch, wie es gelingen könnte, diese Analyse nachzuweisen. Ich hatte das Wissen dazu und Klaus Bleibtreu irgendwie auch, halt auf seine Art. Stell dir mal vor, in deinem Nachbarhaus passiert ein Mord, du kennst den Mörder, sagst aber nichts der Polizei. Ist man da nicht auch irgendwie in der Pflicht?

Nein, nein", Daniel schüttelte den Kopf, „alles ist gut. Ich bin froh, dass ich der Sache nicht aus dem Weg gegangen bin."

Für einen Augenblick hörte Jessica nur die leisen Fahrgeräusche des Audis. Daniel schien seinen Gedanken nachzuhängen. Er schaute aus dem Fenster und sagte nach einem Moment.

„Vor allem der Witz ist: Ich hätte den drei Typen auch gar nichts sagen können."

„Wieso?"

„Weil das Stottern wieder da war, und zwar so heftig, als wäre es nie weg gewesen. All das Üben, all das Training, mit einem Fingerschnippen weg. Ich hätte mir vor Panik wirklich bald in die Hosen gemacht."

„Kein Wunder."

„Ja, nackte Panik kam da hoch ..."

Daniel schwieg jetzt und schaute wieder aus dem Fenster.

Jessica steuerte den Audi durch die letzten zwei Kurven des Albaufstiegs. Die Hochfläche war gleich erreicht.

Sie kamen aus der letzten Kurve. Das Dunkel des dichten Waldes und der Kurven verlor sich, und Jessica schaute kurz in einen weiten, tiefblauen Himmel. Die Sonne strahlte.

„Da vorne ist ein Parkplatz", sagte Daniel. „Kannst du bitte halten?"

Einen Moment später half Jessica Daniel aus dem Sitz des Audis. Ihre Hände fanden sich kurz. Jetzt drehte sie sich von ihm weg, um seine Krücke von der Rückbank zu holen. Sie gab sie ihm und Daniel bewegte sich ein Stück auf die Felskante zu, die den Parkplatz begrenzte. Er blieb stehen und deutete mit der Krücke auf eine Gesteinsplatte.

„Wie kommt die hierher?", fragte er und drehte sich zu Jessica um. „Das ist der gleiche Stein wie der Fels, den wir beim Hochfahren gesehen haben. Dieses Cremeweiß, manchmal etwas Ocker." Er stupste die Platte mit der Krücke.

„Es gibt Steinbrüche hier oben", antwortete Jessica. „Wahrscheinlich ist die Platte von einem LKW gefallen und jemand hat sie von der Straße geräumt und hier hingelegt."

Daniel nickte und stand immer noch vor der Felsplatte.

Steinbrüche, dachte Jessica. Ein perfekter Ort, um ...

„So was habe ich gesehen", sagte Daniel. „Also, ich meine in dieser Nacht. Ab und zu machten die Kerle Taschenlampen oder Handys an, und dann habe ich genau solche Felsplatten gesehen."

Jessica ging schnell auf Daniel zu und fasste nach seiner Hand. „Sie haben dich also in einen dieser Steinbrüche gezerrt. Ich bin mir ziemlich sicher."

„Ja, vielleicht dachten sie: Platte über den Kerl, und das wars dann."

Jessica nickte und hielt immer noch Daniels Hand. Wie viel Glück er letzten Samstag gehabt hatte. War es wirklich Glück gewesen?

„Du bist wieder so still", bemerkte Daniel.

Jessica nickte: „Ja, es bleibt eine Frage offen."

Daniel zog Jessica sanft zu sich heran.

„Warum haben sie von mir abgelassen? Das meinst du doch."

„Ja."

„Ich konnte ihnen nicht viel sagen, selbst wenn sie mich noch mehr gequält hätten. Außer Ha-, Ha- und Sch-, Sch- ging nichts, und zwar gar nichts."

„Vielleicht hat dir das Stottern das Leben gerettet. Wir müssen ja vermuten, dass es Handlanger waren, die den Auftrag hatten herauszubekommen, wie du es geschafft hast, überhaupt in das System zu kommen."

„Ja, klar. Sie haben natürlich eine Schwachstelle."

„Die du ihnen nicht sagen konntest. Vielleicht hat sie das überrascht und irgendwie aus dem Tritt gebracht?"

„Ja, aber wie hätte ich das mitten im Wald erklären sollen? Ich meine, es handelt sich dabei nicht um die Frage, wie komme ich von Stuttgart nach Tübingen. Das ist so schnell nicht erklärt."

„Vielleicht hatten sie einen Laptop dabei? Oder es sollte nur ein weiterer Einschüchterungsversuch sein."

„Oder nur, um festzustellen, dass ich wirklich derjenige bin, der Cluster 73 entdeckt hat. Ich meine, wie konnten sie sich so sicher sein?"

„Genau, eine Identitätsfeststellung. Vielleicht wissen wir auch nicht alles. Ich meine du und ich. Steven Jung hatte in diesem Zusammenhang achtzig Fälle auf dem Tisch, und Wandt kreist seit drei Jahren um dieses Thema wie ein Fliegenschwarm um ein Plumpsklo. Habe ich etwas davon gewusst?"

Jessica blickte zu Daniel auf. Er sah jetzt über sie hinweg und schaute in das Tal, als hoffe er dort Antworten zu finden. Sie bemerkte das leichte Beben seiner Unterlippe.

„Nein", gab sich Jessica die Antwort. „Davon habe ich nichts gewusst. Abgesehen davon gibt es noch eine weitere Möglichkeit."

„Du meinst, sie wissen bereits, dass alles ins Leere laufen wird – unser Video, die Bemühungen der Polizei und die angestrebte Sammelklage gegen Facebook."

„Sagen wir mal so: Wir sind nicht die Ersten, die etwas gegen Facebook haben und dagegen vorgehen wollen. Bis jetzt hat dieser Gigant all die Sachen einfach ausgesessen. Überhaupt haben wir mit Wandt viel Glück, dass er so weit mitgegangen ist." Daniel schaute Jessica an, und ihr kamen seine Augen plötzlich etwas größer vor.

„Das stimmt", sagte er, ließ die Krücke ins Gras fallen und fasste mit beiden Händen nach Jessica.

„Bleibt es dabei?", fragte sie leise. „Fahren wir zur Pension?"

Ein Ruck lief durch Daniels Körper. Jessica spürte es mit der Hand. Das stotternde Kind kroch in diesem Moment in seine Höhle zurück.

Statt einer Antwort spürte Jessica plötzlich seinen Atem und dann seine Lippen auf ihrem Mund. Das gibt es doch nicht, blitzte der Gedanke inmitten der vielen anderen Fragen und Vermutungen auf. Sie öffnete leicht den Mund und spürte seine Zunge. Ja, angenehm, nicht zu feucht, nicht fordernd, aber bestimmt. Alexander hatte an der Zungenspitze eine etwas härtere Einkerbung, mit der sich Jessica eher abgefunden hatte, als dass sie es mochte. Daniels Zunge genau in diesem Moment war dagegen Sinnlichkeit pur. Wie lauter zarte Berührungen in einer milden Julinacht, verbunden mit dem Duft blühender Linden und reifen Getreides. Sie lösten sich voneinander und hielten sich noch einen Moment an den Händen.

„Lass uns weiter", sage Daniel. „Ich bin bereit."

Jessica nickte und drehte sich zum Audi um. Daniel hüpfte hinter ihr her.

„Willst du die Krücke nicht mitnehmen?" Sie kicherte.

***

Auf dem Michelfeld sah Jessica wieder links und rechts die Wachholderbüsche. Dieses Mal wirkten sie aber kein bisschen bedrohlich, sondern sahen eher aus, als könnten sie Wasser gebrauchen. Sie fuhr langsam an einer Schafherde vorbei. Nach einer weiteren Kurve kam die Pension in Sicht. Jessica fuhr auf den Schotterplatz und hielt neben einem

VW-Transporter, auf dem stand: Schreinerbetrieb Karsten Metzger.

„Wieso hat der nicht einfach Metzger gelernt?", fragte Daniel und stieg aus. Jessica folgte ihm, während er auf zwei Männer zuhumpelte. Sie standen vor dem Fenster, das bei Daniels Einstieg kaputt gegangen war. Sie schüttelten die Köpfe. Daniels Gesten nach führte er bereits ein Fachgespräch. Jessica lief an den Männern vorbei. Die Tür zur Pension stand offen. Gerade trat ein nicht allzu großer Mann aus dem Eingang und fragte:

„Kann ich Ihnen irgendwie helfen?"

„Guten Tag, Scheffold mein Name."

Jessica streckte dem Mann die Hand entgegen.

„Bodmer", antwortete der Mann und schaute Jessica an. „Die Frau Scheffold?"

„Wir sind wegen des Fensters gekommen, das geht natürlich auf unsere Rechnung."

Bodmer winkte ab. „Das Geld ist das kleinere Übel. Was drum rum geschehen ist, beschäftigt uns schon, also meine Frau und mich. Die Spurensicherung war hier, und der Kommissar hat Fragen gestellt. Und hier oben, Frau Scheffold, kennen wir uns alle. Ein ortsansässiger Polizist hat mir verraten, wer in unsere Pension eingestiegen ist. Als ehemaliger Finanzmanager sagte mir der Name Daniel Schmitt nicht sofort etwas, aber der Name Daniel Haag schon."

„Ja, das stimmt."

„Aber, was die Sache betrifft: Wir konnten herzlich wenig dazu sagen. Wir sind ja nicht da gewesen. Gibt es etwas Neues?"

„Soviel ich weiß, nicht so richtig."

Bodmer trat aus der Tür und schaute zu Daniel. „Ich bin 2009 aus der Finanzwelt ausgestiegen, wir haben die Pension hier gekauft, mit ein bisschen Landwirtschaft drum rum.

Daniel Haag ...", Bodmer schüttelte den Kopf. „... ausgerechnet hier oben."

Jessica schaute Bodmer an. Er sah nachdenklich aus und wirkte gut informiert.

„Ich hätte eine Frage, Herr Bodmer."

„Ja, bitte."

„Gibt es hier in unmittelbarer Nähe Steinbrüche?"

„O ja, mehrere, und Höhlen gibt es auch."

„Und wie weit ist der nächste Steinbruch von hier entfernt?"

„Vielleicht zweieinhalb, drei Kilometer. Wenn Sie ein bisschen Zeit haben, können Sie das laufen. Oder Sie fahren mit dem Auto bis zum nächsten Wanderparkplatz, der liegt an der linken Seite unserer Straße. Von dort kommen Sie nur zu Fuß weiter. Es ist ein schmaler Pfad."

„Okay, haben Sie vielleicht eine Visitenkarte oder Ihre Kontonummer wegen des Fensters?"

Bodmer ging ins Haus und kam mit einem Blatt Papier zurück.

„Das ist ein Briefbogen von uns. Da steht alles drauf."

„Danke", sagte Jessica, faltete das Papier und steckte den Bogen in ihre Jeanstasche. Bodmer war bereits zu dem Schreiner und zu Daniel gelaufen.

„Das Fenster ist eingebaut", sagte der Schreiner. „Jetzt fehlt nur noch die Fuge."

„Die wollte ja unbedingt der Malerbetrieb machen", antwortete Bodmer.

„Nur noch der Lehrling da", sagte Metzger und grinste.

Daniel gab dem jungen Mann ein Zeichen und hüpfte auf das Fenster zu. Vor dem Fenster angekommen ließ er die Krücke ins Gras fallen.

„Gib mir mal das gelbe Band", sagte er. „Du klebst so ab, dass die Fuge noch Platz hat."

Jessicas Blick folgte Daniels Bewegungen. Der junge Mann nickte.

„Aber ich habe nur PU hier", sagte er.

„Ist doch genau richtig. Das kannst du später genauso überstreichen wie Acryl."

Der Mann streckte Daniel die Spritze entgegen.

„Beim Ausspritzen schaust du drauf, nicht so viel Material. Jetzt ziehe ich mit dem Finger ab, dabei drehe ich den Finger so, dass das Material vom Klebeband wegkommt."

„Okay."

„So und jetzt brauchst du nur noch das Klebeband abzuziehen."

Der Lehrling trat zum Fenster, löste mit dem Cuttermesser eine Ecke des Klebebandes und zog es vorsichtig ab.

„Genauso." Daniel nickte.

Metzger drehte sich ohne ein weiteres Wort um und stieg in seinen Bus. Bodmer nickte zufrieden. Daniel hob seine Krücke auf und hüpfte auf Jessica zu. Am Zeigefinger klebte ihm das weiße Fugenmaterial.

„Ich kann doch meine Leute nicht im Stich lassen", sagte er, während er sich die weiße Masse vom Finger rubbelte.

„Herr Haag, Sie können sich auch die Hände waschen."

„Nicht nötig", antwortete Daniel, wahrscheinlich darüber verwundert, dass Bodmer seinen alten Namen wusste.

„Danke, Herr Bodmer", sagte Jessica. „Wir wollen gleich weiter und die Zeit noch nutzen, bevor es dunkel wird."

„Verstehe", antwortete Bodmer.

***

Nur wenige Minuten später hielt Jessica auf dem beschriebenen Wanderparkplatz. Daniel begann sich umzuschauen. Die gelöste Stimmung war jetzt vollständig verschwunden.

Er sagte kein Wort und hüpfte in Richtung Wald davon. Jessica folgte ihm. Nach ein paar Metern streifte ihr Blick ein verblichenes Hinweisschild. Eine der ältesten Siedlungsanlagen stand dort. Weiter unten auf dem Schild konnte sie das Wort „Erdwälle" gerade noch erkennen. Sie ging weiter und blieb kurz darauf stehen. Auch Daniel schaute sich um. Irgendetwas schien nicht zu stimmen. Auf einmal fiel Jessica auf, dass sie bereits inmitten des Erdwalls standen, beziehungsweise in dessen Eingang, der in das Innere der Anlage führen musste. Der Wall war größer als Daniel, und natürlich standen Bäume darauf. Jessica versuchte, sich den Wall ohne Bäume vorzustellen, und sofort hatte sie dessen ringförmige Struktur vor Augen. Es war, als würde sie für ihre besondere Aufmerksamkeit belohnt. Ein unaufmerksamer Beobachter hätte wahrscheinlich nur Fichten gesehen und sonst nichts. Jessica fühlte in diesem Moment die Präsenz von etwas Großem. So als stünde sie einem alten und weisen Mann gegenüber. Daniel drehte sich zu ihr um, und für einen Moment glaubte Jessica, er wolle zurück zum Auto, doch jetzt hüpfte er weiter. Kurz drauf standen sie auf einer ebenen, freien Fläche. Jessica fuhr sich über die Arme. Daniel deutete mit seiner Krücke auf einen schmalen Weg, der von diesem Platz wegführte.

„Erkennst du was wieder?", fragte Jessica.

„Ja, alles. Ich habe auch Wandt von einem Platz erzählt. Wahrscheinlich hat er alle Parkplätze absuchen lassen."

„Verstehe", antwortete Jessica. „Diesen Ort muss man schon kennen, sonst kommt man nicht hierher."

Daniel nickte und deutete wieder mit der Krücke auf den schmalen Weg. Jessica wollte nicht weiter, deutlich spürte sie den Wunsch umzukehren. Sie überwand den merkwürdigen Widerstand in sich und folgte Daniel. Es ging noch weiter hinauf. Unter ihren Füßen jetzt kein Waldboden, sondern Fels. Vielleicht hatten Menschen vor Urzeiten diese Stufen hineingeschlagen. Erstaunlich geschickt hüpfte Daniel die Stufen hinauf, und Jessica staunte über seine Kondition. Der Weg verlief jetzt eben weiter. Jessica sah zwei Buchen, die wie Säulen eines Eingangs wirkten. Daniel stütze sich auf seine Krücke und sagte: „Ich gehe jetzt keinen einzigen Meter mehr." Er bewegte den Kopf in Richtung der Bäume. Jessica fasste nach seinem Unterarm.

„Okay, warte hier."

Sie ging auf die Buchen zu, und kühle Luft strich ihr über die Arme und das Gesicht. Wieder wäre sie am liebsten umgekehrt. Sie atmete tief durch und ging an den Bäumen vorbei. Tatsächlich standen die Buchen vor einem weiteren Platz. Links und rechts streckten sich zwei Kalkfelsen dem Himmel entgegen. Am Fuße der Felsen lagen große und kleinere Gesteinsbrocken. In der Mitte des Platzes sah Jessica aufgeschichtete Platten. Oberflächlich betrachtet ein unscheinbarerer Anblick. Langsam lief sie auf die Platten zu. Die Konturen verschwammen vor ihren Augen, und jetzt sah sie eher einen Tisch, auch die Höhe kam hin. Neben diesem Steintisch stand ein abgestorbener Baum, dessen Holz so grau und kalt wirkte wie Beton. Weiter links davon, ein Verschlag aus Stein mit einer Holztür aus groben Brettern. Am Boden davor ein Moosteppich, und plötzlich erkannte Jessica ein Muster. Wie lange braucht so ein Mooskissen, um sich wiederaufzurichten? Bei diesem riesigen Fußabdruck vielleicht zwei Tage.

Mein Gott, sie dachte über Fußabdrücke nach! Jemand war hier.

Jessica griff hastig nach ihrem Handy. Plötzlich ein Knacken, dem ein Echo folgte. Steine rollten über Steine. Hart auf hart. Jessica fuhr zusammen, drehte sich um und rannte zwischen den Bäumen hindurch zu Daniel zurück. Der lehnte ruhig auf seiner Krücke, griff aber sofort nach Jessicas Hand, als sie bei ihm war. Sie drehte sich zu den Buchen um. Keine zehn Meter entfernt sprang ein Reh mit ihrem Kitz über den Weg. Jessica fasste sich an die Stirn.

„Hab ich mich erschrocken", sagte sie und atmete tief aus. „Bist du sicher, dass es hier war?"

„Absolut sicher."

„Wir müssen Wandt sofort anrufen, sonst reißt der uns den Kopf ab."

Daniel griff nach ihrer Hand, in der Jessica immer noch das Handy hielt.

„Hier haben wir null Empfang."

„Der Wandt muss Bescheid wissen."

„Dann schnell zurück zur Pension, da funktioniert das Telefon, wie wir ja wissen."

Jessica nickte. Wieder lief und hüpfte Daniel vorne weg und Jessica erkannte ganz klar, dass er über eine erstaunliche Kondition verfügte, die wahrscheinlich vom Klettersport herrührte. Seine Ausdauer, das instinktive Wissen, die Füße richtig zu setzen, all das hatte ihm in dieser furchtbaren Nacht wahrscheinlich das Leben gerettet.

***

Zwanzig Minuten später fuhren sie auf die Pension zu. Daniel schaute auf Jessicas Handy und meinte: „Nur ein Balken Netz."

„Ja, komm. Lass uns den Festanschluss nehmen. Vielleicht liegt es auch am Wetter. Schau mal den Himmel an."

„Das sollte eigentlich keine Rolle spielen, aber wer weiß."

Bodmer stand im Eingang der Pension und lächelte.

„Dürfen wir noch einmal Ihr Telefon benutzen?", rief Jessica ihm zu.

„Ja, vorausgesetzt, Herr Schmitt benutzt dieses Mal den Eingang und nicht das Fenster." Bodmer lachte.

Jessica wählte Wandts Nummer, und der Kommissar nahm sofort ab. Er ließ sich die Waldstelle genau erklären, sagte zweimal „Ja" und legte dann ohne ein weiteres Wort auf.

„Typisch", sagte Jessica und zuckte die Schultern. Daniel deutete mit einer Hand in den Himmel.

„Das sieht gar nicht gut aus."

„Ja", sagte Bodmer. „Der Wetterbericht hat Starkhagel und Regen angekündigt. Es ist zu gefährlich, den Albabstieg hinunterzufahren. Egal, welchen Sie nehmen."

Bodmer lief ein Stück ins Haus und legte eine Hand auf das Holzgeländer der Treppe, die in den oberen Stock führte.

„Marta, wir haben Gäste. Sie bleiben über Nacht."

„Ja, ich komm!"

***

Bodmers Frau kam die Treppe runter und breitete die Arme aus.

„Nach dem Urlaub seid ihr unsere ersten Gäste."

„Wir möchten Ihnen aber keine Umstände machen", sagte Jessica.

„Nein, nein." Marta winkte ab. „Wir freuen uns darauf, dass es jetzt wieder losgeht. Essen Sie mit uns, und wir stoßen auf die Eröffnung an."

Bodmer nickte zufrieden und winkte Jessica und Daniel in die Küche. Marta stellte vier Schnapsgläser auf den Tisch und schenkte einen Goldbraunen ein.

„Hossinger", erklärte sie, „mit Vorsicht zu genießen, sonst nimmts einem die Schnur raus."

„Ha, ha", lachte Bodmer, nahm ein Glas und hielt es Jessica und Daniel entgegen. „Auf einen guten Abend."

„Prost", antworten Daniel und Jessica gleichzeitig.

Marta setzte sich an den Tisch, während Bodmer zum Herd ging. Kurz danach sah Jessica zwei Gasflammen.

„Tofu ist leider alle", sagte Bodmer. „Heute gibt es Rindfleischsteaks von einem Bauer aus dem Ort, den wir sehr gut kennen. Sie dürfen dreimal raten, wie er heißt."

„Bodmer", antwortete Daniel sofort.

„Richtig", sagte Marta. „Wir haben Bodmers und Epplers hier, alle anderen sind zugezogen."

„Willst du Maiers als Zugezogene bezeichnen?", warf Bodmer ein.

„Ja, natürlich! August war der erste."

Bodmer fasste sich an die Stirn und schwenkte mit der anderen Hand eine große gusseiserne Pfanne über der Gasflamme. Er legte drei Steaks hinein, und Jessica hörte jetzt das sanfte Brutzeln des Öls.

„Wie viele Generationen braucht es eigentlich?", fragte er über die Schulter seine Frau.

„Viele", antwortete Marta und schenkte eine zweite Runde Hossinger ein.

„Mit dem Fleisch sind wir wirklich auf der sicheren Seite. Ich helfe dem Bodmer schon monatelang mit seiner Mutterkuhherde. Er selbst kann nicht mehr so richtig, und wir wollen die Herde bald übernehmen. Uns passt die direkte Vermarktung des Rindfleischs sehr gut in den Plan. Genau so etwas haben wir gesucht. Wir unterstützen sehr die Region, müssen Sie wissen."

„Herr Schmitt", wandte sich Bodmer jetzt an Daniel, „dass Sie es bis hierhergeschafft haben."

„Wundert mich auch."

Marta begriff offenbar in diesem Moment, dass es sich bei Daniel um die Person handelte, die in die Pension geklettert war.

Sie goss sich noch einmal einen Hossinger ein. Jessica legte schnell ihre Hand auf das Glas. Daniel zeigte mit Daumen und Zeigefinger, wie viel er noch wollte. Marta nickte und schenkte ihm dabei das Glas randvoll.

„Das haben Sie sich verdient", meinte sie.

Bodmer stellte die Steaks auf den Tisch und holte Kartoffelsalat und Senf aus dem Schrank. Jetzt drückte er einen Brotlaib an die Brust und schnitt mit einem riesigen Messer sehr geschickt gleichmäßige Scheiben ab.

Bodmer deutete mit dem Messer auf Daniel und meinte:

„Offenbar sind Sie jemanden gewaltig auf die Füße getreten, und Sie haben dabei eine Grenze überschritten."

Jessica horchte auf. Will der jetzt doch noch über das Fenster und die Reparatur verhandeln, oder was?

„Ja, wie will ich sagen. Es gibt Themen, da bohrt man lieber nicht allzu tief, wenn man sich Ärger ersparen will. Nine-eleven ist so ein Ding, und das Geldsystem war für mich das Thema. Ich habe mich dann entschieden, das alles hinter mir zu lassen. Nein ...", Bodmer schüttelte den Kopf, „... ich wollte nicht mehr und ich konnte auch nicht mehr."

„Verstehe", antwortete Daniel. „Sie sind sich also treu geblieben?"

„Ja, so kann man es vielleicht auch sagen. Ich hatte kurzzeitig zu einer ökologischen Bank gewechselt, und dort habe ich dann Marta kennengelernt."

Bodmer lächelte und nickte in Martas Richtung.

„Marta hatte eine Vision, und ich habe mich anstecken lassen."

„Ja, und so bist du Bauer geworden."

„... und Vermarkter, Werbefachmann und Leuteversteher und so vieles mehr."

„Ein ganz anderes Leben also?", fragte Daniel.

„Jahrelang hatten der Computer und die Zahlen mein Leben bestimmt. Ich war immer informiert, und ich war immer zu erreichen. Und trotzdem hatte ich ständig das Gefühl: Ich laufe allem hinterher und bin zu langsam. Aber hier oben, brauche ich noch nicht einmal einen Wecker. Ich brauch keine Tabletten gegen Diabetes, keine Schlaftabletten mehr, und ich habe auch keinen Bluthochdruck."

„Aber ist Ihnen das nicht auch schwergefallen?", fragte Jessica, „also ich mein, so schön, wie es hier oben ist. Es ist doch auch sehr abgelegen, oder nicht?"

„Das war schon ein Weg, ein Prozess, Frau Scheffold." Bodmer hob den Zeigefinger. „Marta hat immer wieder gesagt: Du kannst nur eine Sache richtig machen. Ich musste mich also entscheiden, und dabei gibt man etwas auf. So fühlt es sich an, wenn man mit dem Rauchen aufhört. Zuerst ein riesiger Verlust, dann aber Freiheit. Apropos Rauchen: Wo sind eigentlich die Zigarren?"

„Die sind alle", antwortete Marta sofort.

„Schade", sagte Bodmer. „Ja, das alles hat vielleicht auch mit meinem Alter zu tun."

„Sag doch gleich Männerkrise", warf Marta ein.

„Meinetwegen. Aber ich bereue diesen Schritt kein bisschen."

Jessica kaute wie die anderen auch das saftige Fleisch, und einen Moment lang sagte niemand etwas. Ohne jeden Zweifel war Bodmer ein Zugezogener. Warum hatte er Martas Namen angenommen? Jessica schaute Daniel an. Er zwinkerte ihr zu. Dachte er auch darüber nach? Während Marta wahrscheinlich von klein auf die Verhältnisse auf der Alb kannte, hatte sich ihr Mann seine eigene Philosophie zurechtgelegt. Er redete jetzt darüber, wie sehr die Umgebung den Menschen beeinflussen würde.

„Sorgst du in deinem Umfeld für Klarheit, sind auch deine Gedanken klar."

Marta hob genervt die Augenbrauen und schenkte sich noch einen Hossinger ein.

„Ich mein ja nur: Für mich geht es jetzt darum, den Zaun für die Rinder weiterzustecken oder den riesigen Strohballen in den Stall zu rollen. Ich kann all das abends an meinen Händen riechen. Dieses Erdige und Bodennahe."

Er spricht über Rückverbindung, dachte Jessica. An Martas Gesichtsausdruck sah sie, dass Bodmers Frau für solche Gedanken nicht viel übrighatte. Er dagegen schien froh, sich unterhalten zu können. „Aber Sie nutzen Internet und Smartphone?", fragte Jessica.

„Ja, natürlich. Aber anders als vorher."

Jessica nickte.

„Aber Sie sind doch nicht nur wegen des Fensters hier?", fragte Marta jetzt. „Ich meine, es muss doch darum gehen, wer ihm das angetan hat?" Marta schaute Daniel an.

„Schatz", sagte Bodmer. „Musst du wieder so direkt sein? Es fällt Herrn Schmitt bestimmt nicht leicht, überhaupt hier zu sein."

„Ja, aber ich will wissen, wer das gewesen ist und ob die sich noch hier rumtreiben."

„Du weißt doch ganz genau: Die Spurensicherung war hier, sogar mit Hunden. Und du weißt, wie sehr es geregnet hat an diesem Wochenende. Und Möglichkeiten, jemanden hier zu verstecken, gibt es viele: die alte Bunkeranlage, die Steinbrüche, die Höhlen ...“

Daniel nickte. „Es ist so: Ich dachte, wenn ich hierherkomme, kann ich mich vielleicht besser erinnern und der Polizei einen Hinweis geben."

„Und?", fragte Marta.

Jessica berührte schnell Daniels Hand.

„Herr Bodmer", sagte sie, „Sie liegen ganz richtig."

„Da hast du's", antwortete er und schaute seine Frau kurz an. Marta schürzte die Lippen.

„Das Ganze ist auch erst eine Woche her", ergänzte Bodmer. Jessica nickte. „Sehen Sie es uns bitte nach, dass wir heute dazu noch nicht viel sagen können."

„Selbstverständlich", antwortete Bodmer. Marta nickte. Für einen Moment hing Schweigen über dem Tisch. Jetzt lenkte Marta das Gespräch auf die Landwirtschaft und darauf, dass ihr Mann und sie die Pension noch erweitern wollten. Sie hatte die Flasche Hossinger vor sich und verdrehte immer mal wieder die Augen, sobald Bodmer seine Visionen der zukünftigen Pension anzubringen versuchte.

Nach einer entspannten Stunde geleitete Marta Jessica und Daniel die Treppe nach oben, machte Licht und ging zu einem Einbauschrank. Kurz drauf streckte sie Jessica einen Stapel Wäsche entgegen. Jessica nahm ihn, und Marta legte zwei kleine Stoffbeutel darauf.

„Zahnbürsten", erklärte sie. „Wir sind auf solche Fälle vorbereitet. Manchmal entscheiden sich die Gäste ganz spontan hierzubleiben. Suchen Sie sich einfach ein Zimmer aus. Sie haben die Wahl."

Marta nickte Jessica und Daniel zu und lief etwas breitbeinig die Treppe nach unten.

Daniel humpelte auf die mittlere Zimmertür zu und öffnete sie. Er drückte den Lichtschalter, und Jessica sah ein großes, rustikales Doppelbett.

„Genau richtig", sagte Daniel sofort und zog Jessica in das Zimmer hinein, noch bevor sie etwas sagen konnte. Sie schloss die Tür. Daniel lehnte die Krücke an die Wand und breitete seine Arme aus. Jessica legte ihren Kopf auf seine

Brust. Sie fühlte seine Hand auf ihrem Kopf. Jetzt fuhr er ihr über den Hals. Sie küssten sich. Zart am Anfang, dann voller Energie, in der ein Nichterwarten mitschwang. Daniel zog plötzlich die Luft scharf ein.

„Habe ich dir wehgetan?", fragte Jessica.

„Mir tut alles weh. Tut mir leid, fit ist etwas anderes."

„Dann lass dir helfen. Arme hoch!"

Daniel gehorchte. Jessica faltete ein weißes Oberteil auseinander. Sie schaute auf und sah Daniels nackten Oberkörper. Die ganze linke Seite zeigte gelbe und blaue Flecken.

„Mein Gott", flüsterte Jessica.

„Sag ich doch. Fit ist etwas anderes."

Sie hielt ihm das Oberteil hin.

„Damit sehe ich gleich aus wie ein Gespenst. Schau dir mal das langärmlige weiße Ding an."

„Meins sieht genau gleich aus." Jessica zeigte auf den Stapel, den sie auf das Bett gelegt hatte. „Das ist bestimmt Bio-Baumwolle von ..."

„... Bauer Bodmer." Sie lachten.

Jessica drehte sich etwas von Daniel weg, löste ihr Haargummi, streifte sich das Top über den Kopf, zog den BH aus und schlüpfte in den Schlafanzug. Daniel hatte es irgendwie hinbekommen, sich das Unterteil anzuziehen. Er lag bereits im Bett.

„Ich habe mir eine Seite ausgesucht. Ich hoffe, du bist einverstanden."

Jessica winkte ab: „Ganz egal", sagte sie, drückte den Lichtschalter und schlüpfte ins Bett. Regentropfen trommelten auf das Dach. Irgendwo musste die Dachrinne ein Loch haben. Wasser plätscherte zu Boden. Sie spürte Daniels Hand auf ihrem Gesicht. Seine Finger spielten jetzt mit ihrem Ohrläppchen. Sie schob sich näher zu ihm heran.

Wie gut das tat! Jessica merkt plötzlich, wie sich Tränen in ihre Augen drücken wollten. Kurz sah sie noch einmal Daniels geschundene Körperseite. Doch im Augenblick spürte sie trotzdem seinen festen, trainierten Körper. Trotz der Verletzungen war er voller Spannung und Energie. Sie zog sein Gesicht heran. Sie küssten sich, und Jessica schmeckte ein bisschen den Hossinger auf seiner Zunge. Seine Hand wanderte über ihren Bauch und fand die Stelle, an der ihr Verlangen am größten war. Sie wölbte sich ihm entgegen. Was sonst zu einem langen Weg ausarten konnte, war jetzt plötzlich ganz einfach. Daniels Hand bewegte sich kreisend und fordernd, einem Ziel entgegen. Jessica und er verschmolzen zu einem gemeinsamen Rhythmus. Seine Finger unterstützten die warmen Wellen, die von ihrem Bauch ausgingen. Und jetzt! Eine Welle nach der anderen, wie ein Fluten. Jessica sank zurück auf das Bett. Sie streichelte Daniel und spürte seine Männlichkeit. Er zog die Luft ein und fasste nach ihrem Handgelenk.

„Schon gut", flüsterte Jessica ihm ins Ohr.

Sie blieben eng aneinander geschlungen liegen. Jessica hörte Daniels regelmäßige und tiefe Atemzüge und lauschte dem Regen.

***

Als Jessica am nächsten Morgen erwachte, fühlte sie sich wunderbar leicht und erholt. Daniels Atem ging ruhig und leise. Er schien noch zu schlafen. Sie betrachtete sein Gesicht. Die dunklen Augenbrauen und seine für einen Mann langen Wimpern. Am liebsten wäre sie ihm mit der Hand über das Gesicht gefahren. Sie lächelte, drehte sich dann vorsichtig zur Seite und stieg aus dem Bett. So leise wie möglich lief sie durch das Zimmer, trat in den Flur und fand die Toilette. Auf das Dachfenster prasselten sacht die Regentropfen. Ein guter Tag, um auszuschlafen. Im Zimmer schlüpfte Jessica dann doch nicht ins Bett zurück zu Daniel. Stattdessen holte sie ihr iPad aus der Tasche, setzte sich auf den Boden und stellte das Gerät ein. Sie wusste plötzlich, was zu tun war. Jessica öffnete ihr Facebook-Profil, sah noch einmal Toni, die Daniel auf ihren Armen hielt, blieb noch einmal an den schlimmen Kommentaren hängen, die manche User zu Toni und Daniel geschrieben hatten. Sie nickte.

„Liebe Leserinnen und Leser, aufgrund der Ereignisse in den letzten Wochen und nach reiflicher Überlegung, habe ich mich dazu entschlossen, heute Abend mein Profil zu löschen. Ich danke allen Lesern, die mir mit ihrem ehrlichen Interesse bis hierher gefolgt sind und möchte auf meine Homepage verweisen.

Bis bald, ihre Jessica Scheffold.“

Jessica postete die kurze Erklärung, schloss das Profil und schaltete das Gerät aus. Spätestens heute Abend würde sich das Thema Facebook erledigt haben. Sie nahm die Arme hoch und atmete tief ein und aus. Wie leicht ihr diese Erklärung gefallen war. Und warum? Weil sie in diesem Zimmer alles hatte, was sie brauchte.

Sie kam auf die Füße, lief die paar Schritte bis zur Wand, führte die Hände zum Boden und richtete den Blick auf die Wand. Suche dir einen Punkt, atme und konzentriere dich. Jessica versuchte, mit ihren Füßen so nah wie möglich an ihren Oberkörper heranzukommen.

Die Schulter wanderte über die Hände. Und jetzt! Ein kurzes, spannungsvolles Abstoßen, und schon waren die

Füße in der Luft. Jessica balancierte ihr Gewicht aus und atmete tief. Ja, wie wunderbar ist das denn! Noch immer fixierte sie den Punkt an der Wand und noch immer hielt sie den Handstand. Erst jetzt führte sie das linke Bein nach unten auf den Boden und kam in einen sicheren Stand. Sie atmete tief aus.

Auf einmal Daniels Stimme: „Ein Gespenst macht Handstand."

„So gut hat er noch nie geklappt", sagte Jessica.

Daniel klopfte auf die leere Bettseite und Jessica schlüpfte noch einmal zu ihm ins Bett. Sie schmiegte sich an ihn, und sie blieben eng verschlungen liegen.

„Ich hätte gerade Lust, mit dir noch ein paar Tage hier zu bleiben. Hier scheint alles so einfach. Geht es dir nicht auch so?"

„Ja", Daniel nickte.

„Facebook ist ab heute Abend kein Thema mehr für mich. Aber es stehen weitere Entscheidungen an."

„Lass mich raten: Kanzlei und Verlag?"

„Ja."

„Du willst mir aber nicht das Frühstück verderben?"

Daniel richtete sich etwas auf. Jessica streichelte ihm über das Gesicht.

„Nein, auf keinen Fall!" Sie küsste ihn. „Das ist genau das Stichwort. Lass uns schauen, ob Marta schon wach ist."

***

In der Küche stellte Jessica fest: Marta war nur körperlich anwesend. Ihre Haare standen in alle Richtungen ab und sie sprach kein Wort. Bodmer schob seine Frau vom Herd weg.

„Setz dich doch, Schatz, ich mach das schon", sagte er mit einem leicht spöttischen Unterton. Marta gehorchte ihm. Jessica fand ein großes Glas, schenkte Wasser ein. Im Kühlschrank lag eine Zitrone. Jessica schnitt zwei Scheiben ab und drückte sie etwas über dem Glas aus, bevor sie sie hineingleiten ließ. Sie stellte das Glas vor Marta ab, die nahm es und trank.

„Danke", sagte sie und leckte sich die Lippen.

Oh, wie gut Jessica verstand, wie sich Marta fühlte. Zum Glück hatte sie gestern im richtigen Moment die Hand über das Glas gehalten. Heute belohnte sie der Tag dafür mit Klarheit und Leichtigkeit. Sie war stolz auf sich.

Bodmer machte Rührei und erzählte währenddessen munter drauf los: In Wahrheit sei er ein EU-Projekt und mit dem Auftrag hierhergeschickt worden, den Älblern das Blut zu verdünnen, um zu verhindern, dass die Kinder viereckige Köpfe bekämen.

„Dir gebe ich gleich EU-Projekt. Wir sind verheiratet!"

„Oh, wie hätte ich das vergessen können", antwortete Bodmer.

Marta schüttelte genervt den Kopf und hielt sich die Hand an die Stirn. Alle lachten. Jessica stand auf und machte Marta noch ein Glas Wasser.

„Du bist ein Engel", sagte Marta.

Jessicas Handy klingelte. Sie zog es aus der Jeans.

„Scheffold", sagte Jessica.

„Hier Dr. Mantei vom Humboldt-Krankenhaus. Ihr Mann liegt bei uns auf Station, wir hatten gestern schon versucht, sie zu erreichen."

Kapitel 15

Ihr Mann hat ein Loch im Herzen", sagte Dr. Mantei. „Einfach gesagt, gelingt es deshalb dem Herzmuskel nicht, den notwendigen Druck aufzubauen, und der Muskel versucht, das auszugleichen, in dem er wächst. Normalerweise hätte das längst auffallen müssen."

„Gibt es auch eine gute Nachricht?", fragte Jessica.

„Die Position des Lochs ist günstig. Wir können den Eingriff minimalinvasiv über einen Katheder vornehmen und ersparen uns eine große Operation, also in diesem Fall das Öffnen des Brustkorbs, das Zur-Seite-Klappen der Lunge, nur um an das Herz überhaupt heranzukommen. Sagen Sie ihm das ruhig noch einmal. Es könnte schlimmer sein."

Jessica nickte. „Gut, das mache ich."

Sie ging den Flur entlang, klopfte an die Zimmertür 214 und trat ein, ohne auf eine Antwort zu warten. Alexander lag im Bett. Er öffnete die Augen und drehte ihr etwas langsamer als sonst den Kopf zu. Seltsamerweise und ohne, dass sie darüber nachgedacht hätte, verspürte sie den Impuls, zu ihm zu gehen, seine Stirn zu fühlen und seine Hand zu nehmen. Er lächelte.

„Nicht, dass du denkst, ich hätte einen Herzinfarkt oder so etwas."

„Ich habe gerade mit dem Doktor gesprochen", antwortete Jessica.

Alexander nickte. „Ich muss die paar Tage mit dem Training aussetzen, beziehungsweise das Training auch anpassen."

Jessica zeigte auf Alexanders Smartphone. Es lag auf dem Nachtschränkchen.

„Bist du nicht misstrauisch geworden?"

„Wieso?"

„Vielleicht wäre es besser, von Zeit zu Zeit mal zu einem richtigen Arzt zu gehen."

„Was soll ich eigentlich beim Arzt?"

„Vorsorge machen, so wie andere auch."

Alexander winkte ab, und Jessica fiel seine etwas langsamere Handbewegung dabei auf. Jetzt deutete er auf das Handy und sagte: „Ich brauch ein paar zusätzliche Optionen, und dann kann ich alles selbst messen. Ist schon alles bestellt."

Jessica schüttelte den Kopf. Er ist einfach nicht fähig, seine Haltung zu überdenken.

„Jess, es ist ein angeborener Herzfehler. Nichts, was auf mein Training zurückzuführen wäre, wenn du das meinst."

„Der Fehler ist so spät entdeckt worden. Darum geht es mir."

Alexander streckte sein Kinn in Richtung des Handys.

„Wie gesagt, ich bin dabei, das System zu optimieren. Dr. Mantei hat dir bestimmt gesagt, dass der Eingriff über einen Katheter erledigt werden kann. Das bedeutet, bis zum Geburtstag deines Vaters bin ich wieder fit."

Jessica ging näher zu Alexander und versuchte, etwas in seinem Gesicht zu erkennen. Er hielt ihrem Blick stand, und obwohl von seinen graugrünen Augen Kraft ausging, besaß er nicht die gleiche Ausstrahlung wie sonst. Sein Gesicht schien schmaler und er war nicht ganz so selbstsicher. Kleine Zeichen, aber sie waren da. Ob es wohl etwas gab, das den Schwächeanfall ausgelöst hatte? Warum war ihm plötzlich Franz Xavers Geburtstag wichtig? Jessica lief ein paar Schritte und schaute sich dabei im Zimmer um. Nein, nichts. Keine Karte, kein Blumenstrauß, kein Saft und kein Foto.

„Wo ist eigentlich Moni?", fragte sie.

Alexander ließ sich in das Kissen zurückfallen, und jetzt schaffte er es nicht mehr, Jessica anzuschauen. Er blickte zur Decke und schaute dann links und rechts an ihr vorbei.

„Ja, wo ist sie eigentlich?", legte Jessica nach. „Ich rede von der neuen Frau an deiner Seite, und was willst du bei Franz Xavers Geburtstag? Also ich meine, unser Scheidungsverfahren ist eröffnet."

„Was heißt das schon", antwortete Alexander schnell. „Du weißt ganz genau, wie er über Scheidungen denkt. Willst du gleich mit der Tür ins Haus fallen? Wir sind immer ein gutes Team gewesen, Jess, zumindest phasenweise."

Ja, so lange, wie es ihm gepasst hatte. Und jetzt war er wieder dabei, etwas zu drehen oder umzustellen, weil er etwas verloren hatte. Er suchte Halt.

„Du würdest also vor Franz Xaver deine Affäre zugeben?"

„Muss er alles wissen?"

„Aber er kann doch Zeitung lesen."

„Zeitungen." Alexander machte eine kurze Handbewegung.

Jessica hatte in dem Moment vor Augen, wie Alexander bei dem Geburtstag auftreten würde. Der erfolgreiche Geschäftsmann! Franz Xaver würde ihm die Schulter tätscheln, und Luis würde wie immer an Alexanders Lippen hängen. Alles wie gehabt, alles wie in den vielen Jahren zuvor, bis auf den Umstand, dass sich während der letzten zwei Wochen so viel für Jessica verändert hatte. Sie hatte dem Karriereende wirklich tief ins Auge gesehen. Und was hatte sie bei Bodmers begriffen? Sie kam auch ohne großes

Tamtam aus, besonders sobald Daniel in der Nähe war. Daniel hatte mit den zwei Wörtern „Ich komme" mehr erreicht als Alexander mit den vielen Wörtern während ihrer gesamten Ehe. Alexander rutschte ein Stück weiter unter die Decke. Er lag und sie stand. Jessica dachte an die vielen positiven Reaktionen auf ihren Entschluss, das Facebook-Profil zu löschen. Sie dachte an die vielen Vorbestellungen und Anfragen zu ihrem Buch.

„Ehrlich gesagt überlege ich, ob ich überhaupt zu dem Geburtstag fahren soll?"

„Das kannst du nicht bringen."

„Warum soll ich mich mit Menschen umgeben, die nie an mich geglaubt haben? Du hast meine Krise für dich arbeiten lassen. Dass du jetzt plötzlich wieder die Nähe zur Familie suchst, kann nur bedeuten, die Rechnung mit Moni geht nicht auf. Es ist etwas mit ihr."

„Sie hat keinen Stil", antwortete Alexander sofort.

„Wieso?"

„Sie hat einfach eine SMS geschrieben und erklärt, dass sie Abstand braucht."

„Aber sie bekommt euer Kind."

„Ja, mein Kind." Alexander lächelte flüchtig. „Ich weiß auch nicht, wie sie sich das vorstellt."

„Vielleicht braucht sie nur Beistand? Soweit ich das beurteilen kann, ist sie eine sensible Frau."

Alexander drehte den Kopf zur Seite.

„Ich weiß es nicht. Irgendwie geht das schon länger so."

„Und deshalb willst du wieder deinen alten Platz bei Franz Xaver einnehmen."

„Willst du etwa unsere vielen Jahre einfach wegschmeißen?"

„Ich habe gar nichts weggeworfen. Aber der Shitstorm hat mir die Augen geöffnet. Mir haben zwei Menschen ohne

Wenn und Aber zur Seite gestanden. Ich habe jetzt neue Möglichkeiten. Mit Michael kann ich eine Teilzeitlösung vereinbaren, sodass ich genügend Zeit habe, um zu schreiben. Sollte das nicht funktionieren, steige ich ganz aus der Kanzlei aus."

Alexander richtete sich plötzlich auf und sagte:

„Das kannst du unmöglich machen."

Jessica lächelte und beugte sich ein Stück zu ihm hinunter.

„So? Und warum kann ich das nicht machen?"

„Wie willst du deinen Lebensunterhalt verdienen ohne festen Job?"

„Du siehst deine Investition gefährdet. Nicht wahr? Ihr habt euch das gut überlegt, das muss ich schon sagen: Mich die Arbeit machen lassen und mir gleichzeitig jemanden vor die Nase setzen."

Alexander wandte den Kopf hin und her. „Du weißt doch ganz genau, dass du vom Schreiben nicht leben kannst."

Jessica trat ein Stück vom Bett zurück. „Wie oft habe ich eigentlich diesen bescheuerten und nichtssagenden Satz schon gehört? Für mich hat sich viel verändert. Ich fahre entweder allein zum Geburtstag oder nehme jemanden mit, der mir viel bedeutet."

„Ist nicht dein Ernst."

„Doch, mein voller Ernst", antwortete Jessica, drehte sich um und lief durch das Zimmer.

„Ein Pinsel geht auf Reisen! Dein Vater wird begeistert sein."

Sie griff nach der Türklinke und blickte über die Schulter.

„Gute Besserung, Alexander Scheffold."

„Ein Pinsel", rief er noch einmal vom Bett.

Jessica ging schnell aus dem Zimmer und lehnte sich im

Flur an eine Wand. Wie kam sie denn dazu, ihren kranken Mann derart abzufertigen? Wie konnte sie nur so kalt sein? In diesem Moment griffen die vielen Jahre nach ihren Gedanken. Immer noch wollte ein Teil in ihr Alexander verstehen. Aber andererseits: Vielleicht steckte noch mehr hinter Monis Rückzug. Auffällig, wie er reagiert hatte, als Jessica sagte, sie wolle eventuell ganz aus der Kanzlei aussteigen. Er war also darauf angewiesen, dass seine Investition in die Kanzlei aufging. Vielleicht laufen seine Geschäfte zurzeit nicht so gut, und vielleicht ist es ihm deshalb wichtig, vor Franz Xaver das Gesicht zu wahren? Schließlich hatte Franz Xaver mehrere Male Alexanders Fehlinvestitionen aufgefangen.

Was ging sie das eigentlich noch alles an? Jessica nickte. Die Antwort war ganz klar. Doch während sie das Treppenhaus nach unten ging, konnte sie sich kaum noch gegen eine innere Stimme wehren, die rief: Du bist herzlos und kalt!

***

Sie verließ das Krankenhaus und ging die Eingangstreppen nach unten.

„Hallo, Frau Scheffold", hörte Jessica plötzlich eine Männerstimme.

„Herr Bleibtreu, wie kommen Sie denn hierher?"

„Ich suche Sie und habe festgestellt, Sie sind schwieriger zu erreichen als der Papst. Haben Sie einen Moment für mich? Trinken wir einen Kaffee?"

„Ja, gerne. Den kann ich jetzt gut gebrauchen."

„Waren Sie bei ihrem Mann? Wie geht es ihm?"

„Er muss sich einem Eingriff unterziehen, aber es könnte schlimmer sein."

„Gut. Und wie geht es Daniel Schmitt?"

„Der ist dabei, sich zu erholen, zumindest körperlich. Inwieweit das alles seelischen Schaden angerichtet hat ..."

Jessica zuckte die Schultern. „... momentan sieht er aber stabil aus."

Bleibtreu steuerte auf den Imbissstand vor dem Krankenhaus zu. Während Jessica ihm folgte, fragte sie sich, ob er eine Reportage über Daniel schreiben wollte und Informationen brauchte.

„Frau Scheffold, Kaffee klein, mittel oder Pott?"

„Pott, mit viel Milch bitte."

Kurz darauf schob Bleibtreu eine Kaffeetasse über den Stehtisch.

„Danke", sagte Jessica

Er nickte und blies behutsam in seine Tasse.

„Frau Scheffold, ich kann es kurz machen. Meine Seite im Internet läuft so gut, dass ich daran denke, mein Angebot zu erweitern. Mir war eine Zeit lang nicht klar, in welche Richtung ich mich bewegen soll, bis Henning Trové kam und sagte, er habe Schwierigkeiten mit seinem Verlag. Ich weiß: Sie sind in ganz ähnlicher Lage. Trové ist ein Top-Autor, und Sie sind eine Top-Autorin. Was spräche also dagegen, einen Verlag zu gründen, habe ich mich gefragt?"

„Und?"

„Der Verlag ist gegründet, und jetzt möchte ich Sie fragen, ob Sie sich vorstellen könnten, bei mir einzusteigen?"

Jessica lächelte. Bleibtreu gefiel ihr. Er machte wirklich nicht viele Worte und kam direkt auf das zu sprechen, was er wollte.

„Sagen wir mal so: Ich freue mich über das Angebot. Sie haben in der Vergangenheit gute Arbeit geleistet, vor allem auch, was Cluster 73 betrifft. Ich lege auf solide Arbeit großen Wert. Deshalb könnte ich mir eine Zusammenarbeit sehr gut vorstellen. Natürlich kommt es auch auf die Rahmenbedingungen an."

„Ja, klar. Geben sie mir ein paar Tage Zeit, und ich melde mich mit einem Vertragsentwurf bei ihnen. Sollen wir es so machen?"

„Ich bin einverstanden."

***

Jessica wusste von Dr. Mantei, dass Alexander den Eingriff gut überstanden hatte, und trotzdem war sie während der letzten zwei Nächte nicht richtig zur Ruhe gekommen. Immer wieder die Stimme: Du bist herzlos und kalt.

Sie musste sich regelrecht auf die Tatsachen konzentrieren und bewusst machen: Alexander hatte vor fast zwei Jahren die Affäre mit Moni begonnen, und schließlich hatte er das Dirndlbild für sich arbeiten lassen. Die letzten Bausteine dieser Geschichte zusammenzusetzen war Jessica nicht schwergefallen.

Sebastian war in Geldnot gewesen und hatte sich an den Unternehmensberater Marcus Stephan gewandt. Dabei ahnte er nicht, dass Alexander mit Stephan befreundet war. Was Stephan betraf, musste noch nicht einmal eine böse Absicht dahintergesteckt haben. Stephan dachte bezüglich des Kanzleiverkaufs daran, diese Information könnte für Jessica sehr wichtig sein. Er ging natürlich davon aus, Alexander würde sie umgehend an Jessica weiterleiten, was ja normal gewesen wäre …

Und dann natürlich Michael und Jürgen Heck. Wer hätte das ahnen können? Sie schüttelte den Kopf und hielt die Hände vors Gesicht. Gleich würde sie mit dem Mann telefonieren, der das alles mitgetragen und eingefädelt hatte. Daran sollte sie denken! Jessica wählte Alexanders Nummer.

„Jessica! Mir geht es gut!"

„Ja, ich weiß."

„Ein trainierter Körper kann mehr aushalten und erholt sich eben auch schneller."

„Mag sein. Ich wollte eigentlich nur sagen, dass ich mit Daniel zum Geburtstag meines Vaters fahre."

Einen Moment lang hörte Jessica nichts und dann: „Das kann doch nicht dein Ernst sein! Franz Xaver fällt vom Glauben ab."

„Weißt du eigentlich, wie egal mir das jetzt ist?", antwortete Jessica schnell und legte auf.

Tatsächlich traf das auf einmal ein Stück weit zu. Sie war nicht auf der Welt, um die Erwartungen ihres Vaters zu erfüllen, zumal er ja sowieso nicht an ihre Karriere geglaubt hatte, und das galt bis heute. Er wird das Dirndlbild benutzen, um Jessicas Scheitern zu belegen, da war sie sich ganz sicher. Aber es machte ihr nicht mehr so viel aus. Sie ließ diesen Eindruck auf sich wirken und rief erst gute zehn Minuten später Daniel an.

***

Drei Tage später, am frühen Samstagmorgen glitt der Audi auf der A8 Richtung München sanft dahin. Jessica schaute zu Daniel hinüber und schmunzelte. Er strich sich ab und zu mit den Händen über den Oberkörper und verfolgte mit dem Blick seine Bewegungen.

„Suchst du etwas?", fragte Jessica.

„Bin ich nicht ein bisschen underdressed?", fragte er und deutete etwas unschlüssig mit den Händen auf sein weißes T-Shirt.

„Ah, da drückt der Schuh." Jessica lachte. „Willst du etwa noch einmal zurück und deinen Anzug holen?"

285

„Es ist so: Anzug hab ich keinen, aber eine Krawatte. Ich hab mal eine gekauft, und die Verkäuferin war so freundlich, mir das Ding zu binden, sodass ich nur auf- und zuziehen muss."

„Du meinst also, mit der Krawatte vor dem weißen T-Shirt ist a..."

Jessicas Handy klingelte. Sie nahm das Gespräch über die Freisprechanlage an.

„Frau Scheffold!", war Wandts Stimme laut zu hören.

„Ja?"

„Der Heck windet sich wie ein Wurm und versucht jetzt, seinen Werbefachmann für den Social Bot verantwortlich zu machen, aber der ist auch nicht auf den Kopf gefallen. Er hat Heck zuvor etwas unterschreiben lassen, und im Klein-gedruckten steht, dass der Auftraggeber der Verwendung von Social Bots zustimmt. Mit welchem Strafmaß muss Heck rechnen?"

„Wahrscheinlich Geldbuße", antwortete Jessica.

„Ja, aber ist es ein Ergebnis, oder ist es kein Ergebnis?"

„Doch Herr Wandt, das ist ein Ergebnis."

„Na also, das wollte ich hören", sagte Wandt so laut, als stünde er auf einem Kasernenhof.

„Der hat doch Alkohol im System", meinte Daniel leise. „Und das am frühen Morgen."

Jessica hielt sich schnell eine Hand vor den Mund und unterdrückte ein Lachen.

„Außerdem melden sich immer noch Menschen, die mit Cluster 73 zu tun haben, und der Druck auf Facebook wächst. Ein Sprecher hat jetzt gegenüber unserer Behörde angekündigt, man wolle sich um die Sicherheitslücke kümmern."

„Ja", sagte Jessica, „die müssen endlich was machen."

„Mir wäre ein Name lieber. Die haben ein oder mehrere

schwarze Schafe im Laden. Aber was solls. So ist der Stand der Dinge."

„Es könnte schlimmer sein", antwortete Jessica. Wandt legte ohne ein weiteres Wort auf.

Daniel grinste und hielt einen Daumen in Jessicas Richtung. Sie griff seine Hand aus der Luft und schaute zu ihm hinüber.

„Achte lieber auf die Straße", sagte er und lächelte.

Kapitel 16

Franz Xaver hatte sogar recht. Sein Deal mit der ortsansässigen Firma Intercar war der größte Deal seines Lebens gewesen. Alle anderen Klienten hatten ebenfalls direkt oder indirekt mit Intercar zu tun gehabt. Früher hieß die Firma einfach Autoteil.

„Unter meiner juristischen Beratung haben wir Deutschland erobert, und wir haben nach 1990 als eine der ersten Firmen überhaupt Filialen in Ostdeutschland gebaut. Kurz drauf in Polen und auch in Russland. Mit der Entwicklung eines nicht brennbaren Gewebes für Autositze als erstes eigenständiges Produkt ist uns der Sprung nach Amerika gelungen. Nach wie vor unterliegen die Handelsbeziehungen zu den USA einem breiten juristischen Regelgeflecht. Wir brauchen dabei nur an TTIP zu denken. Ein Fehler im Vertrag hätte weitreichende Folgen für die ganze Firma bedeutet. Aber was soll ich sagen?" Franz Xaver schaute in die Runde. Natürlich nutzte er die Gelegenheit. Schließlich war es sein Ehrentag, und all seine Gäste waren zum Zuhören verpflichtet, unabhängig davon, was sie dachten oder fühlten. Franz Xavers Bruder Ludwig lockerte mit einer Hand seine Krawatte, griff nach dem Schnapsglas und trank es in einem Zug aus.

„Ja, was soll ich sagen?", fuhr Franz Xaver fort. „Ich habe diesen Fehler nie gemacht, und für unsere Familie ging es bergauf. Meine Frau hat mir, so gut sie es konnte, den Rücken freigehalten."

Franz Xaver schaute Lydia nicht an, als er diesen Satz

sagte, und Lydia lächelte nicht. Ludwig nahm in diesem Moment seine Krawatte ganz ab und streckte sie seiner Frau Beatrice entgegen. Eine ganze Weile schwebten nun Franz Xavers Heldengeschichten einfach an Jessica vorbei. Schließlich kam er auf Luis zu sprechen.

„Natürlich ist es im Leben eines Mannes etwas Besonderes, wenn man Kinder hat, vor allem so einen Sohn wie Luis. Er arbeitet zurzeit an einem Projekt mit, das sich mit einer ganz anderen Art des Einkaufens beschäftigt. Am Ende dieser Entwicklung können die neuen Läden auf die herkömmliche Kassiererin verzichten."

Franz Xaver redete bereits eine Stunde. Er hatte Lydia und Katy mehr oder weniger in einem Nebensatz erwähnt und Jessica bis jetzt überhaupt nicht.

„Wir brauchen solche energiegeladenen Männer wie meinen Sohn. Diese Generation versteht den Umgang mit der Technik. Ich bin ja schon froh, mein Handy einigermaßen bedienen zu können."

Mit einem Blick auf Luis begann Jessica zu schmunzeln. Sein großer Kopf hing vor den schmalen Schultern. Er schien außerdem dicker geworden zu sein und ähnelte mit seinem roten, verschwitzten Gesicht Onkel Ludwig. Sie schaute in die Runde. Sogar der Pfarrer griff jetzt nach einem Schnapsglas. Gar kein Zweifel: Vom Bürgermeister, den Mitgliedern des Golfclubs, der Verwandtschaft bis zum Pfarrer – alle waren vom stetigen Fluss der Heldengeschichten genervt. Am meisten schien Onkel Ludwig Franz Xavers Auftritt zu stören. Er griff nach seinem Schnapsglas. O je, das kann nicht gutgehen. Im Grunde war Ludwig ein lieber Mann, aber mit Alkohol im Blut wurde er streitsüchtig. Seine Frau Beatrice, eine Dressurreiterin, wirkte immer ein wenig so, als säße sie auf einem Pferd. Sie war ganz in Schwarz gekleidet, nippte hin und wieder am Sekt und verzog keine Miene, noch nicht mal, als Ludwig jetzt sagte: „Da, wo ich schon gemauert habe, hast du noch nicht mal hingeschissen." Ludwig deutete mit der Hand auf Franz Xaver.

Endlich setzte sich Franz Xaver und legte seine Papiere aus der Hand. „Auf der Baustelle herrscht eben ein ganz anderer Ton als in einer Anwaltskanzlei. Ich muss das immer wieder feststellen. Nicht wahr Herr, Herr ..." Franz Xaver wies mit dem Kinn in Daniels Richtung. „Helfen sie mir noch einmal mit Ihrem Namen."

„Ich hatte mich vorhin vorgestellt, Herr Böhme", antwortete Daniel. Ludwig grinste und klopfte Daniel auf die Schulter. Franz Xavers Adamsapfel wanderte hoch und runter. Gut so! Daniel ließ sich nicht einbinden. Franz Xaver hatte im Verlauf des Tages jede Gelegenheit genutzt, um zu sagen: Die Gesellschaft bräuchte auch Menschen, die nur mit den Händen begabt seien, schließlich könne nicht jeder studieren. Daniel war darauf nicht eingegangen, aber offenbar hatte er Franz Xavers spitze Bemerkungen auch nicht vergessen.

Was verbindet mich eigentlich mit diesem Mann?, fragte sich Jessica mit einem Blick auf Franz Xaver. Trotz seines Alters und der Tatsache, dass die vielen Jahre seinen Hals nach unten geneigt hatten, war er immer noch eine autoritäre Erscheinung. Ein Mann, zu dem andere aufschauten, und der es gewohnt war, auf andere herabzuschauen.

Jessica kam ihr Elternhaus und ihr altes Zimmer kleiner vor, als sie es in Erinnerung hatte. Abgesehen davon lag vieles oben. Zum Böhmehaus musste man einen Schotterweg hochfahren oder hochlaufen. Das Wohnzimmer, das Esszimmer und die Arbeitszimmer lagen im ersten Stock, darüber, im zweiten, das Schlafzimmer, die Gästezimmer und die ehemaligen Kinderzimmer. Gemessen an der Größe des Hauses war Jessicas Zimmer im Grunde eine Rumpel-kammer.

Bevor sie mit Daniel ins Auto gestiegen war, hatte sie auf Youtube ein Video angesehen, in dem es darum gegangen war, die Verletzungen der Kindheit zu transformieren. Der Referent hatte vorgeschlagen: „Umarme deine Mutter oder deinen Vater und sage ‚Ich liebe dich so wie du bist.‘"

Jessicas Blick ruhte immer noch auf Franz Xaver. Nein, konnte sie nicht, nicht in diesem Leben.

Woran lag es? An ihm? An ihr? Daran, dass die große Katy als geschickte Vermittlerin nicht mehr da war? Jessica dachte an Franz Xavers ersten Satz, den sie heute von ihm gehört hatte. „Wo ist Alexander, dein Mann?"

Sofort war es ihm um die Einhaltung des äußeren Bildes seiner Geburtstagstafel gegangen. Fast hätte sich Jessica auf dem Absatz rumgedreht und wäre mit Daniel wieder nach Hause gefahren. Lydia aber hatte deutlich gesagt: „Lieber Daniel, Sie sind uns herzlich willkommen." Niemand hatte so blaue Augen wie Lydia, und Franz Xaver hatte sich schließlich ihrem klaren Blick gefügt.

Jetzt war die Feier im vollen Gange. Die ursprüngliche Sitzordnung begann sich aufzulösen, und Jessica fiel auf, dass die dicke Frau vom Bürgermeister plötzlich neben Franz Xaver saß. Luis saß immer noch neben seinem Vater und trank Cola. Warum gab es diese Linie durch die Familie Böhme? Auf der einen Seite die Frauen und auf der anderen Seite die Männer? Ließ sich Franz Xavers Einstellung wirk-lich nur darauf zurückführen, dass er einer anderen Genra-tion entstammte, genauso wie Hecks Vater?

Seis drum. Sie konnte diesen Mann nicht erreichen und wollte auch nicht mehr. Jessica fühlte ganz sicher: Die Zeit des ewigen Bemühens lag hinter ihr. Der Abstand zwischen ihr und Franz Xaver war noch nie so groß wie jetzt, genau in diesem Moment.

Ludwig klopfte Daniel wieder auf die Schulter und hob das Schnapsglas in Franz Xavers Richtung. „Dort, wo ich schon gemauert habe, hat der noch nicht einmal hingeschissen."

„Das hast du bereits gesagt", antwortete Franz Xaver bissig.

Ludwig hob seine Hände und rief: „Damit habe ich dein verdammtes Studium gezahlt. Du hast das Geld der Familie genommen."

„Darf ich dich berichtigen?"

„Nein", krähte Ludwig und schüttete seinen Schnaps hinunter.

„Es war eine Leihgabe, und ich habe alles zurückgezahlt."

„Es war gestohlen und sonst gar nichts. Und im anderen Fall hättest du unsere Eltern auf Zahlung verklagt." Wieder hob Ludwig die Hände. „Hier, damit bin ich eingesprungen."

„Du hast nie studiert. Willst du mir wieder die Schuld daran geben? ..."

„Danke!", schrie Ludwig auf einmal. „Heute wäre die Gelegenheit gewesen, der Familie Danke zu sagen, anstatt große Reden zu schwingen. Er und ich ...", Ludwig zeigte auf Daniel, „... wir wissen, was es heißt, auf der Baustelle zu stehen und Staub zu schlucken."

Daniel verschränkte die Arme vor der Brust. Er schaute weder Franz Xaver noch Ludwig an. Lydia kam und sagte Daniel etwas ins Ohr, er stand auf und ging mit ihr zum Büfett. Kurz drauf spürte Jessica eine Hand auf ihrer Schulter. Lydia stand hinter ihr und bewegte leicht den Kopf. Jessica stand ebenfalls auf und folgte ihr.

Sie gingen durch den Flur und das Treppenhaus nach unten. Jessica wusste in dem Moment, die Mutter wollte in das Gartenzimmer. Lydia schob die Tür auf und schaltete das Licht ein. Immer noch stand hier der grobe Eichentisch, im Kohleofen brannte Feuer. Das Zimmer war angenehm warm. Es roch nach Kohle und Holz und ein bisschen nach Erde. Lydia öffnete den Schrank und stellte eine Flasche Schnaps und zwei Gläser auf den Tisch. Jessica setzte sich.

„Ich bin froh, dass ihr gekommen seid, Jess. Du siehst wirklich gut aus, auch wenn ich denke, dass du abgenommen hast."

„Ja, wahrscheinlich, aber die Sache mit dem Shitstorm ist so gut wie ausgestanden. Es gibt eine ziemliche Veränderung in der Kanzlei. Sebastian steigt aus."

„Das wird auch höchste Zeit. Und dein Daniel? Ihr steht euch sehr nahe. Ich kann es sehen."

„Also ohne ihn und ohne Toni wäre meine Karriere wahrscheinlich vorbei. Alexander wusste aus erster Hand von dem Kanzleiverkauf. Aber sie haben mich nicht eingeweiht, weder er noch Sebastian. Alexander hat sich über Michael Anteile an der Kanzlei gesichert, und er wusste ja schon, dass er sich scheiden lassen will. Mit einem angeschlagenen, geschwächten Partner verhandelt es sich leichter."

„Ja, so kennen wir ihn. Die beiden sind sich ähnlich." Lydia deutete mit der Hand nach oben.

„Alexander hat alles so perfekt für sich arbeiten lassen. Wenn ich nur daran denke, wird mir richtig schlecht. An unserer Ehe ist nichts mehr zu retten."

„Bist du dir wirklich ganz sicher?", fragte Lydia, und ihr klarer Blick ruhte auf Jessica. Die blauen Augen forderten eine Antwort.

„Daniel hat mir ohne Rücksicht auf sich selbst geholfen. Ich glaube, ich spüre zum ersten Mal in meinem Leben richtige Liebe. Allerdings liegt Alexander gerade im Krankenhaus. Er musste sich einem Eingriff unterziehen."

„Und?"

„Na ja, wie soll ich sagen? Ich hab ihn im Krankenhaus ziemlich abgefertigt und hatte anschließend ein schlechtes Gewissen. Ich kann unsere Beziehung nicht absetzen wie einen alten Hut."

„Prost." Lydia streckte Jessica ihr Glas entgegen.

„Prost", antwortete Jessica. Der Schnaps wärmte ihr sofort den Bauch.

„Ich hab schon den ganzen Abend gesehen, dass dich etwas beschäftigt."

„Im Prinzip habe ich mich ja entschieden, und trotzdem ... na ja."

Lydia nickte bedächtig. „Rodriguez war sein Name."

„Wessen Name?"

Lydia griff nach Jessicas Händen. „Katys Vater heißt oder hieß ..."

„Äh, du meinst Katy ist meine ... Katy ist meine ..."

„Ja, deine Halbschwester."

„Du weißt, ich habe eine Zeit lang im katholischen Stift gearbeitet. Da tauchte ein spanischer Kirchenmaler auf. Er war so geschickt und sensibel mit seiner Arbeit."

Lydia lächelte. Ihre Augenlider senkten sich. Sie fuhr sich mit dem Handrücken über die Augen.

„Ja, und ich habe mich gegen ihn entschieden, weil ... unsichere Arbeit und wenig Geld. Ich war mit Katy schwanger, und Franz Xaver kam."

Jessica nickte.

„Seine Verlobte war in der Achtundsechzigerbewegung drin, und Franz Xaver konnte damit gar nichts anfangen. Sie ist ihm einfach weggelaufen. Das war natürlich schwer zu verkraften für einen Mann wie ihn. Er hat also eine Frau gesucht und ich einen Mann, so war das. Aber es wäre nie dazu gekommen."

„Wie meinst du das?"

„Wie du weißt, stammt meine Familie aus Pommern. Ich kann mich nicht an die Flucht erinnern, und trotzdem hat sie einen Einfluss darauf gehabt, wie ich mich entschieden habe. Ich erkenne das erst jetzt. Wir waren jedenfalls sehr arm, hatten die Heimat hinter uns gelassen. Es entsteht so etwas wie ein Vakuum, man möchte dieses Loch füllen, so schnell es geht, einfach auf Augenhöhe sein mit den Einheimischen. Ich hatte auf Leistung und Sicherheit gesetzt. Ich habe Fehler gemacht, Jess. Auch Katy hat sich immer so angestrengt, war so fleißig. Sie hat nie richtig Ruhe in ihre langen Beine bekommen."

Jetzt war es Jessica, die nach Lydias Händen griff. Sie fürchtete, die Mutter könnte anfangen zu weinen.

„Ich mein ja nur", sagte Lydia. „Schau dir mal dagegen Luis an. Franz Xaver hat Katy nie so richtig angenommen, und als Luis dann kam sowieso nicht mehr. Luis kann sich vor lauter Vaterliebe kaum noch bewegen. Jess, jetzt ist es an dir."

„Was?"

„Du kannst dich entscheiden. Du hast Geld, du hast ein bisschen Besitz. Du bist in einer anderen Lage als ich damals. Höre auf dein Herz!"

Jessica nickte.

„Und mit Katy. Ich weiß, wir hätten es dir schon früher sagen müssen."

Jessica drehte das Armband an ihrem Handgelenk. Sie hatte es an dem Tag wiedergefunden, als sie ins Hotel gezogen war. Es gab ihr Kraft, und es war die Verbindung zu Katy. „Sie war noch nie so sehr meine Schwester wie jetzt. Es ändert nichts."

Lydia lächelte und schenkte noch einmal einen Schnaps ein.

Kurz danach sah sie nach dem Ofen und legte zwei Kohlen nach. Dabei fielen ein paar glimmende Kohlestückchen auf das Blech vor dem Ofen. Lydia bückte sich schnell und schob die Kohlestückchen mit den bloßen Händen auf eine kleine Schaufel, um sie wieder zurück in das Feuerloch zu geben. Jessica lächelte. Sie wusste von Lydias Mutter nicht viel, außer, dass sie auch glühende Kohlen anfassen konnte, jedenfalls der Familienlegende nach.

Lydia wusch sich sorgfältig die Hände und lächelte Jessica an. „Komm, lass uns wieder nach oben gehen."

Jessica blieb an dem *oben* hängen. Das Gartenzimmer lag zwar im Haus, aber wirklich ebenerdig zum Garten, sodass Lydia mit ein paar Schritten dorthin gelangen konnte. Die Mutter hatte vor ein paar Jahren ihre Liebe zur Gartenarbeit entdeckt. Aber hatte sie damit auch nicht alles Hohe verlassen? Das große, repräsentative Wohnzimmer. Den riesigen Flur davor, in dem die Gäste empfangen wurden? Früher war ihr das alles sehr wichtig gewesen.

„Ob man im Alter vielleicht doch ein bisschen komisch wird?", fragte Lydia jetzt.

„Wieso?"

„Ich möchte den Ort sehen, wo ich geboren bin."

„Oh, das war doch so lange gar kein Thema?"

„Eben, aber jetzt ist es ein sehr großes Thema."

„Verstehe."

Lydia schob die große Flügeltür zum Wohnzimmer auf. Jessica hörte langsame Foxtrott-Musik. Franz Xaver wiegte sich mit der Frau vom Bürgermeister langsam im Takt. Ludwig stand dahinter und krähte auf einmal: „Es ist so, und so bleibts, in einer engen Hose reibts. Ha, ha ..."

Jessica hielt sich die Hand vor den Mund. Ludwig meinte natürlich die Frau vom Bürgermeister, auch Lydia lächelte. Beatrice kam, hakte Ludwig unter und versuchte, ihn aus dem Wohnzimmer zu bekommen.

„Ich bin doch gerade erst gekommen", protestierte Ludwig.

Jessica berührte Lydia am Unterarm. „Ich verschwinde jetzt mit Daniel. Wir räumen morgen auf."

„Mach das", antwortete Lydia. „Das endet heute nicht gut."

***

Es war gerade erst zehn Uhr morgens nach dem Frühstück. Sonntag am frühen Morgen – eigentlich nicht die Zeit für einen Alexander Maximilian Scheffold, lange Telefonate zu führen. Schon allein deshalb wusste Jessica: Es war ihm ernst. Sie telefonierte bereits eine halbe Stunde mit ihm und versuchte nebenbei, das Frühstücksgeschirr zusammenzuräumen.

„Jess, du und ich. Du musst mir helfen. Es ist ein vorübergehender Engpass. Ich brauch die fünfzehntausend, so schnell es geht."

„Ich hab das alles verstanden. Dir droht die Zahlungsunfähigkeit. Das ist ärgerlich. Die Kommode, der Sekretär und dieser Wohnzimmertisch, die Möbel haben ja nichts mit deinem Hauptgeschäft zu tun. Wäre das nicht überhaupt eine Möglichkeit, das erst einmal auseinanderzuhalten?"

„Jess, du weißt Sankt Petersburg liegt in Russland. Die haben auf den Vorgang ein russisches Inkassounternehmen angesetzt."

„Du meinst, die tauchen bei dir auf?"

„Das könnte gut sein, angerufen haben sie schon."

„Gibts doch nicht."

„Doch, gibts alles."

„Wo sind denn die Möbel jetzt?"

„Die stehen in Slupsk."

„Wo?"

„Irgendwo in Nordpolen."

„So lange, bis du die Rechnung beglichen hast, nehme ich an."

„Ja, und den Stellplatz dort muss ich auch noch zahlen. Außerdem hatte ich ja das Geld angewiesen."

„Verstehe. Keine ausreichende Deckung, und die Bank hat die Überweisung nicht ausgeführt. Das bedeutet, du stehst weit im Dispo."

„Ja, aber nur, weil Solar-Heinz seine Module nicht verkauft bekommt. Davon abgesehen, verkaufe ich aber wieder zwei Immobilien. Die Verträge sind fast fertig."

„Hast du das nicht der Bank gesagt? Ich meine, du kannst doch auf einen Ertrag verweisen. Meistens sind sie doch dann beruhigt."

„Doch schon …"

„Gut, ich verstehe. Das Vertrauen hat also gelitten."

„Du weißt doch selbst, wie Banken sind."

„Ja, das weiß ich."

„Jess?"

„Ja?"

„Das ist doch für dich kein großes Problem, oder? Du bekommst das Geld in vierzehn Tagen wieder zurück. Ich leg natürlich was drauf, damit es sich für dich lohnt."

„Ich muss darüber nachdenken."

„Wie bitte?"

„Ich muss darüber nachdenken. Ich melde mich bei dir, so schnell ich kann."

Jessica drückte auf den roten Hörer. Was jetzt? Ganz klar, Alexander steckte in Schwierigkeiten. Ihr war außerdem aufgefallen, wie oft er Jess gesagt hatte."

Auf einmal Franz Xavers Stimme: „Was gibt es da eigentlich zu überlegen?"

„Belauschst du immer Gespräche, die dich nichts angehen?"

Franz Xaver stand in schwarzer Anzugshose und weißem Hemd vor Jessica. Mit seiner gebogenen Nase sah er aus, als wolle er auf sie einhacken.

„Alexander ist dein Mann, und er braucht deine Hilfe."

„Alexander ist mein Noch-Ehemann", antwortete Jessica und lief an Franz Xaver vorbei. Sie lief über den Dielenboden des Flurs und öffnete das Fenster. Daniel war im Garten. Sie warf ihm eine Kusshand zu, er winkte ihr zurück. Jessica lächelte. Sie schloss das Fenster und lief rasch das Treppenhaus nach unten. Wie vermutet saß Lydia im Gartenzimmer. Vor sich hatte sie ein aufgeschlagenes Rosenbuch. Daneben lagen einige mit Schreibmaschine beschriebene Bögen.

„Familiengeschichte", sagte Lydia und tippte mit dem Finger auf die Blätter.

Jessica nickte und erzählte von Alexanders Anruf.

„Wir hatten gestern darüber gesprochen Jess. Es gibt genug Fehler auf der Welt. So viele, dass man keinen zweimal machen muss. Sollte es tatsächlich nur ums Geld gehen, gibt es auch andere Möglichkeiten. Verstehst du? Was sagt denn Toni dazu?"

Jessica legte eine Hand auf Lydias Unterarm.

„Richtig, ich rufe Toni an."

Jessica lief das Treppenhaus wieder nach oben. Warum konnte sie das nicht allein entscheiden? Es handelt sich ja nur um eine Leihgabe. Das Geld käme sogar mit Gewinn zurück. Andererseits: Alexander war Alexander. Jessica konnte nicht ausschließen, dass er mit dem Problem noch mehr bezwecken wollte. Sollte sie sich darauf einlassen, oder nicht? Konnte sie so herzlos sein und ihm die Hilfe verweigern?

Während sie die Treppen nach oben lief, presste sich Jessica die Hände auf die Ohren. Im Zimmer klappte sie den Laptop auf und konnte Toni über Skype sofort erreichen. Toni hörte geduldig zu.

„Warum eigentlich Möbel aus Russland?", fragte sie.

„Ein Scheffold war ein recht bekannter Möbelmacher und hat eine Zeit lang in St. Petersburg gearbeitet. Alexander hat drei dieser Möbel gekauft."

„Er muss sie unbedingt haben. Stimmts?"

„Ja, ist doch typisch für ihn. Er sammelt alles, was irgendwie mit den Scheffolds zu tun hat."

„Aber Jess?"

„Ja?"

„Du musst jetzt die Verteidigungsrolle aufgeben. Dein Mann ist ein Schuft. Er ist fremdgegangen und hat hinter deinem Rücken beinahe ein Kinderzimmer eingerichtet für ein außereheliches Kind. Das muss man sich mal geben. Dein Mann hat aus erster Hand gewusst, dass die Kanzlei verkauft werden soll, und er hat es vorgezogen, das für sich zu behalten, beziehungsweise Michael zu aktivieren, damit der ihm Anteile an der Kanzlei sichert. Deine Antwort auf seine Bitte kann nur ein Nein sein. Das in der Summe muss man sich mal vor Augen halten."

„Stimmt, du hast recht. Ich sage Nein – und fertig."

„Unbedingt, sonst kriegst du es mit mir zu tun, von Frau zu Frau."

„Okay, das will ich lieber nicht riskieren."

Jessica beendete das Gespräch, lief aus ihrem Zimmer in den Flur. Franz Xaver kam in dem Moment aus dem Wohnzimmer. Er blieb vor ihr stehen und hatte dabei die Hände lässig in den Hosentaschen. Jessica kannte diese Pose von Alexander.

„Nur damit du informiert bist", sagte er, „ich habe Alexander die lächerliche Summe überwiesen."

Franz Xaver lächelte, drehte sich um und ging aufrecht davon.

So, und jetzt ist es aus, dachte Jessica. Wut wallte in ihr auf. Sie überlegte kurz, Toni noch einmal anzurufen, ließ es aber dann doch sein. Kurz darauf war sie bei Daniel im Garten. Er stand in Lydias Nähe und schaute ihr bei der Arbeit zu.

„Wir reisen ab", sagte Jessica zu ihm.

„Okay, gut", antwortete er, ohne weitere Fragen zu stellen."

Lydia nickte, als wüsste sie über Franz Xavers Alleingang Bescheid. Jessica ging auf sie zu, und Lydia ließ den Rechen fallen.

„Schon gut Jessica, ich verstehe dich. Wir reden aber noch einmal wegen der Polenreise."

„Das machen wir."

Wenig später saßen Jessica und Daniel im Audi. Das Auto rollte vom Grundstück, und Jessica sah im Rückspiegel, wie das Haus mit jedem Meter an Größe verlor. Davor stand die zierliche Lydia, winkte und schaute dem Auto hinterher.

„Das Gute ist", sagte Daniel nach einer Weile, „wir kommen hier auf direktem Weg an einer Kletterhalle vorbei."

„Klettern? Wie willst du mit deinem Fuß klettern? Soll das ein Witz sein?"

„Ich will ja auch nicht klettern. Du willst klettern.

***

Worauf hatte sie sich hier eingelassen? Jessica schaute an der Kletterwand nach oben. Ihr lief der Schweiß über das Gesicht. Sie versuchte, sich zu konzentrieren. Also gut, wieder die Route mit den blauen Griffen, eine Drei plus. Aber es lag nicht an der Drei plus. Es lag daran, was Daniel verlangte. Jessica spürte ihr Herz.

„Du musst nicht bis ganz oben", sagte Daniel. „Such dir einen Punkt in der Mitte der Wand, und dann rufst du ‚Hier'! Von dort kletterst du noch ein Stück weiter nach oben, und ich lasse das Seil locker, du lässt dann die Griffe einfach los. Okay? Keine Angst, du fällst ganz weich."

Jessica nickte und wollte den Achterknoten machen. Es gelang ihr nicht. Sie zitterte.

„Du nimmst das Seil in Hüfthöhe. Du legst die Schlaufe vor dem Seil und führst die Seilspitze so wieder in die Schlaufe ein. Siehst du?" Jessica nickte.

„Und da hast du schon die Acht. Jetzt durch beide Schlaufen am Gurt durch, und in der Acht gehst du den gleichen Weg mit dem Seil zurück, den du gekommen bist."

Jessica folgte Schritt für Schritt Daniels Anweisungen. Einen Moment später war sie vorbildlich in das Seil eingebunden. Es konnte losgehen. Daniel nickte ihr zu. An der Wand erinnerte sich Jessica erstaunlich schnell daran, wie sie das letzte Mal die Füße gestellt hatte. Sie vermied es, sich mit den Armen hochzuziehen, sondern versuchte, immer zuerst mit dem Fuß in einen sicheren Stand zu kommen, sodass sie sich aus dem Bein heraus hochdrücken konnte.

„Du bist ein Naturtalent", rief Daniel von unten.

Jessica erreichte die Stelle und kletterte noch zwei Züge nach oben.

„Gut, und jetzt lässt du einfach los."

O nein, auf gar keinen Fall. Jessica zog sich zur Wand hin. Sie stellte dabei fest, wie viel Kraft sie das kostete, so an der Wand zu hängen. Ihr lief der Schweiß in die Augen, die angewinkelten Arme schmerzten, und ihre Füße verloren langsam den Halt. Sie drohte abzurutschen.

Unter ihr ein Loch, ein schwarzes Etwas, das Nichts.

„Lass doch los!"

Daniels Stimme. Die bunten Klettergriffe der Wand, die Hallendecke, die Lichter – alles verschwamm vor ihren Augen.

Sie rutschte mit der rechten Hand ab, und dann spürte sie nur noch Leichtigkeit, leider nur einen Moment, dann baumelte sie vor der Wand hin und her, verwundert darüber, wie sanft das Seil und der Gurt ihren Sturz aufgefangen hatten.

„Das ist genauso, als würde jemand eine Schaukel anhalten, ganz easy."

„Sag ich doch", rief Daniel.

„Noch mal", rief Jessica Daniel zu. Er grinste. Jessica fühlte sich großartig. Ging es nicht im Leben darum? Einfach jemanden zu haben, der einen auffing, wenn man fiel. Jessica fasste nach den Klettergriffen. In Bezug auf Daniel blieb kein Zweifel und keine Unsicherheit. Sie war ganz von einem vollständigen, klaren Gefühl für ihn erfasst. Sogar die Höhe begann sich aufzulösen. Diese Oben-unten-Ordnung, die Felsplattform des Traums, die ständige Sorge um das Scheitern und Fallen. All das hatte nur in ihren Gedanken existiert.

Jessica ließ los, rauschte nach unten und fühlte wieder diese Leichtigkeit. Sie schaffte es, auf den Boden zu schauen. Daniel streckte ihr einen Daumen entgegen. Sie strahlte.

Danksagung

Mein ganz besonderer Dank gilt:

Lieselotte Brezing, Steffi, Manuela und André Schreiber, dem Team von Lektor-hoch-drei, Bjela Schwenk und meinem Coach Hendrik Heisterberg.